最后的握手

Zuihou de Woshou

徐世槐 著

文汇出版社

作者与原中国散文学会会长、现名誉会长林非（左）在 2012 年度中国散文年会上合影

作者与著名作家、"鲁迅文学奖"获得者高晓声（左）在 2013 年度中国散文年会上合影

作者与知名作家马叙（中）及文友周文锋（右二）、
许宗斌（右一）、刘瑞坤（左二）在南田武阳合影

作者与诗人慕白（左）在月老山留影

序 一

马 叙

时间是最好的老师。在我的人生旅程中,那些年岁长我许多的同行长者,都是我最好的老师,在我看来,他们本身就是时间的化身,他们身上有着我未能经历的人生历练以及特定的人格品行。比如文成的徐世槐老师、项有仁老师,都是我很敬重的人。

与徐世槐老师的相识,已是很早了,早到三十多年前,以至我记不起具体见面的场合了。在我印象中,是在 20 世纪 90 年代初,温州文联组织的一次文学笔会上,那是我见到最早的几个文成作家之一。那时的徐世槐老师五十岁左右,双目平和、明亮,精干的身材,谦卑的言语方式,有着质朴的山野气息,而一口文成话,与我所熟悉的温州话有着别样的距离与感觉,因为那时我还未曾去过文成,当时我是先听到徐世槐老师的文成话再想象文成地域,再由徐世槐老师的气质形象想象到文成地域里的人。那时,我想,我认识徐世槐老师也相当于认识了文成人优秀品格里的某一种。

此后我到文成的次数多了,与徐世槐老师的见面机会也多了起来。他有时是藏青的中山装,有时是深色夹克,走路腰板挺得很直,清瘦、干净、硬朗,他的形象看上去总是那么让人舒服,这样的形象三十多年的时间中一以贯之。更重要的是,他在教书育人之余,在文学创作中也取得了很大的成绩,同时更令我敬佩的是,他不仅仅满足于个人获得的创作成果,还为文成的文史与文学做了很多的事。从修志到廓清史料,再到开讲座,同时不遗余力地热心为本县的作者作序、点拨、提携,为文成的文史及文学事业的发展做出了很大的贡献。

读徐世槐老师的文章,得知他在从教岁月中,从小学讲台到中学讲台,几十年来兢兢业业,一直热爱自己的学校,热爱教学事业,热爱所教的学生。透过这些文字,我似乎看到他在讲台前,或面对学生侃侃而谈,或转身一丝不苟地板书,这形象中传递出数年如一日的那种因忠于事业、教书育人所塑造出的人生品格与人生价值。徐世槐老师给我的感觉,他的形象与他所热爱的事业,有着高度的契合,他似乎天生就是为教书育人而塑造的。他还写道,有时,会为了修志中的某一需要,独自一人夹着一个简单的文件包,跑到外县或寻人或搜寻资料。我也能从他的叙述文字中,找到他当时为工作奔走于异乡的那种执着。同样地,他的或埋头于修志,或奔走于异地的形象,虽与站在讲台前有别,但仍然是动人的,仍然深深地印入我的脑海里。

纵观徐世槐老师的作品,写人生,写时代,写事业,文字朴实,忠于自己的人生经历,忠于自己的真实感受。有什么,写什么,娓娓道来,把自己的人生历程,自己的所思、所想、所感,毫无保留地呈现出来,让我更多地知道了他的方方面面,更多地知道了他人生中的一些大事小情,更多地看到了他身上积极向上的人生观,因此,也让我更加钦佩他、敬重他。文如其人,徐世槐老师的创作,既是他不可分割的生活内容的一个部分,也是他的生命本身一个重要的组成部分,因此传达出的文字信息,可信,可感,可读,读这些文字,一如见徐世槐老师本人。

徐世槐老师又一次结集出版这部散文集《最后的握手》,这是值得祝贺的一件事。除了这本散文集之外,值得一提的是徐世槐老师的人生与他对人生的态度以及他几十年来的文学创作历程。

2022 年 7 月 1 日

序 二

吕人俊

散文,它是文学样式中快捷的轻骑兵。

散文创作,这是人类感情表达的一条生活流泉。

扎根浙南山区,从事教育事业的徐世槐,长期以来,他把读书、教书看作是人生与之不可分割的事业。

在故乡教书育人的岗位上,由于敬业,他先后赢得的荣誉众多,但做人低调的他,从不张扬,这也许是他的个性使然。

每天八小时以外的时间,他写点感受最深的,而又最值得一写的人和事的文章。从此,业余写作已成为他日常生活中不可或缺的一种乐趣和享受。

长期以来,他积累了许多文章。当他反复地、满意地面对业经筛选、删改好的每篇稿子后,一部散文书稿,便在他那多情的眼帘里形成,其书名《绿色长廊》,已于1997年正式出版,这是徐世槐人生中的第一部散文集。时隔12年,该书再版一次。

此后,不甘寂寞的徐世槐,从他那些感人的行动中,曾经吐露过发自他心灵的寄语:"用口与笔给后辈留下知识。"新近,世槐老弟特地送上第二部已编排就绪的散文集稿样,其用意有二:其一,让我为书作序;其二,以第一位读者身份挑刺儿。在一时难以推辞的盛情面前,我终于接过《最后的握手》的书稿。回味浓、创意新,我为他再出成果而感到高兴,也为他祝贺。

书稿读后,让我感悟到作者尝试着散文创作的新理念,已逾越"形散神不散"的陈式旧套的制约,诸如第一辑里的《丰碑》《麻雀学校演红剧》;第二辑里的《重出江湖的百丈漈》《龙麒源观水》;第三辑里的《两盆蜡梅》《淡如水、浓于水》;第四辑里的《白莲花开》《你,让我高歌》……

以上所列举的部分散文作品,不论作者怎样剪裁落笔切入,或者是不同一般地选准最佳角度而落墨,让人读了似觉清新;让人吟诵着犹感沉醉于淡淡诗意之中,很值得人们品读和欣赏。

我们认为,余秋雨领衔的文化散文,是20世纪散文史上很值得关注的文体革命。继文化散文热潮之后,2008年,以周闻道、周伦佑为首的散文家与文艺批评家发表了《散文,在场主义宣言》一文,提出"在场主义散文",强调的就是散文作者主体的在场与作品客体的去蔽,"在场主义散文,就是无遮蔽的散文,就是敞亮的散文,就是本真的散文"。著名文艺评论家范培松进一步论述:"最重要的在场,是文化人性的在场、散文与文化人性同在,散文与文化自我同在。"本书选取的78篇散文,大都从第一人称出发,写"我在场"所做所见所闻所感,敞开自己的心扉,无遮藏地抒情怀,写气节,谈思想,介入了"文化人性"。

这本集子作者有意无意地进行"在场主义"的尝试。"在场主义散文"如果加强人性的批判,就会显得更加有活力,这不仅是本书作者,也是所有散文写作者今后所努力的方向。

是为序。

2014 年 10 月 19 日

目　录

阅读是一种信仰

客枕依然半夜钟

高标逸韵君知否

白莲花开

历史的珍珠

阅读是一种信仰

诗情画意盈书楼

我家有个"半亩方塘"。

方塘就是"水明楼"。

楼里摆放12个大书橱。

橱里藏有辞书、外国文学、中国古代文学、近现代小说、诗歌、散文、传记、大学教科书、理论著作、红楼梦研究、刘基研究等书籍，计10 000多册。

橱上饰满书法、美术、摄影、雕塑等艺术作品。我一踏入满目琳琅的书楼，就沉浸在艺术的方池里。

南面靠着的两个书橱上方，挂着四个横匾：右上方是八旬书法家吴亮题写的书房之名"水明楼"，其书多力丰筋，老辣有加，名字是散文家杨奔从杜甫诗《月》中的"四更山吐月，残夜水明楼"中选取的，要求自己像楼外的凤溪水那样透彻明亮。下匾是作家吕人俊邀请书法家马亦钊题写的隶书"猛志常存"，字态方正，气度稳重。左上方是中科院副研究员蒋维洲回来探亲，带回的书法家刘思德的草书手迹"鹰击长空"，墨迹敦厚，气格雄健。旁边是1.2米长的巨幅照片，这是2002年7月笔者赴京参加《人民文学》举办的报告文学颁奖大会集体合影，并以此来勉励自己的作品要更上一层楼。

北面粉墙上，挂着两画两书。一画《红梅》，是刘基故里国画家刘守群赠送的，旨在勖勉我铭记"宝剑锋从磨砺出，梅花香自苦寒来"的名句；另一幅是瑞安断臂画家林成姁的口画《竹》，疏淡可爱，竹影似乎在宣纸中随风摇曳，具有北宋"湖州画派"的文同所写的"虚心异众草，劲世逾凡木"的精神。一书是中学高级教师刘刚送给我的行书作品《云水风度》。他的笔法，似有元代大师赵孟頫《洛神赋》遒劲姿媚的神韵。尽管自己书法不工，但很爱欣赏，从中陶冶自己那"宠辱不惊，闲看庭前花开花落"的恬淡性情。另一幅是中国书协会员江折人的绝笔。六年前，他身患癌症，停笔多年，但他还是应我的老同学王振生的恳求，根据我的意愿，破例写下"用口与笔给后辈留下知识"的行草条幅，其书气势挺拔，纵横舒展，给人奋发的快感。

两个大橱顶上，还摆着一系列精致的工艺品。右橱上面的中央，安放着鲁迅先生的半身石膏像，愿自己继续发扬鲁迅"孺子牛"的精神；旁边还有青年根雕艺术家包宗良的《母子望月》。他告诉我，作为老师的你，扶掖那么多学生朝着理想奋斗、成才，赠送此根雕，权当祝贺。其左，是去年学生赠给我的生日礼物盆花：赭黄色的唢呐花，雪白的百合花，透出淡淡清香的紫罗兰。看到学生如花朵一样万紫千红，真的，自己也和花朵一样开心。

东面墙上，右幅是书法家叶诗斌祝贺本人散文集《绿色长廊》出版而撰写的《满江红》，其词形神兼备，其书峻峭与飘逸并存：旁边有书法家汪廷汉行书陆放翁的七绝《剑门道中遇微雨》："衣上征尘杂酒痕，远游无处不消魂……"骋翔龙舞的笔势，揭示作者被朝廷破灭的"上马击狂胡，下马草军书"的宏愿，也传达出"国仇未报壮士老"的悲愤。还有原温州大学教师斯声先生画的《雏歌》，运用徐悲鸿、王雪涛的小写意，画出七八只毛茸茸的淡黄与黑白相间的雏鸡，在诱人的碧蕉之下，或跳跃，或觅食，或凝思，多么祥和的农家小院图景！

书橱的上面，摆着两方大小相同的竖式镜框：一方是原小学校长、县卫健局局长周宪微赠给我的题为"行正道，精教学，笔走龙蛇写春秋"的书法，一方是我扮演微电影《伯温家宴》中老村长的广告肖像。

我在自己书房中看书、写作，犹如坐在开足马力的航船上，与李大钊、黄继光、马特洛索夫，与《老人与海》中的桑提亚哥等做伴，他们领我前进，乘长风破万里浪……

2004 年 3 月 9 日

我唱《愚公移山》

每每听到商店招徕顾客的音响传出动听的《愚公移山》时，我的心就醉了，也就孩子般地踏着节拍，用低八度和唱："望望头上天外天，走走脚下一马平川……"

说实话，我不是歌迷，不是"发烧友"，更不是音乐人，充其量是个"准"唱歌爱好者。遇上电视、广播、三用机中传出《愚公移山》，我总要跟着哼几句才过瘾。不是吗，那牵住你不放的旋律，你敢不开口？

此时，我便记起北魏杨衒之《洛阳伽蓝记》的故事。卷四的《法云寺》条："有田僧超者，善吹笳，能为《壮士歌》《项羽吟》，征西将军崔延伯甚爱之……延伯每临阵，常令僧超大为《壮士》声，甲胄之士莫不踊跃，延伯单马入阵，旁若无人；勇冠三军，威镇戎坚。二年之间，献捷相继。"

这个故事，可以证明音乐在战争中有着非同寻常的作用。法国的《马赛曲》《国际歌》，我国的《义勇军进行曲》，曾是无产阶级革命战士的进军号角。在这和平建设的年代，歌曲还有多少作用？在许多人眼里，歌曲似乎纯粹是消闲品。我却不以为然。贝多芬说过："音乐应当使人类的精神迸发出火花。"显而易见，歌曲不单单有娱乐作用，更是思想教育的积极手段。

《愚》歌不"愚"啊，"面对着王屋与太行，凭的是一身肝胆"

"任凭那扁担把脊背压弯，任凭那脚板把木屐磨穿"。这种奋斗精神，体现在毛泽东的《愚公移山》一文中，曾一度鼓舞中国人民打败日本鬼子。说句心底话，今天，生活富裕了，吃苦精神却相对贫乏了；道路顺利了，开路意志却相对脆弱了。我们要"致富思源""富而思进"，不要脱掉艰苦奋斗的征衣啊！

于是乎，在石林公园学校任教期间，作为班主任的我，感到肩上的担子很沉，应该教会学唱《愚公移山》，虽然我不是音乐教师。

我托石林公园学校初一（2）班的文娱委员把歌曲抄在黑板上，先教曲后教词，再跟"江涛"学几遍，一节课便学成了。

教唱此歌后，我针对学生实际，号召他们节约零用钱，结果4月份比3月份的花销下降三分之二；号召学生以"愚公移山"精神攻坚，仅4月份，课外阅读笔记，50位学生就写了16万字。

歌曲《愚公移山》是我真正的朋友，不啻于高山流水。当我高唱"望望头上天外天，走走脚下一马平川……"的时候，我倒自负起来，尽管我没有歌星那样结实饱满的音色，难道不认为我这个老头子就是激越旋律中一个活跃的音符？

2005 年 8 月 1 日

厅 堂

　　我住温州瓯海梧田龙霞女儿的新居，整整三年了。1095天的生活，真叫"吾爱吾庐"，尤其爱这个好宽敞又好温馨的厅堂。160平方米的套房，厅堂就占了三分之一。人家进来，都惊诧地说："嗬！恁大的厅堂，简直可以打排球喽！"

　　活动空间大了，精神更加充实了。

　　厅堂是休闲所。西面为正壁，靠着偌大的米黄色电视与音响柜架，正中摆着电影小屏幕般的背投电视，柜两边由一对一人高的景德镇制的景泰蓝大花瓶守护着，左瓶口摆着素洁的茉莉花，右瓶口插着一束红牡丹。右角立着一株阔叶碧绿的"招财树"。东面茶色玻璃大门前，赭白相间的垂地窗帘，与灿烂的阳光相映成趣。南北面的门与柱是淡黄色的，上面有规则地排列着由黑色细纹套上的大小长方形图案。南壁雪白的粉墙上，门右上方挂着斯声先生的国画《雏歌》镜框——图上淡黄色的几只小鸡，在碧篁下悠闲地觅食。门左边上是一方青褐色的商鼎模型。天棚是九朵四瓣白花的大浮雕，乳白球灯便是花蕊了。地面由143块淡白隐纹的广东砖铺成。大厅中间横着褐黄的长短沙发。有时家务干累了，或是文章写倦了，便躺在沙发上闭目养神，或斜靠着，微开眼睛品味着古朴、优雅、淡远、恬静且生机盎然的氛围，或是看看《温州日报》《文学报》，或是温习《世界通史》，或与朱自清同坐，欣赏秦淮河汩汩的桨声，疏疏的灯火，领略那晃荡着蔷薇色的历史……

"有朋自远方来，不亦说乎？"友人来了，我们嗑嗑瓜子，品品龙井，剥剥瓯柑，谈谈《山海经》，也真个够味！打开电视，看看赵本山戴着鸭舌帽，穿着中山装，着双粗布鞋，睁着大眼睛，你怎会不发笑？又来了位矮个子，留着准刘海儿，穿双白球鞋，挎着书包蹦蹦跳跳的，你不跟着潘长江返老还童才怪呢！

厅堂是运动场。早上6点半起床，我便在厅堂围着沙发跑圈，再也不必沐风栉雨了，等到汗星渗出，也就收场了。傍晚，从幼儿园接回的外孙，在厅堂优哉游哉地骑小自行车，耍滑板车，弹跳橡皮球。假日，文成来的孙儿，在此又要与我一起比赛搭积木，还强要我与他捉迷藏……大概，这就叫天伦之乐吧！

厅堂又是个大教室。自己退休，赋闲在家，温州六中、十三中、十九中，梧田一中、二中，白象中学等校师生常来串门，询问：演讲稿怎么写？怎样进行演讲？议论文一题多议如何议？话题作文题目怎么拟？新概念作文的真体验如何表现？创造性思维有几种？……有的还拿来《火星我的家》等想象作文、《塘河我的母亲河》等诗叫我修改。晚上，双休日、假日，师生络绎不绝，经常满座。

厅堂还是个地球村。一打开"CCTV"，从背投电视上就能看到：北京、广州的白衣天使舍身医治"非典"患者，杨利伟乘坐"神舟五号"巡天八万里，国家领导人满面春风地访问欧盟国家，巴勒斯坦的清真寺被以色列爆炸……可谓"秀才不出门，全知天下事"哩！

回想三年前，三代五口挤在新居对面60平方米的房间，虽然其比之当年陈景润在6平方米房间攻克"哥德巴赫猜想"，叶永烈全家蜗居15平方米房间，自己躲在阳台写《十万个为什么》，已算阔气多了，但是在旧居，小孩的头碰碰磕磕，常常喊天哭地；客来住宿，还要家人大迁移，还要人员大调整，还要打地铺，忙得不亦乐乎。今日的四室两卫一厨一厅两阳台的新居，与旧居相较，判若云泥。

新居的雅趣，全靠厅堂的乐趣添上浓浓的一笔。

2004年5月9日

丰　碑

没有伟大的人物出现的民族，是世界上最可怜的生物之群；有了伟大的人物，而不知拥护，爱戴，崇仰的国家，是没有希望的奴隶之邦。

——郁达夫《怀鲁迅》

读鲁迅——"他还活着"

我知道鲁迅的名字，远在 60 年前。1953 年秋，我考入文成中学读初一时，温州著名的语文教师江国栋教《有的人》（此诗是臧克家 1949 年 11 月为纪念鲁迅逝世 13 周年而写的）一课。教课开始，他介绍作者，边讲边写，我们边听边记："鲁迅，原名周树人，字豫才，1881 年 9 月 25 日生于浙江绍兴一个逐渐没落的士大夫家族……"记了五六百字之后，还要求我们背诵毛泽东同志给鲁迅的崇高评价："鲁迅是中国文化革命的主将，他不但是伟大的文学家，而且是伟大的思想家和伟大的革命家……"听过介绍之后，我才懂得"有的人死了，他还活着"的意义。我记得江老师还拿反对新民主主义革命的蒋介石，印证"有的人活着，他已经死了"。虽然当时我只有 14 岁，但鲁迅在我心中，是一位了不起的伟大人物，是一位很值得崇敬的人物。

读普师时，作家杨奔教《记念刘和珍君》，该文歌颂青年学生的爱国热情和斗争精神，唤起群众的觉悟，鼓励革命战士更英勇地继续进行斗争。同时我读了《论"费厄泼赖"应该缓行》，作者号召大家发扬"痛打落水狗"的精神。在那"破帽遮颜过闹市，漏船载酒泛中流"的环境里，仍然运用如投枪、匕首之锐的杂文与反动派进行不懈的斗争，这才让我懂得"鲁迅的骨头是最硬的，他没有丝毫的奴颜和媚骨"。

我在高校中文系课本《中国现代文学史》和《中国现代文学作品》中，全面系统理解鲁迅生平、思想发展与文学成就。我国第一篇白话小说《狂人日记》，彻底地暴露了家族制度礼教的弊害，深刻地揭露了封建统治者的吃人本质，我阅读了《阿Q正传》等，从中真正理解"鲁迅的方向，就是中华民族新文化的方向"这一著名论断。

观鲁迅——"民族魂"

1971年夏，我独自专程赴绍兴旅游，第一站就是瞻仰"鲁迅故居"，并拍了多张照片。我在鲁迅老家的灶间，似乎听到鲁迅与闰土的对话："啊！闰土哥！""老爷！"似乎看到闰土那松树皮一样的手。看到长工的睡房，又想到闰土的父亲。鲁迅少年与农民儿子有交往，怪不得他的作品中有深深的农民情结。可惜，当时的"百草园"种的是一畦一畦的番薯。是的，当时，连鲁迅都要批倒，遑论保护什么遗产？这自然是中华民族历史中蒙羞的一页。

次年，我又去上海。我不是先去外滩、南京路，而是去虹口公园参观"鲁迅纪念馆"。我看到馆中鲁迅的许多文稿、书刊、照片、生活用品。在1936年写的《答托洛斯基派的信》《答徐懋庸并关于抗日统一战线问题》等的手稿中，看出鲁迅热烈拥护中国共产党提出的建立抗日民族统一战线的政策。同时，我们看到鲁迅灵柩上盖过的绣有"民族魂"的幡旗，说明广大人民群众对鲁迅的无比敬仰。

1988年夏，县教育局组织中学校长去福建参观学习。到达厦门，我开了一个"小差"，独自赴厦门大学去参观"鲁迅纪念馆"。印象最深的是他简朴的卧室：一只破旧皮箱、一张木床，还有一条用农村土布织的白底黑线方格的被子。这还让我想起他在厦门去邮局领稿费时，因穿着寒酸而被拒付的情景。他与洋教授辩论时，摸出角子丢在桌上："我有钱，我有权利发言！"从而保证中文系经费的兑现。鲁迅的傲骨与正气，令我心旌摇动。离开厦大时，在校园的鲁迅石像前，我深深地鞠了三躬。

学鲁迅——"俯首甘为孺子牛"

自从师范学校毕业后，我一直没有离开教育岗位。我读鲁迅的书，教鲁迅的文章，遵循"我好像一只牛，吃的是草，挤出来的是牛奶、血"（许广平《欣慰的纪念》）的教导，勤勤恳恳为人民服务。我一生待过九所中小学，都是在贫困山区。对于教书地点，我从来不挑剔。在那"非常"时期，我从山下的中学"提拔"到高山的石垟乡吴坳小学任教，多少人白眼相看，我却泰然处之。在党的领导下，老区的前辈为新民主主义革命事业付出了生命，我仅仅在条件差一些的学校任教，何足挂齿？更应该认真培养当地人才，改变落后面貌才是，所以，我恪守职责。学校坐落水田旁边，当暴雨来时，田水从墙脚的岩缝中浸进来，漫至大腿，连课桌也浮了起来。我便带领学生深挖水沟，争取早点排干。中堂第二层的楼板仅铺一半，学生随时都有跌下的危险，我与大队党支部负责同志商量，发动学生家长与大队干部上山砍树修理。同时，发动学生与群众清理篮球场。有人讥诮："你这个被'改造'的人倒十分卖力！"我笑笑说："为群众卖力，为学生卖力，有什么不好啊！"

1984年5月，我担任石垟林场中学校长。为了普及老少边区的九年义务教育，解决师资困难，我决定聘请外地教师。人家说，我是文成教育战线第一个"吃螃蟹"的人。6月下旬，我单枪匹马去东阳、永康周旋了一个多月，才聘请到徐福深、吕文礼、胡振凡、陈森林、胡继能五位教师担任初三年级教学工作，后几年又多次去金华、丽水地区聘请教师。学校教学质量迅速提高，文、景、泰三县学生慕名而来，生额爆满。学校蝉联三年县先进学校、先进党支部。我曾被评为县优秀党员、市优秀教师，获省"春蚕奖"。

县委书记钱成良在调离文成之前，亲题鲁迅《自嘲》中的"俯首甘为孺子牛"一句予我，至今我仍挂在书房，作为一生的座右铭。

讲鲁迅——"满座重闻皆掩泣"

从教至今，我曾在文成教师进修学校、西坑中学、石垟林场中学、石林公园学校、二源中学、温州朝花作文班、文成老年大学做过十余次有关鲁迅的讲座。每次讲座，我都带着一大摞的材料：讲义、照片、漫画、书法、剪报、《鲁迅全集》16大本，共三四十斤，人家开玩笑说："你啊，去教书，像孔夫子搬家！"

为了让学生与学员有一个感性知识，我将教室四壁布置得满目琳琅，创设一种浓浓的情景。鲁迅50岁的肖像画，我第一次请西坑徐松茂老师放大，因多次使用破损，后又请西坑区粮管所的郭廷亮同志、樟台中学的程学春老师相继炭精放大。1972年春，我利用星期六给西坑中学毕业班学生做讲座，化学教师周光德也来旁听。讲课前，我足足备了3个月的课，看了鲁迅及有关的近30种书，以生平、思想发展、文学成就三条线索同时进行。当讲到鲁迅于1936年10月19日清晨5时25分，在上海大陆新村九号寓所逝世，举世悲悼，万人送葬时，我的鼻子酸了，极力忍住眼泪。当时，全班52名同学伏在桌上，埋着头，一片唏嘘声，有的放声哭了出来，"满座重闻皆掩泣"（白居易《琵琶行》）的场面持续了十余分钟。待我轻轻地开口:"下课了,你们去吃午饭吧!"他们才陆陆续续地擦干泪水,慢慢走出教室。

是啊,我国失去这样一位"向着敌人冲锋陷阵的最正确、最勇敢、最坚决、最忠实、最热忱的空前的民族英雄",心里怎么不泣血啊!

写鲁迅——"为了忘却的纪念"

《阿Q正传》是鲁迅小说中最著名的一篇。罗曼·罗兰和法捷耶夫极口称道阿Q这个艺术形象的生动与深刻。这是以辛亥革命前后闭塞落后的农村小镇末庄为背景,塑造的一个从物质到精神都备受戕害的农民典型。小说改编成电影后,我带领学生看了,并辅导他们写观后感。课前,自己写一篇题为《阿Q的悲剧》的文章,启发学生,辛亥革命的运动是和阿Q的命运紧密地联系着的。阿Q被送上法场,辛亥革命也同时被送上了法场,枪声一响,这个革命的生命便和阿Q的生命一起结束了。这是一个伟大的现实主义作家对现实的宣判,正如毛泽东在《湖南农民运动考察报告》中所写的:"国民革命需要一个大的农村变动。辛亥革命没有这个变动,所以失败了。"

"文革"期间,文艺界产生了新的"党八股",没有用历史唯物主义对待古典文学,也没有实事求是地反映当时的社会现实。我在1997年4月7日的《浙南日报》上发表了《坚持马列主义文风》一文,主张以鲁迅为榜样,匡正时弊,以期出现一个百花齐放的文艺春天。

1982年2月18日,我又在《浙南日报》上发表《学习鲁迅,解剖自己》的杂文,呼吁干部多做自我批评,正视缺点,在改革开放的季节,不要做别里科夫那样的"套中人"。

1995年夏,我参加省教育学会在舟山嵊泗召开的年会,返温特地经过象山的大徐村,去拜谒革命青年作家殷夫的故居。后来,我写了《历史的长子》一文在《温州文学》发表，叙述了鲁迅在"忍看朋辈成新鬼，怒向刀丛觅小诗"的白色恐怖中，一如既往地关心殷夫。1929 年 5 月至 11 月的半年中，据《鲁迅日记》不完全的记载，曾有 14 次与殷夫交往，大部分是关于信、稿件与译作等问题，其中三次给予经济上的帮助。由此可见，鲁迅对革命的文学青年，是何等深切的关怀和爱护啊！

鲁迅是我心中的丰碑。写鲁迅，是为了纪念鲁迅，是为了我、你、他永远不要忘却鲁迅。

2005 年 6 月 3 日

麻雀学校演红剧

每年临近国庆节，我就记起了多年前的一次演出。

1979年下学期，我在浙江省文成县石垟公社吴坳小学任教。校务计划安排：10月1日举行国庆30周年文艺演出，并特地注明演出压轴戏是独幕越剧《红军儿女》。

消息传开后，村民欢呼雀跃："好哇！千年不听锣鼓响，现在总算有戏看了！"文化圈内的人惊愕："你这橘子大的学堂，还想演越剧？"外校的教师泼冷水："你呀，总是怎积极！有的区校、乡校、中学连三句半、大合唱都不搞，你这个麻雀学校还想演什么'戏'？"

我这个人本来就不安分。无论在什么学校教书，每逢重大节日，都要搞点文娱活动庆祝庆祝，何况是中华人民共和国成立30周年大庆！

面对种种议论，心里很不平静。学校确实橘子这么大：全校两个半教师：一个公办，一个民办，一个半民办。学校确实麻雀这么小：5个班级、61个学生，大部分还是拖鼻涕的。演出此剧，无异于完成一项史无前例的巨大工程！我想起1965年春，我参加浙江省委工作队，在义乌东塘公社十八家大队搞社教，曾组织青年在"五四"那天参加苏溪区大会演，我也是拉出婺剧《红军女儿》，还捧个二等奖凯旋。回想20世纪70年代后期，"样板戏"已不时兴，我便挑来"文革"前浙南地区喜看的越剧演出。我又分析了前台、后台、导演、道具等情况。十八家能演，吴坳小学为什么不能演？我思忖，难道宣传党的方针政策、宣传农村的好人好事有错？进行革命传统教育还有错？就《红军女儿》剧来说，当年江西革命老区，在白匪追击侦察员老张的紧要关头，小红机智地把老张藏在地洞里。这也正是革命老区吴坳人民斗争历史的写照，正是大家喜闻乐见的啊！

说起容易做起难。时间紧，人才缺，交通不便，不能不使我有点紧张。我找大队党支部书记叶清华商量。他说要召开大队干部会议，共同克服困难。于是，我的腰板硬了。

正如大家说的那样，"老徐是吃老虎胆上路的"！我排除一切杂念，着手准备了。三位教师落实了自己班级的（有两个班复式的）文艺节目：大合唱、小组唱、对唱、独唱、快板、三句半、小演唱、独奏、舞蹈等16个，全校师生全力以赴攻克剧本。

演出责无旁贷地由我这个公办教师"担纲"，主演也只好由我这高个子"领衔"。说来也好笑，当年读小学六年级时，我演过一回话剧《阴谋诡计》，只是充当跑龙套的民兵。教书后又演过越剧《风陵渡》，当了一回主角八路军政委。由我这个演技半生不熟的人主持演出，真叫人觉得有点头脑发胀！

其他人物呢？方老太太，即红军家属，由民办女教师富一琴扮演，红军女儿小红由五年级学生吴建超扮演，半民办教师程学炳扮演匪排长，因本校学生个子太矮，匪兵甲、乙、丙的角色只好与西坑中学领导商量，借请本地的高初中学生吴日建、吴利平、翁仞旭担当。

主心骨导演，还有作曲的，还有化妆师，还有鼓手，怎么办？我专程跑到20里外的西坑区文化站，请站长叶旭东全权操办。

后台的大锣、小锣、钹由谁敲打？主胡由谁拉？笛子由谁吹？16个小节目由谁配乐？我又跑到10里外的石垟社校、石垟林场讨救兵，请来蒋建海、刘化平、叶世杰、黄荣怀协助。

俗话说："做事勿拣日。"日期一定，天天逼近，不免犯愁。时间急迫，要紧的是科学安排。9月14日夜，点着煤油灯，我用复写纸抄毕剧本。第二天召开全部演出人员会议，决定在保证教学的前提下抓紧排练。前一个星期的前五天，业余背熟台词。星期六下午和星期日排演，日夜兼程。我们还到西坑区文化站借来部分道具，并补做木质手枪、步枪，还到农户借来方老太太的服装，租来两盏汽灯。蒋建海老师还亲自抬风琴到校……

10月1日，吴坳大队比过春节还热闹，学校彩旗招展，五星红旗高高飘扬，小孩子还放鞭炮呢！一大早，社员纷纷找来自家的大木、门板，在操场搭起简易戏台。下午，挂起紫红色幕布。台前，摆满一排排长长短短的木凳、高高低低的竹椅，俨然一个露天剧场。吃过晚饭，社员就拖儿带孙，陆续到场，三四百号人济济一堂。操场剧场一片欢声笑语。

入队宣誓仪式之后，便由《社会主义好》《我们走在大路上》的全校师生大合唱开台。接着，便是《浏阳河》《南泥湾》《采茶舞》《吴坳大队新事多》《防火十大注意》《二泉映月》等节目纷纷登场。唱呀跳呀，掌声连连。

《红》剧开始了，台下鸦雀无声。当演到匪兵要向大娘、小红下毒手，伤员、红军侦察兵老张毅然挺身而出，"叭"的一声"击毙"匪兵，霎时，全场爆发出春雷般的掌声。

历时两小时十分的节目结束，人们还不想离去。"演员"谢幕之后，大家才慢慢起身。火篾灯、火篮灯、电筒、风水灯、灯笼组成的条条火龙，又伴着欢声笑语，向四面的山坪、山坳、山坡蜿蜒流动而去，活像一个奇特的灯会。

30年过去了，那所麻雀小学也在10年前并入石垟乡校。但革命老区吴坳历史上第一次演出大剧的情景，仍在我记忆中盘旋……

2009 年 1 月 10 日

我的最爱

熟人问："你住温州十余年，最喜欢到哪儿逛逛？"

"市图书馆。"我不假思索回答。

"图书馆？"他们惊讶，接着，又若有所思地说，"嗯，是的，你总是离不开书。"

说实话，我离开了书就不能生活。像我这个时常动动笔杆子的人，更不能没有图书馆。

窗户，市图书馆是我增长知识的窗户。我是温州市图书馆多功能厅听讲座的常客。多年来，我听了15次讲座。如《李商隐及无题诗》《未来世界需要什么样的人才》《夏承焘的词学成就和学术品格》《世界电影艺术》《从志同道合到分道扬镳》《民间故事及其特色》《天籁、地籁、人籁》，等等。尽管杂务多，我总是提前一个小时乘公交车按时赶上，常坐前排。每一次空手而去，满载而归，因为学者、专家、教授都站在现代科学的前沿，传达最新的信息，传授最精彩的内容，我会快速记下，这样，每一次讲座都为我打开一扇知识的窗户，扩大了视野。

明灯，市图书馆是我写作的指路明灯。2004年5月16日，丽水学院副院长、教授吕立汉主讲《刘基研究的若干问题》，指点我写作的迷津。他讲到刘基研究的题材：生平、版本、军事思想、哲学思想、文学思想、文化教育思想、堪舆学等方面，拓展的空间还很大。

笔者作为刘基故乡的后辈，又是文成县刘基文化研究会副会长，更应该带头研究。我读了刘基的《记》之后，觉得其孝道思想尚未开发，于是就从父子、夫妻、兄弟等方面进行剖析，写成《刘基的孝道论》一文在《浙江工贸学院学报》发表。我又根据自己长期从事教育工作的实际，针对目前刘基教育思想研究薄弱的状况，写了题为《刘基教育思想的继承与发展》一文，内容分别是："教，政之本也"；"为郡、县者""注意治学事"；"积而能散，散而得其道"；"学成而以措诸用"；"教学之官""跻大官、任宰辅者，非一人也"等五点，引用文成教育发展的史实，分别发挥为"教育必须为政治服务""政府应该重视教育""积极推崇民间办学""注意理论与实际结合""全社会应尊重教师"等五个小论点。目前，又撰成《回天碑及其他》，从逆向切入，对刘基的堪舆学进行局部的诠释。上述两文分别发表在《刘基文化研究》第二、三集上，为刘基文化研究添砖加瓦。

宝库，市图书馆又是我写作的资料宝库。20 世纪 90 年代初，文成县教育局聘请笔者主编《文成县教育志》。志从南宋嘉定四年（1211）开始叙述，距今近 800 年。文成县是 1946 年 12 月由青田、瑞安、泰顺三县边区析置建县，三县的哪些乡村划归文成，以前没有单独的原始记录。此地域历代有 18 所书院，较有名气的私塾有 20 余所，中进士的 15 人，中举人的 31 人，等等，只好到市图书馆古籍部，翻阅三县旧志，摘录有关材料充实。2001 年秋，县教育局又聘请我任《文成县教育续志》执行主编。由于档案材料管理不善，如学校集体或个人的荣誉名单，时有残缺不全，我再次到市图书馆报刊阅览室翻阅自 1991 年至 2002 年的《温州日报》合订本，将教师节前后公布的荣誉：市、省、全国的先进集体、个人名单，如尊师重教的先进集体、市先进学校与市师德标兵、优秀班主任、优秀教师、先进教育工作者、省市"绿叶奖""园丁奖""春蚕奖"获得者，逐年复印，补充完整。多亏图书馆提供资料，两书才如期由华东师范大学、上海古籍出版社出版。

钥匙，市图书馆还是我写作的金钥匙。近两年，本人撰写《刘基故里楹联评注》一书，遇到的疑难不少。《文汇报》编辑刘文峰在撰联中出现的两名词"潜溪""伊品"，苏渊雷撰联中的"冲天一鹤""黄石传书"，唐云撰联中的"白衣宰相"，刘起龙题的匾额"莘谓遗风"等生僻词语……我在古籍部卢礼阳、潘猛朴、柳树椿三位先生帮助下，查找了《辞海》《辞源》《史记》《汉书》《宋史》及《金华府志》《浦江县志》等工具书和史志，才得到确切的解释。去年10月，龙湾区文化广电新闻出版局邀请我编纂温州市龙湾区非物质文化遗产选粹《守望记忆》一书。为了辅导30多位作者，我便往市图书馆借阅《非物质文化遗产学》《非物质文化遗产概论》《国家非物质文化遗产大观》等书，然后再把精神传授给他们，结果33万字的作品，顺利地在西泠印社出版社出版。

温州市图书馆，你这位满腹经纶的知识巨人，无私地献给我无价的财富，扶掖我成长，你，怎能不是我永远的最爱？

2010 年 3 月 15 日

迷途知返是希望

日本大江健三郎的《始于绝望的希望》一文，开宗明义点出："我已经是个老人，在思考未来的时候，对于也许不久的将来会离开人世的自己，我并不做什么考虑。心里想得更多的是生活在将来的年轻人。""希望与因日本而遭受战争残害的亚洲，特别是与中国人民的真正和解。"

这篇随笔是日本著名作家大江健三郎应邀访问中国社科院时的一篇演讲稿。作家 1935 年出生于日本四国岛的爱媛县喜多郎大濑村。1959 年，从东京大学法文专业毕业，著有长篇小说《个人的体验》《万延元年的 Football》《洪水涌上我的灵魂》《倾听雨树的女人们》和三部曲《燃烧的绿树》等。1994 年，他获诺贝尔文学奖。在主编过大江健三郎作品集的翻译大家叶渭渠的眼中，他是一个深受法国存在主义文学影响因而采取"介入社会"主张的作家，身负强烈的责任感。作家格非听过其演讲后，说他是"一个能将发生的国家事件个人化的作家"。

1960 年 6 月，他来我国进行第一次访问。那一年，日本连续爆发了前所未有的群众大游行，抗议日本政府把日美安全保障条约定位为军事条约，大江健三郎参加了抗议活动。

请看，2006 年 9 月，大江健三郎应邀访问中国社科院，他在演讲中说："最近的 8 月 15 日，小泉首相强行参拜靖国神社。当天晚上，早有预感的我和我所信赖的知识界人士组织了大型抗议集会。"

那次集会，哲学家、原东京大学校长南原繁提到了核武器问题。经受长崎、广岛爆炸伤害的人类第一个原子弹受害国日本，担负着和应付的代价，也是日本的出路，是日本民族对世界历史的使命。关于中国问题，他说，决定日本民族命运未来的，只能是重新建立在真正和平基础上的日中两国关系正常化。它的实现需要一个根本的条件，那就是日本国民要对七七事变以来的战争责任做出深刻的反省和深刻的认识。

显而易见，大江健三郎的态度是：日本要正视罪恶的历史，这样才能创造和谐的未来。

现状如何？恰恰相反。钓鱼岛自古以来就是中国的领土，这是毫无悬念的事实。日本右翼人士竟然对我国台湾、香港的民间登岛进行干扰，这是对我国主权的严重挑衅。野田针对韩竹岛（韩国称独岛）纠纷采取了强硬对抗的姿态，从 1903 年至 1947 年，朝鲜、韩国被日军强征的慰安妇达 20 万之多，中国、朝鲜、越南在二战期间被强征的慰安妇也数以万计。多国无数次敦促日本向慰安妇正式道歉和赔偿，当局却予以拒绝。中国、韩国渔民在公海捕捞，日方肆意扣押。二战后，每年的 8 月 15 日，日本几乎所有的首相都参拜靖国神社，并违反宪法，扩军备战。在伦敦奥运会上，日本运动员服装，竟明目张胆地印着日本军国主义旗帜。上述一系列事件，都伤害了日本邻国和世界人民的感情，日本政府不是迷途知返，而是越陷越深。悲哉！

同样是二战的战败国德国，态度与之相反。1970 年，联邦德国总理勃兰特访问波兰时，在华沙犹太人死难者纪念碑前下跪，表达德国的道歉和对二战的忏悔，此举震动了世界。

勃兰特自叙要"替所有必须这样做而没有这样做的人下跪"。对二次大战，德国应进行深刻的道歉和反省。维列·勃兰特同东欧多国签订了一系列协定，缓和了欧洲的紧张局势。维列·勃兰特的一跪，使得全世界都认为德国对战争死难者谢了罪。

其实，日本人民是善良的。许多日本人参观了南京30万人被杀的展馆后，流泪、下跪，赠送花圈、花篮表示悼念、忏悔。许多日本企业家在我国投资，民间团体交流频繁，两国人民往来旅游，表现了日本人民是友好的。

大江健三郎在文章中，非常沉痛地谈道，目前日本政要与政治家中，已经淡化了对战争的反省，甚至已经忘却。大部分日本人已经不再具有那场战争的记忆。担忧的他摘引南原繁的见解："在中国大陆和东南亚各岛施行暴虐，残害数百万无辜生命的那场战争，如果不是我们民族的暴举和错误，不是对同胞和人类的犯罪，又能是什么呢?"这段话，代表了正直的日本知识分子和正义人民的共同心声。

大江健三郎是中国人民的真正朋友。他12岁时（1947年），就阅读《鲁迅全集》，从《故乡》中找到"希望"。他对鲁迅作品爱不释手，一直读到了晚年，从中受到很大的影响。尽管演讲时已经71岁，但他面对猛烈的逆风，加入保卫宪法第九条、保卫教育基本法的运动中去。这一点，正是我钦佩大江健三郎先生的所在。

他坚信："当今，在与中国相处中，尽管日本紧紧追随着美国，一旦挑起战争，无论国土还是民族，首先从地球上'覆灭'的是日本和日本人。这一点连我们最健忘的人们都应当想象得到的。"这就给日本政府指出了一意孤行的恶果，并呼吁：我们必须改变毫无反省的状态，现在就要开始创造美好的未来。

是啊，迷途知返是希望啊!

2013 年 9 月 10 日

责任·积淀·创新

之 一

我一直认为，写作不是个人消遣，而是社会责任。凡是作者手里的文字转化为读者眼里的文章，照时下的话说，就得提供社会正能量。茅盾先生于 1920 年就在《东方杂志》里呼吁："文学是为表现人生而作的。文学家所欲表现的人生，决不是一人一家的人生，乃是一社会一民族的人生。""积极的责任是欲把德谟克拉西充满在文学里，使文学成为社会化，扫除贵族文学的面目，放出平民文学的精神。"在近一个世纪前，茅公就亮出写作的鲜明旗帜，指引我们前行。

历史是劳动人民创造的。文成县石垟林场 8 万亩山林，郁郁葱葱。面积排名全省第五，温州市第一，目前生态之优，为全省林场之最。可是，20 世纪 50 年代之前，此处原是荒山秃岭一片。自 1958年建场以来的数十年间，林工风餐露宿造林，奋不顾身护林，事迹可歌可泣。我感到，若不把林场创业者的主人翁精神表现出来，像欠了一笔债似的。1982 年，我在石垟林场中学任教，与陶源合作，《绿的旋律》在《园柳》杂志发表，打响文成县报告文学第一炮。

西坑畲族镇山后村中共党支部书记白碎图，为造福梧溪畲汉人民做出了不可磨灭的贡献。1984 年 10 月，挑起建造溪后桥的重担，他"不靠仙法，一靠国法，二靠民法"，前后集资 2.1 万元（当时职工月工资30~50元），"花了七天七夜，又花了七天八夜"，把被洪水冲走的桥脚又灌了起来。白碎图在三年内，付出"500工+1600元"。我每每经过梧溪，民工战天斗地的精神点燃我写作的火焰。后来，报告文学《彩虹》在《温州日报》发表。

甲午战争、抗日战争，日本帝国主义给中国人民带来的灾难罄竹难书。哪里有压迫，哪里就有反抗。我在《联谊报》副刊上发表并获三等奖的报告文学《铁山风云》，记录的就是五千多华工在马来西亚铁山反抗日本侵略军的历史史实。

国旗是象征国家主权和民族尊严的旗帜，热爱国家就要热爱国旗。1949年10月1日至1966年上半年的17年，我在校读书教书，没有一天离开国旗。在礼堂挂国旗，操场升国旗。可是"文革"期间，《国歌》被《东方红》代替，"升旗仪式"与"走资派"同时"靠边站"了。1979年，我在吴坳小学教书，不仅此校没有升国旗，就连县城的中学与小学也没有升。我想到1952年4月7日，南朝鲜巨济岛"71"号集中营被俘战士，为了表示回国的强烈愿望，决定做五星红旗。曹明用红药水将白色绸子染红，用奎宁丸化的水溶液将剪好的五角星染成黄色，战俘们轮流一人缝一针。次日凌晨，天一亮，就在岛上升起第一面五星红旗。值班的美军、伪军发现，便大喊降旗，志愿军战士坚决不降，敌军用机枪扫射，吴孝忠、任贵全、孙长青相继倒在护旗的血泊中。于是，我决定与村书记叶清华商量，到山上砍来毛竹，自做滑轮，后到县城百货公司仓库找出一面又红又大的国旗。6月1日早晨，本村历史上第一面国旗在雄壮的《国歌》声中，冉冉升起。《山旮旯里升起五星红旗》一文在浙江《人民政协报》获"我与国旗"征文唯一的一等奖。

就这样，带着表现劳动人民的责任感，我写下49篇散文，结集《绿色长廊》，由远方出版社出版并获优秀图书奖。

最近，中国作协副主席、著名文学评论家李敬泽指出："从鲁迅、胡适那个年代到现在，纯文学的志向是一直没有改变，也不会改变，那就是文学的责任。文学家承担着民族语言和精神的根本责任，这就是严肃文学的现代指向。"目前，我遵循纯文学的指向，承担文学的责任，正在整理从 1980 年至今积下的 78 篇散文，结集为《最后的握手》，交出版社出版。

之 二

台湾"中国文化大学"教授兼中国文学系主任、所长刘兆祐，在《治学方法》的绪论中提到司马迁的《史记》、司马光的《资治通鉴》、顾炎武的《日知录》等，都是以"博览群书"为前提的。研究学问"最辛苦的地方，在于资料之搜集"。我编写《刘基故里楹联评注》一书，最深刻的体会也是这一点，文史研究成功的关键在于材料的积累，知识的积淀。

在编写《评注》的 5 年中，我走访南田各景点 15 趟，青田石门洞 3 趟，温州图书馆 5 趟，几乎查遍自己 7000 册藏书中的古籍，也勉强可以说是"踏破铁鞋"了吧。

一是"联匾"的积累。刘基故里有诚意伯庙、青田刘文成公祠、南田刘伯温纪念馆、武阳村刘基故居、刘府旧宅、参政公祠等 14 个景点，先抄下 85 副联句，33 个匾词，接着一一校对。

二是"照片"的积累。自摄与请人拍，前前后后共摄了 200 余帧，然后挑选 62 帧入书。

三是"作者介绍"的积累。全书有作者 68 位，要查实每位作者的姓名、字、号、住址、官职、事迹、著作等，不能有半点马虎。

四是"说明"的积累。对全书 118 副（个）联匾的出处、思想、艺术进行说明与评论。

五是"注释"的积累。全书共 503 条注释，对其深奥的字、词、句一一进行解释。短的几个字，长的五六百字。

六是"古书"的积累。注释中牵涉《诗经》《左传》《战国策》

《论语》《礼记》《孟子》《墨子》《老子》《庄子》《荀子》《吕氏春秋》《韩非子》《楚辞》《史记》《汉书》《文选》《资治通鉴》《晋书》《三略》《六韬》《三国志》等100余册（篇）古书，计200余处，都要一一查阅，花费工夫之大，难以言表。

之 三

1899年，著名科学家爱因斯坦在大学读书。一次，他问导师数学家明可夫斯基："一个人，比如我吧，究竟怎样才能在科学领域，在人生的道路上，留下自己闪光的足迹，做出杰出贡献？"

导师不回答，默默地把他带到学校的建筑工地。

明可夫斯基说："这是刚铺设好的一段新路，混凝土还未完全干，还没人走，你踩上去试一试。"

爱因斯坦刚踏上几脚，就留下了很清晰的脚印。

导师说："你走在老路上，有没有留下什么足迹？"

"老师，我明白了。"

他明白只有新的路上才会踩出足迹。要创新，只有创新，只有不断开拓新的领域，才会有新的纪录。

这个故事，给我启发很大。1989年后，我调入县教委主编《文成县教育志》。文成县自南宋至今的700年教育，从没有编过史志。我面对这一历史重任，知难而进，不仅要编成，而且要编好。

编志开始，我前往丽水、龙泉、东阳、永康、金华等县市取经，然后拟订工作计划。从调查取经中，我发现他们县市搜集材料步履艰难，教育局布置下去，材料迟迟送不上来，送上来的也与事实不符，拖了编"志"的后腿。于是我与编辑们商量，必须另辟蹊径，走自己的新路。

首先考虑编志程序。我主张分三步：第一步，发动全县乡校以上及较大的村校编写校志史；第二步在查阅全县80所学校的330万字志史的基础上，再缩编20万字的《文成县校史集》；第三步编《文成县教育志》。这样金字塔式的编志方法获得了省教育志办公室的首肯。因为这样，材料全面、详细、准确。

其次是编纂方法。运用传统的编纂方法，还是运用新型的系统论方法，这在编辑的 5 人中有过争论。通过对诸暨、永康、缙云、河北邢台等县市的教育志进行比较，存在共同的毛病就是烦琐，令人生厌。在幼儿园、小学、中学、职业中专等教育阶段中，几乎是清一色的"德、智、体、美、劳"的安排体例，思想教育中的"学雷锋""五讲四美三热爱"，教育中的"教育方针""启发式教授法"，等等，节节出现，层层重复，说了又说，好不啰唆。大部分同志主张照搬外地老框框，这样稳当些，省力些。我坚持改革，主张创新，采用科学前瞻性强的"系统论"的编写方法，因为它简洁、集中、明了、可读性强。有人担心其他省市县教育志没有人用过，恐怕吃不准。为了避免担心，我特地从辽宁大学购来《教育志学》一书，对"系统论"部分进行重点学习。后来，大家认识到运用"系统论"可避免传统方法的短板，结果统一起来了，把各个阶段的"德、智、体、美、劳"归类叙述，一次性完成。我又向市、省教育志主编汇报，领导一致赞赏，可以大胆尝试。结果证明，从理论到实践都是正确的，最终《文成县教育志》获 1997 年县教育科研特等奖。

末了，让我们以美国作家威廉·福克纳在诺贝尔文学奖颁奖大会上的演说词《诗人和作家的职责》共勉。"他们的特权就是去鼓舞人的斗志，使人们记住过去曾经有过的光荣——人类曾有过的勇气、荣誉、希望、自尊、同情、怜悯与牺牲精神，以达到永恒。诗人的声音不应只是人类的记录，而应是使人类永存并获得胜利的支柱和栋梁。"事实业已证明，社会必须改革，写作必须创新。写作者不能重复人家，也不能重复自己。我主编《文成县教育志》如此，写散文，写散文诗，写报告文学亦如此。

2014 年 7 月 18 日

阅读是一种信仰

识字而不读书的人，比起文盲，其实没有占到多少便宜。

——美国文学之父马克·吐温

阅读，我灵魂的壮游

我生命的旅途，从学校门到学校门。我生命的唯一行李是书籍。读书、教书、藏书、著书，便是我的驿站。每跨越一站，都以阅读为利器，所以，阅读就是我的活法。

回忆自己的阅读生涯，整整一个甲子了。自从 1953 年秋考入文成中学初中，在语文教师江国栋的指导下，才懂得什么叫阅读。我从课本中最先接受的外国文学是苏联文学。如短篇小说《夜莺之歌》《缺席者的故事》《红领巾》《第比利斯地下印刷所》等，表现苏联人民在卫国战争中机智、勇敢地打击德寇等等。

江老师指导我们应多读进步书籍。我曾读苏联的《钢铁是怎样炼成的》《真正的人》《夏伯阳》《马特洛索夫》等，又读我国的《吕梁英雄传》《平原烈火》《铜墙铁壁》《三千里江山》等战争小说，英雄群像在我心中生根、发芽。我悟到：一个国家的公民，当家国遭受外国入侵时，应当拿起武器，与敌人进行英勇斗争，誓死捍卫祖国。在和平年代，应居安思危，时刻警惕敌人的狂妄野心。因此，

1989 年冬，我将自己的儿子送去服兵役，在苏北平原的炮位上做出贡献。2012 年秋，日本侵犯我国钓鱼岛，我列举铁的事实，又将德国总统对二战的忏悔与日本首相的执迷不悟做对比，写出《迷途知返是希望》一文，后发表在《散文选刊》并获二等奖。

系统地读古今中外名著，是进入瑞安师范之后，任教语文的是散文家杨奔先生。在他指点下，我曾与曹雪芹、罗贯中、鲁迅、茅盾、巴金对话，又与法国的高老头、俄国的安娜·卡列尼娜、美国的克莱特、奥地利的格里高尔·萨姆沙同行……

阅读，让我像翱翔广袤天空的雄鹰，俯瞰丰富多彩的世界。

学校图书馆逐渐不能满足需要，读普二时，我开始买书。在瑞安新华书店买来陕西师范学院教授霍松林著的《文艺学概论》，是我的第一本藏书。半个世纪以来，节衣缩食，时藏各类书籍 7 000 余册，我的"水明楼"已被两室十二个书橱挤得满满当当，走路常常头撞书，我家曾被评为县十大藏书家庭。

我的藏书，我的财富！

我的阅读，我灵魂的壮游！

阅读，创造家读气氛

气氛，是需要创造的。

我的个人阅读，带给家庭浓浓的阅读氛围。

我常住温州市鹿城区伯爵山庄女儿家，退休后，便以书为伴，手不释卷。

女儿从梧田中学教书回来，备课改作业后，习惯地在宽敞厅堂的沙发上，看《雷雨》《呐喊》《女神》，读哈姆雷特、欧也妮·葛朗台，还有张爱玲、萧红、林徽因的著作及《走进文言文》《材料作文》，等等。除了阅读，她还写教学论文，《巧拟话题作文十法》已由吉林人民出版社收入《论文大赛作品集》。

女婿季日旭是骨伤科副主任医师，每每做手术后，回来已经疲惫，但他看到满头银发的我说："青年人读书的劲头还比不上你老人家哩！"说完，便翻开比砖头还厚的《坎贝尔骨科手术学》，或《实用的剖图谱》，或《脊柱外科学》，一个劲儿地读起来，还用16开的笔记本取精撷要地做记录。如一页股骨头折的分型为四型：I型，髋足节后脱位伴股骨头中央凹尾端的骨折。II型……III型……IV型……除了摘录要点之外，他还将四个型的骨折形状临摹在本子上，以便在做手术时参考。他写了一本又一本，业余还写了多篇论文，在全国、省级医学杂志发表。

外甥季长城在温州外国语学校读初二。他兴趣广泛，既学游泳、打球，又学书法、小提琴，更爱阅读。入夜，作业写完，他读《藏地密码》《目送》《新月集·飞鸟集》《檀香刑》《挪威的森林》，等等。我女儿告诉他，外公作品频频发表，你是否也将习作寄出去试试。小季听了不能自已，在《温州广播电视报》的"新苗"版上，连续发了《收割稻谷》等三篇，赢得读者的好评。

厅堂俨然成了家庭阅览室。晚上，看了《新闻联播》《焦点访谈》之后，四人常沉浸在浓郁的书香里，吮吸知识的琼浆。

阅读，促进学生成长

教师的阅读，促进学生成长，这是天职。我自藏书数十年来，先后赠给图书缺乏的石垟林场中学、石林公园学校、育才、曙光、育英等公、民办学校计2 000余册，给师生提供精神食粮。

1980年，我在石垟林场中学任教初三语文。一次，布置大家每人读一本书，然后举办故事会。会后，再把故事复述在作文本上。通过一读一讲一写，学生的口头、书面表达水平有了一定的提高。学生毕业后，故事大王富晓春成了《县文成报》副总编，并出版《留守大山亦风流》通讯集。周玉潭成了教师进修学校校长、社区学院院长，县作家协会主席。散文《夏游铜铃山》获《语文教学与研究》一等奖，即将出版散文集《青未了》。胡家斋为西坑中学副校长，善写乡土小说，在《延河》《广州文艺》发表，并出版短篇小说《山里山外》、长篇小说《山那边》。

1996年，笔者在瑞安师范文成分校任教普三语文兼班主任，举办"图书展览"。我先带领全班40名学生到县新华书店、县图书馆参观，让他们感受阅读课外书的气氛，并引起他们购买书籍的兴趣。当时藏书最多的是陆昌波，有83本，一般的都有五六十本，作为山区的师范学生，已经十分难得。然后举行读书会，请作家指导。学生在阅读基础上，我又辅导他们创作诗歌散文。在校时，就有陆昌波、厉晓初、叶爱巧等在《温州晚报》《温州日报》发表作品，周光仲的《八十圆梦》获《浙江老年报》唯一的一等奖。毕业后，他们成了学校与机关的骨干，尽管工作很忙，责任很重，但仍然阅读不息，写作不断，他们辅导学生卓有成效，秘书工作众口皆碑。

2013年春，文成中学邀请我给高一600名师生作《阅读是一种信仰》的讲座，谈高中学生阅读的现状、为何阅读、怎样阅读等三个问题，两小时内，曾被二十多次掌声打断，激发了他们的阅读兴致。同年秋，我又在文成二高作《为体现人生价值必须奋发学习》的讲座。一位姓李的学生在作文上写："今天听了徐老师的讲座后，我记住：'如果你不能飞，那就奔跑；如果你不能奔跑，那就行走；如果你不能行走，那就爬行。但无论你做了什么，都要保持前行的方向。'前阶段不努力，成绩平平，从今以后，我要奔跑，争取更上一个台阶。"

阅读，推动社会文明

《人民日报》报道，2013年我国人均读纸质图书量为4.77本，而韩国是 11 本，法国为 20 本，日本达 40 本，以色列 64 本，相比之下，我感到汗颜。列宁曾说："文盲是站在政治之外的。"马克·吐温的观点，与列宁的相通。由此可见，阅读不仅仅是个人的事，而是事关国家战略，事关民族兴衰。鉴于上述，有识之士，必须以宣讲形式来弥补全民阅读的不足，让他们享受阅读的成果，也不失为一种可行的办法。

以个人阅读，推动社会文明，这是我的心愿。

2012 年 12 月 4 日，中共中央政治局会议审议通过了中央政治局关于改进工作作风、密切联系群众的"八项规定"。我学习后，参加文成县第二届"微型党课"演讲比赛，我讲了四个问题：一、"八项规定"的内容；二、全国上下的新气象；三、"八项规定"是"民为本"的体现；四、改进工作作风任重而道远。最后以 92.5 的高分获全县第二名。

北宋名相富弼，字彦国，河南洛阳人，祖籍文成。《宋史》论他在北宋所起的作用曰："富弼再盟契丹，能使南北之民数十年不见兵戈，仁人之言，其利博哉！弼、彦博相继衰老，恺人无忌，善类沦胥，而宋业衰矣。"笔者读了《宋史》，与有关富弼的文诰、诗词、书信及《司马光评传》等有关资料，写成《显忠尚德的北宋名相富弼》在《今日文成》发表，分"笃学机敏""庆历新政""外交策略""淡泊名利"四部分，后分别在梧溪村、西坑中学、艺缘馆举行讲座，共计听众 1 000 余人，并将录像在文成网的"伯温讲坛"播出。目前，在富弼精神熏陶下，村民热爱故乡的观念强了，建设千年古村的积极性高了。

台湾"中国文化大学"教授兼中国文学系主任刘兆祐，在《治学方法》中提到司马迁的《史记》，司马光的《资治通鉴》等都是以"博览群书"为前提的。我为了写《刘基故里楹联评注》一书，曾阅读《诗经》《左传》《战国策》《论语》《礼记》等数十种，历时五年，才得以在人民出版社出版，计 30 万字，出版 5 000 册，现已销售完毕，很多读者要求重版。这说明我从阅读至写作终出成果，旨在宣传"三不朽伟人刘基"，得到广大读者的欢迎。

2013 年夏，我阅读《刘基传》《刘基评传》散文《郁离子》与诗词，写了《刘基的廉政思想》，向全县的共青团干部和少先队辅导员培训班作讲座，与他们共同修筑思想防线。

阅读是我的活法！

阅读是我的信仰！

阅读从个人始，而家庭、而学校、而社会，犹如一颗石子落在碧潭，激起层层涟漪，渐渐扩大至岸边……

我愿更多的个体阅读者，志愿加入大众阅读的队伍，为社会主义精神文明推波助澜！

2014 年 11 月 17 日

写于文成水明楼

次日改于广西南宁市

2023 年 2 月改于

西坑水明楼

客枕依然半夜钟

林海宝镜

　　"飞步凌绝顶，极目无纤烟"，李白的诗句引我登临石垟林场洞宫山的峰巅。步上山顶，眼前便是一泓波光闪闪的湖水，这莫非是仙子失落人间的宝镜？同行朋友们的艺术细胞霎时增多了，有的说，对面青色的犁头尖插在水中，湖像双峰骆驼负着大山；有的认为，东南角稍长，如打挺的鲤鱼；有的补充，南面山脚稍突，又像一张墨绿的枫叶；还有的比喻，突兀的两峰倒映水底，简直像两把黑色的剑。白云朵朵，如同白银沉没水中。斜晖从山顶直扫水面，可谓那"半江瑟瑟半江红"了。

　　大家还不过瘾，又像猴子一样穿过灌木丛，双手扭住树干，一个箭步跃向大坝。望隧洞边的一个半圆形的黑白错落的山崖，如绣在青缎上的一朵盛开的鸡冠花。不知是谁，一颗石子投向湖心，一圈圈的涟漪荡向岸边，山、石、云、天碎成片片闪光的细银。不一会儿，破镜重圆，又恢复先前那绮丽的风姿。

　　大坝水边，横放着一尺高的又细又密的篾帘，不消说，湖里养着鱼。据学生说，已放一万多尾。这时，我条件反射地闻到一股水草的清气，便抛下细碎的饼干。霎时，锦鳞云集，筷子长的青色草鱼，红的、花的鲤鱼竞相争食。也许是看到人影，或是听到人声，便从透明的浅水，倏地跃进淡蓝的水层，最后潜入深蓝的水底不见了。这时，我完全沉浸在美妙的灵芬之中。

我曾游过宁波城内游船如梭的月湖，你似乎比她宁静；我曾游过烟雨楼边的南湖，你似乎比她年轻；我曾游过风光滟丽的西湖，你似乎比她朴素；我曾观过"浊浪排空，星月隐耀"的洞庭湖，你，自然比她端庄、深沉……

夕阳跨过山冈，吝啬地留下最后一抹余晖，我们还要坐下听一对游侣讲的故事：从前，一位银发雪须的神仙，双手握着两把开山斧来到此地劈山。他削了一段，便拓出一个地方歇力。先劈坐的一个平台，后削垂放双脚的绝壁。后来，山开通了，水流下了，神仙也飞走了。那座削出的平台，便成了漈头；垂放双脚的悬崖就成了高漈。他一路休息三个地方，因此留下三个漈。

建办林场后，林工们不知比神仙高明多少倍！在这粟裕、刘英同志工作战斗过的土地上，1979 年，他们踏着艰苦奋斗的脚印，用自力更生的双手，在这三漈坑开凿出水库……

此处的湖水多么清澈！来吧，王母娘娘！请来濯一濯足吧，并看看换了的人间！

此处的湖水多么明亮！来吧，嫦娥姐姐！请来照一照你那翩翩的倩影！

此处的环境多么阒寂！来吧，七仙女妹妹！请来洗一洗澡吧，不会有谁来偷走你们的罗衫的！

1987 年 1 月 5 日

春，在五马美食林

晚上，11月4日晚上，农历九月十九日晚上，我的第62个生日的晚上。

10朵金色太阳花与10束金色太阳光的广告霓虹灯交相辉映，逗我们步入温州五马美食林。

一进门，两位穿着整齐的男士，笑容可掬地点头："您好!""您好!"

"谢谢!谢谢!"我说着，步上二层餐厅，两排美丽的姑娘连声道："欢迎光临!欢迎光临!""谢谢!"我说着步入大厅。嗬!人头攒动，人声鼎沸。地毯骆驼黄的底色上，印着灰白的水仙花纹，花间飞着五朵四瓣的小白花。棕黄的绒靠椅的紫色横档，还镶着黄灿灿的对称花草图案，显得古香古色。圆桌黄布上早就摆妥四副无色透明的器皿。坐下仰看，白梁中间，是蓝天白云的玻璃天平。环顾四周，四人一桌，五人一席，围成方形、圆形，老人、孩子、姑娘、小伙子，吃着、唱着、谈着、笑着。对面扩音器飘来轻盈舒缓的旋律，似乎在橘黄的灯光中，如春风般地徐徐吹过、吹过……

在有暖气装置的大厅里，女婿觉得热了，便把脱去的外套披在椅档，于是，服务员便拿来一只有直条花纹的衣套罩上。

有这个必要吗?哦!防止洒上酒渍汤汁茶水噢!

我女儿抱着不到周岁的孩子，好不安静。一位穿着白衬衫，打着青色蝴蝶领结的服务员，便端过一米高的塑料的黑白相间的童轿，把穿着法国花格衣连裤的旦旦接过去，并给坐了下来。

啊，还有这个玩意儿的呀？女儿说："我也还是第一次见到！"

他，又去拎来一只金黄色的红气球，送到孩子手里。后来，塑料柄给弄断了。

他，又回转拿来黄色的小胶片，把杆与气球粘住，还摸一摸外孙的双颊："宝宝，乖乖！"

他，是谁？这样不厌其烦！

一看服务员证，名叫胡田川，是位"实习生"。我连声说："谢谢！谢谢！"

一位穿围身褡的年轻服务员，两手捧上两瓶中号的"泸州"与"口子窖"，递到我女婿面前供挑选……

这时，桌上已摆满冷盘：炒就的鱿鱼呀，切片的豆腐干呀，青灰色的香螺呀，淡蓝的泥鳅呀，喷香的鸭舌呀，水晶般的柚子股呀，每一圆盘菜边均衬着翠绿的芫荽，配上西红柿片，或黄花蕚，令人眼花缭乱。我，陶醉在香、色、味的绝妙世界！

那位"围身褡"双手捧着"泸州"一一向我们斟酒。女婿首先站起向我敬酒："祝爸爸生日快乐！"

女儿女婿与我碰杯："祝爸爸长寿！"然后妻子祝贺："祝老徐身体健康！"

外孙笑眯眯地舞动着双手，一手摇晃着红气球，一手握着铜匙在塑料板上敲着，发出笃笃笃的响声，似乎跟着祝贺："祝外公生日快乐！"

"长寿面来啦！"一位个子高大、看去约莫二十岁的男士，正从我的身边走来。一看，他叫谢阳。我问："你是本地人吗？"

"不，我是湖北人。"

"你何时来这里？"

"进店只有三天。前半月在温州——对！我是刚刚高中毕业——

是啊，待对面分部装修完毕，就往那儿上班。"

那位"围身褡"送上小黄鱼。我问："你贵姓?"他的服务员证被围身褡给遮住了。

"我叫舒全河，与他同乡，湖北人——到这儿三年了——是，现在已经习惯了。"

"好! 好好在温州工作。"我勋励他。

我夹了一只牡蛎的鲜肉，蘸了蘸酱油醋，吃了挺有甜味。脸较圆、身材中等的袁修达，浙江人，过来扫壳子。我问："同志，你读过《我的叔叔于勒》一文吗?"

"当然读过。不过，婶婶她是连壳吮吸的。"

我曾经在苏州旅游时收藏过牡蛎的壳子。今晚，看到别致的扇贝壳子，我吃了贝肉，便交代他把桌上的几只送给我。他去洗净装上红薄塑料袋递了过来："同志，做收藏用吗?"

"也可以这样说。不过，这个我是给山区学生做标本用的。"

"那你是位老师喽! 贵姓?"

我点点头："姓徐。谢谢您!"

"别客气，徐老师!"

我再夹上一只牡蛎肉，又蘸了蘸绿色青芥末，这可把我呛得咳嗽两声，浑身发热了。这时，个子稍瘦的陈培战发觉了，随即奉上一杯"龙井"解辣。

一样的白衬衫，一样的青蝴蝶领结的河南籍的尹太阳，递上热毛巾擦汗。一看，我直叫："名字取得好! 取得好! 看! 太阳送来温暖啦!"

大伙儿乐得笑了。

三番五次地送酒上菜，三番五次地换碟递毛巾。他们去了甲桌又到乙桌，转到丙桌，又回到丁桌，个个忙得像陀螺直打旋，如果用"穿梭接力走"或"走马灯"两个短语去形容，是绝不会夸张的。

散宴了，女士们、男士们又照样地亲切道别。服务员还帮我们拎着袋子，直送到门口。

　　我，第一次在五马美食林过生日。

　　我，第一回当上真正的上帝。

　　这儿，虽不是我的家，但不是比我的家还像家吗？

　　这时，虽属"霜降"的深秋，可不是像春天一样温暖吗？

2001 年 11 月 6 日

处处旗脚争飞扬

老天很公平，连下五天雨水，让庄稼吃饱喝足后，待在高考前最后一天，龙舟活动日，又慷慨地施舍蓝天、白云、金光。它高兴地俯瞰温州的温瑞塘河满盈盈、银亮亮的水面，和风梳理着翠滴滴的烟柳。水湄是一行行墨绿绿的冬青，冬青后面是红彤彤的庙柱，庙柱托着黄灿灿的龙檐，龙头仰天长啸，蓄势待发……它，像一位出浴打扮靓丽的仕女，更似一位出征前的花木兰。

"使君未出郡斋外，江上早闻齐和声。"6月3日下午1时，人们便闻声聚集千米长岸，从温州梧田新街的妙鸿桥直至老街的双庆桥，里三层外四层地筑成人坝，争睹千年未见的盛大龙舟竞渡风景。

"咚咚锵，咚咚锵"，节奏舒缓的锣鼓声由远而近，一支穿着红色救生衣划手的"蟠凤女队"，从桥栏悬挂梧田街道宣的"文明有序地开展龙舟活动"大幅红色标语下，打着五星红旗，意气风发地向北，滑进宽阔的河面……

接着，"嗨——嗬嗨——嗬"的喊声，由低而高传来，从桥栏悬挂东方女子医院宣的"安全第一，比赛第二""友谊第一，比赛第二"大红标语下，塘东前浃两只"乌龙"晃着旌旗，向南射去。真是"鼓声三下红旗开，两龙跃出浮水来"。

观众还是陆陆续续地围上。一位姑娘竟弓着背，极力从人缝中钻。"哎呀，你没看到？喏，'严禁靠近栏杆围观！'"姑娘听见前面一位中年人指着桥边的黄牌说，也就退了出来，寻向别处。

有位肩上坐着三四岁女孩的年轻人，在岸上踮着脚，张着口，东看看，西瞧瞧，往头与头的缝隙望过去……

一只红白相间的橡皮艇里，坐着三个人，两桨悠荡着，在"温巡"1175号艇指点下，划到树荫下泊着……

更有趣的是那位穿着花衬衫的小伙子，干脆端六块砖头，从岸边跳到双庆桥的水泥桥脚下，分开两叠，用一块旧木板搭起凳子，优哉游哉地吐着烟圈儿……

大家在岸上讲着、指着、笑着，耐心地期盼着"龙虎斗"。两点半光景，塘河简直成了一条色彩斑斓的河流，河上流动着人声，流动着锣鼓点，流动着旌旗，流动着色彩，流动着龙舟，俨然面临一场剑拔弩张的水上大会战。

梧田居委会的曾里旺同志说："今年是历史上龙舟最多的一年。全镇共有五十六只，还有两只未批准呢！"

话音刚落，"嗒嗒嗒——"一艘温瑞货轮迎面冲过来了，这时，一位高个子警察立在船头指挥，一手握着喇叭喊着，一手比画着。昔日长驱直入、威风凛凛的大货轮，此时也渐渐收敛了气势，放慢速度，最后是蹑手蹑脚地"靠边"了，乖乖地从舟与舟之间穿过去、穿过去……

"叭——"，一颗流星炮在蓝空下，炸出十几颗金星。

大家的视线注视着河心狭长的通道，一条是"藕池头花"的"红龙"，36位划船手从头到脚都是着紫红色，简直是元末的"红巾军"。一条是南湖村的"蓝龙"，36位划船手穿着绣有金龙的蓝服，戴有着长辫的蓝帽，俨然一支"清军"。

"笃！笃！笃！"边鼓催着队员，他们都整齐划水。随着"咚——咚"的鼓声，夹着"嗨——嗬嗨——嗬"的喊声，两队飞出起点。

红队指挥，犹如舞台大合唱的指挥，随着"咚锵咚锵"的节奏，两手一下举成"一"字，一下放成"×"号，交替鼓励前进！

蓝队指挥，随着鼓点，两脚腾空，一下一下地向后蹬着，蹬着……

我站在梧田农贸市场前的码头边上。大家看着两队，你不让我，我不让你，这边喊："红队加油！"那边喊："蓝队加油！"观众自发变成啦啦队，喊声此起彼伏………

"咚锵！咚锵！"两队几乎是同一鼓声、同一喊声、同一划桨、一同拨起银波，齐头并进滑向远方。原先的涟漪，变成浪花，哼着"赤切赤切"的调儿，卷上水面的三级石阶，惊得观众往后退。

两位旗手一左一右地挥着高高的旗帜，远看像两只勇敢的海燕，一会儿冲向波面，一会儿蹿上高空……

大堡底的"白龙"冲过来了！

水潭底的"乌龙"冲过来了！

看，两龙并驾齐驱！

"白龙"的指挥半卧船头，眼看队员，跟着鼓点，一手划着，一脚蹬着。我前边四位姑娘打着阳伞，也许看到自己村的过来了，右手比着，右脚蹬得石阶咚咚响，嘴里跟着喊："嗨——嗬！嗨——嗬！"

"乌龙"的指挥，脸朝前方，两脚叉开成"人"字，一边喊着，一边用右脚向前蹬着。这时，水潭底村岸边响起激烈的炮声：流星炮、百子炮、开门炮，在震天动地的炮声中，龙舟领先一步……

"的笃！的笃！的笃！"三声边敲竟然把两条龙掉了个头！调整舟向，等待新一轮的比赛！

这时，"白龙"改变了策略，把"两桨一喊"改为"一桨一喊"。旗手倾着身子，两手握着旗杆，随着鼓点一顿一顿，鼓足干劲……

"乌龙"的旗手左一下、右一下地交换着，锣手干脆不敲了，夹着锣，一手推着，一脚打着板。中央的红衣服（红脸）躬着腰双手推着，推着……

最后，是白队抢先了一米……

两队接着两队，东边在赛，西边在赛，中间在赛。龙舟沸腾了，河水沸腾了，颜色沸腾了，声音沸腾了，观众沸腾了，整条塘河像是在翻江倒海，我沉湎在唐代诗人张建封的《竞渡歌》的"棹影斡波飞万剑，鼓声劈浪鸣千雷"的情景之中……

3时半，站在我前面的那位八十多岁的老大爷，穿一件白色对襟衣，身材魁梧，鹤发童颜，声如铜钟："同志，你写什么？"

"我呀，我想记点东西，写点文章！"

"好、好、好！"他连声说，"好好写吧！过去有句诗，'一村一船遍一邦，处处旗脚争飞扬'。现在，其实一村不止一船，至少两只。多的塘西村有六七只呢。"

他还说，梧田划龙舟有200年历史，他也划了二十年。今年最安全，开禁以来，没出大事故，过去常常斗殴，淹死人。今年最热闹、最快乐！结束又铿锵地说："全靠党与政府'放'得好！'管'得好！"

是的，今年虽然没有统一比赛排名次，然而，群众自发组织的龙舟队伍，在自由、宽松的氛围中安全竞渡，岂不是群众精神文明的诠释！

我第一次看龙舟竞渡，第一次看这盛大的龙舟竞渡，心海沸腾了，写下一首《南乡子》：

> 旌狮舞、鼓声催，
> 红黄蓝白巨龙飞。
> 队队健儿齐奋力，群情激。
> 竞逐上游谁可敌。

2005 年 6 月 10 日

香港时代广场一瞥

今年10月27日，我一家人随旅游团去香港、澳门旅游。

29日上午，我们一行从香港皇后旅馆，坐着大红的出租车去铜锣湾时代广场香港著名的购物中心。

香港的出租车与我们内地的不同，每车六座（前三后三），后排人的膝盖离靠椅有三十厘米左右的距离，坐着挺舒服。

下车后，我便注意此处的街道。广场前的罗素街是单车道，路面并不宽，只不过是两辆汽车并排开过罢了。

广场街沿，是葱茏的树木。树下，竖起一人高的路牌，蓝底白字，牌上写有"TAXI"字样，边上有出租车的图画，也许，这是方便不识字的人缘故吧！

街沿分开两截，路牌前是开车位，路牌后是停车位。每一个车位，都用黄线画成"◇"。

保安站在标志的边上，面对着车队，在左左右右调停。保安后面是四根一米高的不锈钢柱，用"U"字形的红绳连着栅栏。每一组栅栏的空隙，便是购物顾客来往的通道口。

街沿边上，几十辆全是日本进口的大红的丰田出租车，"一"字形排成长队，静静地等候着。前面开走一辆，后面的前移一个车位。

每一辆车顶，都摆着一个三棱镜般的标志，上面写有"TAXI"的英文，边上写有中文"的士"，车左前，贴有"燃气开车环境清新"的标签。让人一看，就知道香港出租车的低碳特点。

我站在路牌前继续观察。

凡是上车的，都排队站在牌前的街沿。凡下车的，都从路牌后的栅栏的道口处，鱼贯地走向购物中心。

一位五十岁左右的保安，高高的个子，戴着六角无檐的蓝色工作帽，正在忙碌着。淡绿的背心套在白色的短袖衬衫外面，塑料背心正面，上行写着"SECURITY"一溜长长的鲜红色的字眼，意思是"时代广场安全保卫"。他动作十分利索。他刚拉开停下车的车门，让旅客下来，并将他们扶出，还将东西帮助提出来，人一侧转，右手一摊："请上！"接着，又上前去拉另一车的开车门，让旅客上去，还把物件递上，关上门，向旅客招手道别："拜拜！"

我好生疑惑，便上前去说："同志，车门可让旅客自己开，你只要维持秩序就行了。"

"不，香港不比其他地方，这是我们的职责。这样，可以方便旅客，可以加快速度。香港是世界大都市，我们要保持文明。"

我笑了："对！对！做得好！做得好！"

"你们一天工作几小时？"

他边工作边回答："12 小时。"

"一个小时可以迎送多少辆车？"

"一般 15 秒一辆，你自己算啊！"

一天一个人几乎要迎送 3 000 辆车，你说不惊人吗？

我又问："你们工资一月多少？"

"我们保安平均 7 000 港元（当时约合人民币 7 280 元）。你是哪儿来的？"

"浙江温州的。"

"哦，温州许多人来港游玩。"

"你贵姓？"

"姓林。"他又指指臂章，"16017 号。"

"对不起，打扰你了！"

他摇摇头："不，谢谢！"

他又招招手："拜拜！"

"咔嚓"一声，留下令我难忘的一瞬。

2005 年 11 月 10 日

三亭记

是历史走错了道道？一夜间，潺潺西坑水挟走碉堡山的寂寞，又将东海红日托回，洒上光晖，催开了三朵奇葩！

步云亭

岭前雾去呈图画

亭后龙来奏管弦

久违了，碉堡山！

近年国庆假日，我特地与友人徐松茂前去拜访这位老者。尽管常回故乡，每每目睹他那郁郁苍苍的容颜，却一直没有对话。最后一次带领西中学生上山写作文《家乡，我爱你》，也近三十年了。最初一次是半个世纪前读小学时，在山顶松下，骑断石，弄瓦砾，看风景。如今马年，马不停蹄修建三亭，怎不令我要与之相晤？

从叶岸穿过车水马龙的西坑镇双龙中路，跨过西中水泥桥，拐向西面山麓，我俩沿着笔直而又陡峭的石岭，扶着银光闪闪的不锈钢栏杆拾级而上。想当年，此处羊肠小道，杂草丛生，雨天还能将你滑个四脚朝天。驻足昂首，那青褐的龙檐，勾勒出亭子的轮廓，如一朵粲然一笑的芙蓉。踏上第 194 级石阶，便是半岭的平坦。近看花岗石横匾，欣赏刘允南书写的"步云亭"苍劲行书，琢磨亭名蕴藉，不禁叫绝！那时正值上午8时，如纱的晨雾退净，眼前现出一幅现代山镇的图画……

俯视西坑中学，教学楼与办公楼相望，高大的综合楼正在溪边崛起。1968年前，此地原是田畈，仅仅一座鳌里望族周家的祠堂，孤零零地坐落其中，原西坑村党支部书记李进龙一家，就住在古祠。1969年拆祠新建西坑中学，笔者曾带领学生搬砖运瓦。如今，李进龙兄弟俩，各在学校附近建起属于自己的四层大楼。

远眺叶岸村后的笔架山，像墨绿色画屏竖在东边。我记起清人进士徐绍伟的赞诗："门对青山第一峰，崚嶒高耸秀千重。当时有鹤飞云际，曾伴神仙卧青松。"叶岸的风光是美的，可是几百年来，曾如毛泽东写的"绿水青山枉自多"。旧社会流行一首民谣："鳌里穷，三十二支乌烟筒；西坑穷，三十六支粉干笼；梧溪穷，天天睡到日头红；叶岸穷，摘老鸦芋比英雄。"鳌里梧溪多财主，更加衬出叶岸的苦酸味！

"弹指一挥间"，半个世纪过去了，叶岸处处莺歌燕舞。新中国成立前450人住在30座明清式的老木房。今天，900人新建248间洋房，修建1025米长的水泥路，人均年收入2300元，还培养出数十位大中专毕业生。组组阿拉伯数字，谱成《我们走在大路上》之歌。如果借用成语词典，鳞次栉比的楼房，四通八达的公路，你追我赶的汽车，此起彼伏的马达声，加之呼之欲出的万寿亭，用时尚的话说，他，正奔向小康！

迈进亭内，光滑的小圆桌，四个青色的石鼓，正欢迎来客闲聊、下棋。我俩靠在水泥长凳上，瞧着西南方向的山腰，绿荫如盖的栗树点缀其间。松茂问："你还记得栗树是何时栽的吗?"哦，那是1962年，我们还在公社大会议室听过区委书记的动员报告：大栽板栗，一可提供食品，二可防空，三可绿化。

阵阵秋风拂过，不时从茂密的松林中，送来亭后如歌的溪声，那是世上罕见的"双溪共一桥"的双龙桥水在弹奏！这时，我完全陶醉在楹联"一亭松影云拖地，半夜泉声月在天"的诗境中。

望乡亭

遥望社稷迎旭日
俯瞰家园沐清风

我俩步出亭，仰望高耸云天的 4G 信号发射塔。这是近年国家投入巨资兴建的。在灿烂的阳光下，它银光四射，像一位横空出世的魔术家，把 21 世纪的中国带进了信息时代！不是吗？在宁波办厂的，在上海开店的，在山东做饼的，在深圳缝衣的，只要打一下那个"嘀嘀嘀"的小小长方盒，千里的亲情瞬间流满全身，真比顺风耳还要管用啊！

又踏过 195 级石阶，伫立在巍峨的"望乡亭"前。原来上下双亭，均是温州市瓯海区区长刘允南引资兴建的。他身在要位仍不忘故土，其浓厚的乡土情结为乡民所传诵。

远看亭如一枝红色的鸡冠花独立山顶，近看却像一座群龙飞舞的仙阁。两层的翘檐覆盖着赭色的琉璃瓦，12 条朱柱上的金龙昂首抢珠，层层立角栏杆的画屏，里里外外是青褐的小龙图案。全亭竟有 90 条龙。人们爱龙，因为龙是吉祥、勇敢的象征，它，意味山镇改革开放后的飞跃发展，意味山民是龙的真正传人，龙，正寄寓群众朴素而虔诚的愿望。

幔天，历史人物的舞台：铁面无私的包公、执法严明的况钟、不畏权势的寇准、精忠报国的岳飞、两袖清风的海瑞、正气千秋的关公。六幅梯形的青石画屏，凸显了崇高的形象，俨然是激励人们的"座右图"。

我俩站在亭楼四顾：东北角的鳌里坳头，西边的落水尖山麓，公路蜿蜒而上，可谓"高路入云端"。客车、货车、轿车、摩托车，在带子似的柏油路上缓缓流动。两年前，是怎样的一种场景呢？"汽车前头开，黄龙后面跟。人们路边过，抖下一身尘。"近年国家拨款把332省道修得十分洁净。

视线穿过龙松，山脚公路边的原西坑小学基地，刚刚兴建的下山迁村点，欢聚着黄山、葛绳湾山民。北边安福路，一字形排在后半坑畔，那是畲族镇政府特意为溪后村的麻寮章山的畲民下山安排的新居。富有民族特色的马头墙，凝聚着他们的喜悦与情趣。你看，四层楼顶一方方平晒满金色的谷子，多么新颖的民俗画！

安福路尽头，便是万山丛中的安福寺，那是唐宪宗元和三年（808）兴建的。现在跟梧溪的文昌阁、富相国祠、龙麒源、石马坟一同开发，列为"西坑一日游"的一景，让人回味"南朝四百八十寺"的风韵。这位满腹经纶的隐士，现在该皈依红尘，为民服务了吧。

山区虽穷，水源却富。俗话说："靠山吃山，靠水吃水。"农民企业家徐松迪、程焕斌、赵灵妙等便在吴坳坑造了两座水电站，将水变成了油。我似乎又听到西南方高岭头一、二、三级电站隆隆的轮机声。郭老的"从此安澜亿万年"的诗句，岂不正是高峡平湖的主旨！

"嘀嘀……"轿车的欢鸣从碉堡山脚的西坑老街传上来。密密匝匝的高楼与瓦房交错，绘出了生气勃勃的村景。村中水泥路，是上海海军大校刘际民引资建成的。他那造福桑梓的恩典，就像街下的溪水一样长流！

"徐老师，还记得你曾经说过的一句话吗？"

"哪……哪一句呀？"

"我提示一下，"松茂说，"佑垾老师教地理……"

"嗬！记起了。"当时，在这儿指指点点，我说叶岸溪是匈牙利多瑙河，叶岸是布达，西坑是佩斯，两地连在一起多好啊！他补充一句："可惜外垾没有什么屋！"

是的，那时外垾仅两座屋，一座是草寮，一座是破瓦屋。夜间人不敢走，自1964年铁道兵8813部队修筑省道后，两旁高楼林立，原草寮的主人现建成四层楼，开起了餐馆。镇政府、邮局、银行、法庭、派出所、车站、店铺、菜场都应时而生。中央军委原副主席刘华清书写校名的"文成县第二希望小学"，在军委秘书、少将雷炳成联系下，才矗立溪畔。我说："现在，西坑叶岸像不像匈牙利首都？"松茂笑着点点头。

那句话是1952年的一天，我俩站在刻有"王康荣"三字的残石上说的。1935年10月，刘英、粟裕的挺进师进入浙南，国民党19军为"围剿"岭后红军而建。连长王康荣为强迫百姓造碉堡、筑战壕，把违抗的叶岸农民徐望郎、徐岩彩捆到岩头宫打得死去活来……"王康荣"，你永远倒在人们的脚下！

1943年，一位不知名的革命同志被绑在蟹盖背脚菜园的一株杉树上，匪徒们将其剥光衣服，蒙上眼睛，两把罪恶的刺刀，相继剖开了他的肚皮，剜去了他的红心，放在原西坑小学边上的锅炉上烘干，供浙保五团团长配酒……

1946年8月2日晚，碉堡山左坳的枫树圩，同窟活埋了岭后中共党支部书记郑吉儿，和上垟党支部书记、我县第一个农民党员周福图……

1947年农历四月初二晚上，我地下游击队一把火，就把国民党这个"阿尔纳恰的梦"烧光了。

碉堡远去了，却留下意大利著名诗人阿利奥多笔下的阿格曼特兵营的故事。1942年，黄坦叶钟垟有位叫朱寿进的雕花老司，在鳌里绅士家"偷"来一支驳壳枪，又立即潜入西坑碉堡自卫队，后又"偷"来一支驳壳枪下山，连夜送给泰顺峰门的县武工队。

我端详着眼前的龙松，树干壮实，虬枝旁逸，针叶青翠。龙松的东北、西北、西南的三支巨臂，有八条青龙般的枝干在舞，欲向空中腾去。巨臂交叉的中央长着一米多高的精神飒爽的柏树。50年来，只是多了几道被电打雷劈的伤痕。顶天立地，豪气干云！

碉堡山，曾是百姓白骨垒成的人间地狱！

龙松啊，你是正气凛然的革命者的化身！

望乡亭，你是劳动大众休憩的人间天堂！

魁星亭

石径有尘风自扫

庙门无锁月常临

10时，我俩绕过龙松，踏着北坡正在开辟的泥路，拉着柴枝靠山"溜"下去。我思忖，今天如此虔心，魁星会保佑平安吧。拐了几个"S"，才到山腰。在木荷、楮树、苦楝、松杉、杨梅等交织的树丛中，显出黄墙青瓦的文昌阁，真有点"犹抱琵琶半遮面，千呼万唤始出来"的味儿。

石、庙、风、月缀成的绝妙风景，吸引人们休憩。我俩靠着栏杆，端详站在刚刚修葺的白璧前的魁星。它乌面瞪眼，左脚踏着鳌头，右脚往后勾着，前倾的身子，一手握朱笔，一手把方杯，欲点"状元"之意。

魁星啊，你这个主宰文昌的神，究竟点出几名"状元"呢？亭下山脚的平坦地儿，原是文昌阁。百姓祈祷几百年，到头来，西坑文不昌，武不盛。尽管红脸关公坐庙，白脸关平与黑脸周仓守阁，四大金刚握着兵器，怒目侍从，黎民仍处"天阴雨湿声啾啾"之中。

魁星啊，你看到了吗？1946年6月，国民党浙保五团从奉化调到青景丽地区，第三大队八中队一分队进驻西坑"剿共"，灌辣椒水，坐老虎凳、狮子捧球、苍蝇歇壁，无所不用其极。魁星啊，你听到了吗？敌军歇斯底里的呵斥！革命志士震天撼地的豪言！

1954年5月，手沾鲜血的分队长李玉飞，终于在你面前的西坑小学操场被判处极刑，那正义的枪声，你又该清清楚楚听到了吧！

风清月高的魁星亭，犹如黄色牵牛花的魁星亭，岂不又是革命传统的教育基地？

魁星啊，我告诉你，只有革命志士奋斗的今天，才有文人武将。"数风流人物，还看今朝。"新中国成立后，培养了第一代高级人才，如浙江大学土木系副教授叶玉温，浙江省机电设计研究院的高级工程师施更龙，享受国务院津贴的山东海洋仪表研究员王志英，四川乐山机械轧辊厂的高级工程师刘化根，编著有38部书、出版300万字的杏林耆英，县科技拔尖人才王贵森。同时涌现了畲族少将雷炳成，以及上海海军大校刘际民，大连空军基地的大校刘海岳，还有县级行政首长刘允南……

魁星啊魁星，多少年来，你们贿受多少银钿香灯，却没有一星半点的恩泽施舍，反而助纣为虐，把善男信女推入水渊火坑，涂炭生灵。你们连《儒林外史》中的严监生还不如，更比法国莫里哀戏中的阿尔巴贡逊色十分！

魁星啊魁星，旧中国，在你眼下囊萤映雪、悬梁刺股的知多少，究竟有几位成大器？今天的专家、学者、将军、首长，他们曾经也是你眼下的原西坑小学的弟子，只有中国共产党五十余年"指点江山""挥斥方遒"的神笔，才把他们点化成叱咤风云的英雄，难道你不觉得羞愧吗？

为了西坑的今天，更为了明天的灿烂，镇委、镇政府一班领导，成为实现"十五"计划的带头人，成为力挽狂澜于既倒的中流砥柱……

魁星亭右边那株高大常绿的迎春树，白花似雪，现在才迎来真正的春天。

2006年8月8日

激情燃烧的晚会

2008 年农历六月十五傍晚，文成县南田镇刘基广场人山人海。霓虹灯勾勒出刘基庙、刘伯温纪念馆的雄伟轮廓。文艺演出之前，举行隆重的开幕式。开幕式由县长谢作雄主持，县委书记吴开锋致欢迎辞，温州市委常委、宣传部长郑重宣布："文成第三届刘基文化暨生态旅游节现在开幕！"

文艺晚会开始了。阵阵震撼千古的钟声，震天动地的礼炮声，光芒四射的电光，五彩缤纷的烟花，在深邃的天幕下，在月光的清辉里，在千古人豪刘基故里的土地上，交织成一个热情洋溢的世界。晚会上，主角全是文成籍的儿女，精彩纷呈，高潮迭起。在扑朔迷离的烟雾中，穿着甲袍、打着旗牌的武士，威风凛凛地登台，揭开了文艺晚会的序幕。

曾获第二届中国音乐国际比赛成人专业组金奖、全国"群星奖"的青年歌手施丽君一登台，《美丽家园》的旋律，随着彩色透明的气球，像一只蝴蝶在飞舞，台前蓝的、红的、白的、黄的、绿的荧光棒频频挥动。最后，全场报以雷动的掌声。

"中国掌"王林一，身材厚实如铁墩，穿着淡白的对襟衣，腰缠红绫，俨然古代一位八面威风的武士，赫然登台。他娴熟地做了几个热身动作，接着，左右开弓，手起砖落，如切豆腐一样干净。台下啦啦队助威："林一，加油！""林一，加油！"然后，又用比常人厚一倍多的手掌剖椰子，手落椰果开。一个一个椰子铿然劈开，雪白的果汁飞溅像小瀑布一样从紫红的桌帏上徐徐垂下，煞是好看。接着又劈花岗岩，一块、两块、三块……他都勉力过关。在观众的助威声中，一位青年人手执木棒，尽力劈打，木棒在其臂上断飞两截，台下发出一阵阵热烈的呼喊声。

中国掌王林一表演的不仅仅是劈砖、劈岩、劈木，表现的更是中国人自立的骨气！中国人坚强的意志！中国人大无畏的气概！中国人勇敢的精神！

第九个节目是世界吉尼斯冠军李康乐演"奇"——"倒立肚脐吹气球迎奥运"。

常人只能用嘴吹气球，李康乐的"奇"就奇在用肚脐吹气球。

看，节目主持人雷海武拿着如电珠一样大小的气球，奇人不仅站着吹，而且倒立时，肚皮一鼓一收，红色气球慢慢地膨胀，大如鸡蛋，然后大如鹅蛋，渐渐大如蒲瓜，这时全场翻江倒海，热血达到沸点。

他还将铁碗放在腹部，躺在转盘上，八铅桶水像走马灯一样旋转，泰然自若。最后，他又给各边的八个少年拔河，一边倒了，一边还是拉不下肚脐那个焊上般牢固的铁碗。李康乐的神奇，奇在用肚脐吹气球，更神奇的是他那千锤百炼的毅力和他那挑战极限、立马珠峰的执着追求！

第十二个节目《大合奏》，是中国民族乐器与西洋乐器的和谐融合。随着指挥棒的上下左右舞动，京胡、钹、电子琴、扬琴齐鸣，高昂如百丈飞瀑，舒缓似飞云微波，时而像诉说刘基故里的深厚文化，时而像歌颂铜铃山的华夏穴绝。

压轴节目是国家二级演员陈芬芳独唱。其曾在奥地利首都维也纳国际声乐大赛上连获民族风格演唱第一名、最佳表演奖等两项殊荣，她穿着古代绣黄边的红裙，披上大红披风，像一位仙女翩翩下凡，闪亮登场。她身后的伴舞在旋转，音符在旋转，灯光在旋转，情感也在旋转。她那令人如痴如醉的歌声，把节日欢乐的内核和盘托给上万观众，她还走下台阶，与观众一边亲切握手说"同志，你好"，一边纵情歌唱，如大江决堤的掌声把演出推向高潮！

五彩缤纷的旗帜在招展！

五彩缤纷的灯光在闪耀！

五彩缤纷的火花在喷发！

五彩缤纷的情感在激荡！

2008 年 7 月 20 日

梧溪富相国祠

梧溪，水名、村名也。梧溪之胜，其山青翠环抱，其水泓宏澄澈。

2016年6月26日上午，笔者从文成县西坑畲族镇政府所在地向北，经安福路驱车2.5公里，到达龙麒源景区的第一个景点——梧溪富相国祠，参加"文成县富弼研究会"2016年会暨学术研讨会。

"幽居溪上两三家，曲径疏篁景最佳。水色幽临山色暝，青烟一抹自横斜。"富相国祠坐落于"大明第一谋臣刘基"外婆家梧溪村旁，伴着潺潺溪声的祠前水泥路，宝马、本田、奔驰，不时在大樟树遮天蔽日的浓荫下驻跸。

步上台阶，歇山式建筑呈现眼前，祠堂飞檐翘角，气宇轩昂。在祠后两株参天苍松的映衬下，更显得古朴、肃穆。祠前立着镌有"文成县文物保护单位"的青褐色祠碑，碑后是历经沧桑的六对旗杆夹，六根如椽大笔的旗杆指向碧空，彩旗招展，精神抖擞地诉说着梧溪丰厚的历史文化。其中一对刻着"贡生富赞忠立·咸丰七年冬吉旦"。据《富氏宗谱》记载，唐松州刺史富滔公，于唐末从河南洛阳迁南田泉谷，是为浯（梧）溪一世祖，五世祖富弼宦居河南，七世祖直清与兄景贤返归南田，南宋咸淳四年（1268），第十二世祖富应高迁居梧溪。800年来，其富弼裔孙辐射全国各地。

仰视古老祠堂匾额，红底金字的"富相国祠"赫然入目。祠建于清道光甲申年（1824），至今已 190 多年。富弼于宋至和二年（1055）至嘉祐六年（1061）任宰相，为纪念这位清廉刚正的先祖，1985 年，富氏第 30 世孙、旅美华侨富仲超、周葆仙夫妇回乡省亲出巨资修缮，富氏后裔又重塑富弼公巨像。1991 年国家文物局教育处处长、著名书法家夏桐郁题词，笔力遒劲，入木三分。

跨进气派的朱漆大门，天井前是装饰一新的大戏台。幔天红绿相间，缀连着碧蓝的琉璃滚珠。戏台两厢，早年为私塾教室，也是每年春祭（正月初一）与秋祭（七月十六）祭祀酒宴之厅。中堂五间，富弼威严的塑像雄踞正中，戴着青色长纱翼的相冠，蓄长须，右手执笏，双眸凝神。他似乎看到故地鳞次栉比的高楼；看到新中国成立以来，全村 30 名应征青年穿上戎装，走上保卫祖国的岗位；看到广大子孙捐资万余元支持汶川抗震救灾；他似乎从电视里听到著名歌星蒋大为的男高音："在那桃花盛开的地方，有我可爱的故乡……"

富弼，是梧溪的骄傲，是龙麒源的荣耀，也是文成人的自豪。北宋景德元年（1004），富弼生于洛阳（今河南洛阳东），字彦国。历仕宋真、仁、英、神宗四朝，累官至宰相。元丰六年（1083）病逝，享年八十。

富弼，学富五车，又胸襟大度，曾被范仲淹誉为"王佐之才"，后荐举给枢密使、词人晏殊，受其称赞，并纳为女婿。今存奏议、安边策、文集等，以《富郑公集》一卷传世。

宋仁宗时，契丹屯兵北境，要求遣使谈判，划地为辽。当时北宋朝臣因敌诡谲，不敢担任使者。但弼公挺身而出，两度出使契丹。在谈判中，他条陈双方之利害，致使契丹之主理亏，遂息兵宁事。

《宋稗类钞品行》记载，富弼出任枢密使时，宋英宗赵曙刚登上天子宝座，就将其父仁宗皇帝的金银宝物赐给朝廷重臣。在惯例之外特别赏赐他几件器物，富弼叩头谢恩道："大臣接受额外的赏赐不谢绝，万一将来皇上做出什么例外的事来，凭什么劝谏呢？"富弼推辞了这份赏赐。

目前，造访富相国祠成为一个热点。2008 年 8 月爆出新闻，洛阳发现富弼墓葬。发掘的 11 座富弼家族墓穴中，富弼墓为最大，且壁上有一块 1.4 米见方的墓志石碑，刻文 6 595 字，记述一代名相富弼的丰功伟绩。

富弼公有他千年的奏疏与诗文，梧溪还有他后裔敬祖的德操与情怀。今天，我跟众多驴友一样，拜谒富相国祠，难道仅仅是因为祠主曾是一位相国吗？

2009 年元旦

龙麒源观水

我驻足文成西坑畲族镇龙麒源，龙麒源的水就注入我的心田。

水，龙麒源的命脉。

龙麒源有两支源：一支叫蟹坑，发源于洞宫山支脉石圃山西麓；一支叫大溪，发源于廷培山茫茫林海幽处。它俩如诉如歌，从浙江生态最好的石垟林场流来，在龙麒源汇合成一个湖，养精蓄锐，然后联手蹦蹦跳跳、嘻嘻哈哈地投入大明军师刘基外婆家的怀抱，成了梧溪的源头，为富相国祠平添一道令人注目的风景。尔后，流长百余里，注入岱作口溪是画，注入珊溪是电，注入飞云湖是水缸，注入飞云江是船，流入东海作穿越灵魂的旅行……

我多么向往的水啊！

今年"五一"黄金周，我与文友吕人俊一同进入景区大本营，满目苍色。登上观景台，圆锥形的山峰重重叠叠，这虎山把脚下本来蓝澄澄的湖水，又涂上一层墨绿。对面右首长尾的凤山，与伸入湖中半岛般的凰山，跟观景台下的龙麒山，天造地设成为一个"W"形的翡翠湖。平静时犹如一张放大的巨幅照片，把山的粗犷、雄伟都摄入其中；微风吹来，变魔术似的扇起层层涟漪，像庞大的青绸舒纡地抖向岸边；风停了又像一个调色缸，若把笔一伸，饱蘸绿汁，大自然艺术家会把景色渲染得更加迷人。下午2时，太阳从虎山顶上走过，投影湖面，真是"一道残阳铺水中，半江瑟瑟半江红"……这时，湖水真的变成一缸陈年老酒，我似乎闻到了一丝丝的醇香。

翡翠湖还是一个动物世界。办公室主任程学炳补充说，水中有两尺长的鲤鱼在悠游。春天，褐黄色的野鸭，一阵阵在凫水；夏天，还常飞来群群白鹭，在上空盘旋，在岸边栖息，不多时又飞走了；秋天傍晚，还浮起一两只青褐色的溪鳖，在水面打转。当游客惊呼时，它又含羞似的下潜而去……如果山水诗鼻祖谢灵运着屐登临此处，我想，还会再吟"倾耳聆波澜，举目眺岖嵚""白云抱幽石，绿筱媚清涟"一类的佳句。

跨过好运桥，穿过桃源洞，经过畲乡风情院，便是龙潭与龙穿峡了。大石壁上，写着正楷的大红漆字"龙"，潭口较大，水不深，清晰可见几条石斑鱼在卵石边安详觅食，几尾条纹鱼鳅在狭缝处孤独地游着。几条豆荚大的黑鲤停在僻静处，我们悄悄蹲下去看，只见它们缓慢地扇着尾巴，鳃一合一闭，均匀地透着气。照动物书上写的，这正是鱼睡觉的姿态。我还是第一次看到。

潭的上方，便是高三四米、宽两三米的穿龙峡，一直伸向里处。峡上青藤跟葳蕤繁盛的灌木你缠我绕，搭成一个凉棚，水流哗哗奔出。也许是水势大，棚上的枝叶还姗姗摇曳呢。我看到碧水滚滚奔流，想到经年累月的冲刷，终于成了峡。我钦佩水的毅力！钦佩水的勇敢！

步上栈道，拐过平坦的路，眼前竟是一个渡；万山丛中出现码头，岂不新鲜？一只小舢板在碧潭上款款划过来，一位驴友用篙点着水底卵石。近了，漾湿我的鞋尖。然后，我一个箭步跳上舱，拉过吕老，接过篙，向岸边的岩壁一顶，舢板便向对岸射去……

真是难得，能体验一次"野渡无人舟自横"的浪漫！

我们在山哈茶亭的不远处，仰望对崖，削立万仞，瀑布丝丝下坠。导游说，那是老鹰崖瀑布。水像几绺麻丝垂下，在突兀的岩石上炸开，又飞出缕缕烟雾，送出阵阵凉风，我简直陶醉在李白的"香炉瀑布遥相望，回崖沓嶂凌苍苍"的情景中。我想，一个人若像瀑布一样，自己粉身碎骨，却贡献形状、声音、颜色，给人以美的享受，值得！

观过仙垒壁，步上几条栈道，便是三里余长的"金壁滩"。滩上，清凌凌的水软软地从金黄色的滩胸滑过。滩底，时而平坦光滑如砥，时而显露黄白相间的纹路。我沿滩边漫步而上，过了一二十米或三五十米，不时出现一个微小的瀑布，严格地说，那是几寸或尺把高的水帘，无色透明的水帘，仅在日光照射下，闪烁着碎银般的光点，发出咕咕咚咚的声响。有的水帘，还在石级下冲溅起"伞"形的水花，又像珍珠般散落……红的、黄的、绿的；椭圆形、长条形的阔叶，不时在滩上你追我赶，在水帘上打上几个筋斗，便逍遥地漂向远处，增添了活泼的生机。如果把老鹰崖瀑布比作贝多芬雄壮的《第五交响曲》，那么，金碧滩岂不就是瞎子阿炳柔和的《二泉映月》？

穿过人生隧道，绿色的月亮岛呈现眼底，像一弯蛾眉月。我跨过玫瑰色的铁板拱桥，踏上园林，一排排笔直柳杉，间栽着灌木科的千年莲花，岸边垂柳依依，映在清澈的湖底，逗引锦鳞追逐，虾蟹玩耍。

对面，是一副古碓，汩汩流水冲击着青墨色的水栖板，发出咿咿呀呀的呼唤，推动巨轮旋转，诉说沧桑的历史。像龙麒源这位大家闺秀，只有在发展生态旅游的今天，才揭开神秘纱幕，现出鲜亮的形象……

此时，作家吕老说："如果你坐在岛上的石墩，欣赏沈从文的《湘行散记》与《湘西》，那古朴、清丽、奇谲而富有浓厚地域特色的意蕴，便在胸间流溢得更加淋漓尽致！"

生命与水流同源——伟大的黑格尔说过。没有水流，就没有龙麒源的生命。

我愿做龙麒源长青的大叶冈树，领略龙麒源水的秀色，聆听龙麒源水的音符，感悟龙麒源的溪、湖、潭、峡、渡、瀑、滩、岛、碓的灵韵……

2009 年 5 月 6 日

田寮翰墨园

你听说过"田寮翰墨园"吗?

这是一处问鼎江南的人文景观。

从文成县西坑畲族镇龙麒源景区出口往北,或从大明军师刘基故里南田镇向南,车程分别为 5 分钟、10 分钟,就可到达刘基后裔聚居的田寮村。

田寮村坐落在括苍山支脉南田山南麓,群峰叠翠,碧水西流。西南公路横穿而过,村头一座明清式四合院,吸引人们的眼球:绿树红花掩映,白壁青瓦托起两边各有四级的马头墙、门台,刻着花鹿、凤凰、麒麟、飞龙等吉祥浮雕,台顶有青石镂空的云水图案。门左悬挂题为"廉政文化教育基地"铜牌,右侧竖立高 2.6 米、重万余斤的巨石,状如寿桃,上面刻着园主刘化民(刘刚)自题的"翰墨园"草书,线条连续运动,一刹那完成,干净利落,确有"大鹏抟风,长鲸喷浪"之势。端详此园概貌,给人留下古朴、典雅的印象。

跨进门台迎面是园主书刻的刘基《卖柑者言》大碑,其中"盗起而不知御,民困而不知救……"画出腐吏的嘴脸。千古名篇正是这部立体书法史的"序言"。

2015 年又扩大至 2800 平方米。正门建"历代帝王书法碑林"牌坊,左为别致的"清风轩",右为新颖的"明月轩"。四周筑有 2.8 米高的围墙,盖上老青瓦。廊里排列 310 块碑刻。除历代帝王,还有现当代的领袖、名人的书法，老屋还有廉政自铭。每块长 120 厘米，宽 60 至 70 厘米，厚 3 厘米。园左从秦始皇鸟虫篆的"寿"字开始，而汉魏南北朝，而唐宋，直至园右的气势磅礴的毛泽东的《沁园春·雪》"数风流人物，还看今朝"作结。上下三年余年，篆、隶、楷、行、草书齐全。他们的书法独特，各领风骚。

漫步碑廊，就是遨游书法历史长河。旧传皇帝史官仓颉为汉字创造者，及夏禹、春秋、战国的古文字，大都属于器铭。我们细观，这些文字可以说是"画"出来的。秦统一之后，实行"书同文"，代表人物李斯的"田、水、耕"等大篆及《峄山碑》小篆出现之后，人们重视"写"了。魏武帝曹操的隶书"衮雪"两字，笔圆力沉，不露锋芒，在结构上具有疏密停匀的气度。

最具吸引力的，莫过于晋王羲之的《兰亭序》："永和九年，岁在癸丑暮春之初……"文章清新、恬淡、自然，用笔正如福建省书法协会主席朱以撒说的，达到"金声玉振的响亮"，又有"风拂柳丝的轻扬"的境界。我虽然不善"王"，却也爱赏"王"。

唐太宗李世民是继承"二王"书风之最的帝王，他有过"夜来把烛起学兰亭"的勤奋，而亲自撰写《王羲之传论》。碑廊中的行书《温泉铭》《晋祠之铭并序》，在艺术上浸染了"王"的清秀之韵致。

由于帝王提倡"二王"，官府与民间学"王"之风经久不衰。唐时欧阳询、孙过庭、李白、颜真卿、释怀素，宋代的司马光、王安石、米芾、陆游、富弼等名臣名家，犹如灿烂的群星在书坛上闪耀。

元仕赵孟頫站在晋人的肩膀上自成一家。他书刘禹锡的《陋室铭》，跟代表作《洛神赋》一样柔美，抛弃宋时的"时尚"之风，让元代书法清雅、圆润。

明清书法碑学与帖学并举。晚明的董其昌坚持"无日不执笔"地帖学赵书，后世总以赵董并称。清代书法远超元、明，顺治、康熙、乾隆，直至宣统等帝，都有墨宝留于后世；唐寅、祝允明、文徵明、徐渭等书家辈出，他们名垂书史，在此碑林，各占一席。

"多少事，从来急。天地转，光明迫……"郭沫若为了表现毛泽东《满江红》一词的豪情遄飞、格局阔大，他与生俱来的激情、浪漫投入，因而笔意通达、张扬、豪迈，多亏园主刻得一丝不苟。

碑刻内容广阔，有写风花雪月的，有歌颂人物的，有抒发个人情感的，有描摹名人诗词的，有摘录碑铭的，等等。刘化民刻意表现的"廉政"主题，是其他书法碑林所没有的。我在大脑扫描一下，唐太宗的行书"济世匡民"，反映"贞观之治"的宗旨；唐肃宗重臣徐浩，丰腴而雍容的楷书《朱巨川告身》中的"见义为勇"，写出大义凛然的气概；民族英雄岳飞的行书"大江流日夜，客心悲未安"，写出忧国忧民的喟叹；宋高宗吴皇后侄子位至少师吴琚行书"宁为兰摧玉折，不作萧敷艾荣"，道出做人洁身自好的高风亮节；宋米芾书宋徽宗赵佶的"路不拾遗知政肃，野多滞穗是时和"，描绘实施廉政后的可喜景象；清顺治的楷书"正大光明"，鲁迅的"横眉冷对千夫指，俯首甘为孺子牛"，周恩来的"反对浪费，严肃纪律"等一块块碑铭，像振聋发聩的一槌槌重鼓，催人奋进。

园主刘化民不仅看重书品，而且看重人品。原来刻毕的宋臣蔡京"吟徵调高……"一碑，后发现他任职贪赃枉法，毅然把碑芟除。前日省人大领导前来参观，多位要求园主题词留念，他挥毫泼墨"廉洁奉公""知荣明耻"的横幅相赠，希冀做清廉的父母官。

近年，规模不断扩大。溪流贯穿翰墨园，建有"清波桥""观涛桥"。一排排，一株株木樨、月季花、蔷薇、万年青、杨柳、板栗相间，一畦畦、一垄垄柑橘、杨梅、梨子、柚子与豇豆、银豆、白菜、荠菜、南瓜、丝瓜、黄瓜、西瓜杂陈。左中还有一口180平方米的活水池塘，锦鳞摆尾，鹅鸭相逐。人们称它为五园："翰墨园、公园、花园、果园、菜园"。

有文友问："刘化民今年66岁，从南田中学退休后，为什么不到杭州儿子家去享清福，而留居在这个山旮旯'穿廉服，吃粗食'，还投资400万元，宵旰不息地刻碑？"我指点他，请看屋外描写家乡的自题行书"清荣峻茂",与上海书法家协会主席、女书法家周慧珺的"可以居"草书,上下两匾,意趣相承。厅堂的自书"爱我中华"横幅,首先蕴含爱乡的真谛。屋廊的四块自勉碑,亮出他正确的价值观。其中写道:"我们来到世上不只能享受前人给予的福,而应根据自己的能力发挥自己的特长,为后人多干点事,在世上留点足迹,才活得有意义。"是啊,刘化民之所以"自作自受",原是实践晚年的生活信条:继承传统艺术,创建现代文明。

十年磨一剑,从设计至落成,历经拼力打磨18年。游历国内外山川的老干部张志满曾深有感触地称:"如果西安的称为'北碑林'的话,那么田寮的可称为'南碑林'。"这是驴友对刘刚的最高褒奖。

十余年来,刘化民先后获20多项荣誉。如"温州市美丽庭院"、市"廉政文化进家庭示范点""浙江省银尚之家"、省"文明家庭"、省"最美家庭"。2022年5月,还被中华全国妇女联合会评为"全国最美家庭"。

前日,老诗人吕人俊、青年诗人慕白(王国侧)、作家见忘(富健旺)等30多位文友来此参观,收获颇丰。我不仅饱餐美味的视觉盛宴,更是亲受高尚的精神沐浴。

临别时,我吟一联权当留念:

半世镌艺昭日月
满园圣书耀乾坤

2009年9月5日
改于2023年1月

重出江湖的百丈漈

 号称"天下第一瀑"的百丈漈，于今年 5 月 1 日重出江湖，亮相世间，这是驴友的盛大节日！

 盼星星，盼月亮，半个世纪后的今天，人们梦寐以求的雷鸣遐迩、银河倒泻、飞珠喷玉、浮烟现虹的情景再现，验证着民国古典收藏家丁辅之《百丈漈观瀑》的诗句："天台雁荡来，我性喜观瀑。对此百丈漈，余子皆碌碌。"

 "余子皆碌碌"，是也。不管是李白夸张过的庐山瀑布，还是徐霞客修饰过的大龙湫，较之文成百丈漈，均有"小巫"之感，远远及不上"大明第一谋臣"刘基云的"悬崖峭壁使人惊，万斛长空抛水晶。六月不辞飞霜冷，三冬更有怒雷鸣"的百丈漈的大气磅礴！

 1999 年 8 月，省作协副主席、《江南》副总编谢鲁渤先生亲临文成"百丈漈之夏"笔会，给我们送上津津有味的创作大餐。他回杭写了篇《水的祭典》。散文写道："因为水而有了篁庄，也因为水，失去了篁庄。篁庄应是百丈漈的人气不堪说了。"

 "祭典"两字，搅起我心底的波澜。篁庄村，原在峃底西南。老篁庄刘体龙说："20 世纪 50 年代，7 个自然村 600 多户，1570 亩良田，茂林修竹，牛羊成群。古迹多多：有普济桥、周济桥、脱珥桥等5 座，有万云庵、马氏天仙庙、尼姑堂、宝灵堂、孔夫子庙等 10 多座寺庙，有刘、吴、王、张四族的宗祠 10 座，有篁庄水口、吴定桥头、上垟、吞底等水碓……"

1958年5月动工兴建温州第一座水电站，1960年6月，村民恋恋不舍地离开生息千百年的家园，迁居西山背、南田等地，含着泪注视曾经筚路蓝缕创造的美丽家园……

因为篁庄水抱门流，所以有了如今的碧波千顷，游艇如梭，锦鳞追逐，白鹭翔集，美不胜收的天顶湖。

篁庄人民这种牺牲小我而顾全大我的情怀，是多么高尚啊！

2004年1月，国务院批准百丈漈为国家级风景名胜区。人民政府与群众纷纷捐资建设景区，造石路、建亭榭、添游船。

就因为造电站截流，半个世纪来，大哥一漈谦和地淡出，将热闹让位给"从此安澜亿万年"的天顶湖妹妹。他仅仅偶尔出场招待贵宾，只能作秀般地表演"疑是银河落九天"的气势，但并不感到冷漠，因为他清楚，只有这样低调，才能赢得万家灯火的璀璨。

一漈，仍然保持俊俏、伟岸的形象。2001年9月1日，由中国电视吉尼斯总部和文成县风景旅游局联合举办百丈漈攀岩比赛，5名国内一流的选手参加，河南的张彪捧得桂冠，成绩是115米，但尚未征服这207米的全国最高漈头。百丈一漈这位汉子，不但挑战全中国的高手，还将挑战全球的攀岩高手。

试问，你站在这位谦卑而又有不屈头颅的英雄面前，有没有那"力拔山兮气盖世"的律动？

水，是百丈漈的精魂。让水发电而废景，县人长期备受心病的折磨，徒有虚名，对游客那是无以言语的尴尬。最近四五年来，县委领导带动全县人民发展生态旅游，尤其为百丈漈的"水"，既发电又旅游的双赢而力挽狂澜于既倒的气概，真叫人喝彩！

"人民需要，今天我来了！"退隐五十余年的百丈漈之瀑似乎在向世人庄严宣布！

驴友争相赋诗、书联、作画，宣泄自己的狂欢！词人、县人大常委会主任徐世征的《风入松·观百丈飞瀑》赞：

暮春观瀑趁新晴，未近已心惊。啸天撼地出天际，势千钧、飞泻雷鸣。临锐万松斜倚，涉成千仞崩倾。

　　莹珠银露多情，飘洒过石亭。飞虹七色镶青翠，壁生辉、如缎如绮。壮丽他山不再，清凉秀水还生。

　　高而大者的百丈漈啊，似乎又这样豪壮地，跟徐霞客惊叹的"阔而大者"的贵州黄果树瀑布叫板！

　　百丈漈从"唱主角—跑龙套—唱主角"身份的变化，文成山水瞬间增强了锐势！5月15日，县政协诗书画院的二十余同人前往百丈漈采风，我捡回一副"天下第一瀑"的标本，一帧"天下奇观"的肖像，真幸运！

　　百丈漈，水的世界。篁庄啊，你这位圣母，演绎"蛟绡千尺"的一漈，飞霜泻雪的二漈，倒珠生云的三漈，平湖万顷的天顶湖，令人惊心动魄！你有这种人气吗？何谓人气？指人的精神。不管路途坎坷，流水仍是勇往直前，遇到悬崖，为了正义便粉身碎骨，飞银溅珠，生烟成云，挂虹搭彩，一饱世人眼福，为观者所传诵耳！

　　百丈漈的重出江湖，带给我们的不仅仅是一道众人皆享的旅游饕餮盛宴，更是一种理念，一种精神，一种启示，一种对人生的反省。

2010 年 5 月 4 日

绿色国度

一

参观上海世博会丹麦馆，是童话作家"安徒生"领我前往的。

我在白色馆墙外的棚廊排队，墙角一队整齐而崭新的自行车十分抢眼，约200辆，直伸向进口。与平日的不同，遮盖车辐的白色圆板，衬着青色的车把、橡皮轮，更显得雅洁。圆板边缘，还弧形地排着"绿色国度，自在游走"八字。

自行车，给人们设计了悬念。

二

一进馆内，眼前许多观众倚着栏杆，在隔墙玻璃外争相拍摄。原来，水池中的雕像，就是安徒生《海的女儿》中的主角小美人鱼！

在圆形的大水池中，因深浅各半，分成半月形的无色透明与淡绿的清水。中央三块巨石支撑着一个磐石，石上端坐着紫绿色的小美人鱼雕像，袒露胸怀，双手齐放右侧，眼睛稍向低看，"静静地想着什么"。

这是一位海的公主。她曾在"破船和木板之间困难地向王子游来，她拼足力气，托起王子朝海滩游去，把昏迷了的王子推到岸边的沙滩上"。最后，小美人鱼觉得自己变成透明的泡沫，慢慢上升到玫瑰色的云层，"在世界上空播散着微笑和爱……"

小美人鱼是位美丽、闪亮、勇敢可爱的公主！

小美人鱼雕像就是丹麦的象征！

丹麦雕刻家艾瑞克森的这件杰作，第一次跨出国门，享受世人的礼遇。

我们见识了丹麦人的大爱。

三

有大爱，才有绿色。

在童话的王国里，屏幕显现着国人童话般的生活。

想象一下，在一座城市里，您有充分的空间和时间，与您所爱的人相聚。

他们就是这样生活着——

一个女童，在摇曳的芦花丛中，高兴地走来……

一位男孩，在清澈的泉水中，尽情地沐浴……

在绿色的公园中，他们舞着滑板，在半空中飞旋……

他们在草地上翻筋斗，踢小足球，然后，偎在父母身旁，亲昵地吃着苹果，看云卷云舒……

一会儿，他们与一群同伴，又骑着自行车，到达海滨，立即跳上海艇，涂着脸，舞着剑，上演一场中世纪武士的激烈搏斗，在澎湃的海涛中，呐喊着胜利……

四

在童话的王国里，屏幕显现着国人童话般的生活。

想象一下，在一座城市里，大自然得到悉心呵护，每个人都在亲近自然。

他们就这样生活着——

瞧，几位英俊小伙子，蹬着自行车，风驰电掣地到达水之城玩耍。

他们赤着膊，在跳台上翻滚，扎入水中，腾起美丽的水花，在茫茫的薄雾中，鱼儿也蹦出水面，在五彩的虹桥上跨越……

小伙儿在蓝水晶般的液体中，与海蜇同游，与鱼儿对话……

一会儿，他们钻出水面，看海鸥在蓝空中打了一个弧，又飞向水天相接的远方……

他们在风力发电站附近的海滨上来，在绿色的长廊中散步，在碧色的旷野里，与孩子们一起放风筝……

五

我，满足地步上馆顶。在碧空下，一队整齐而崭新的自行车十分抢眼。

是的，丹麦人就是这样骑着自行车，在绿色的国度里自在行走。

谁说是自行车？那是低碳的化身！

谁说是自行车？那是哥本哈根会议的宣言！

谁说是自行车？那是从丹麦驶出的一列节能减排的"气候快车"啊！

六

今天，低碳生活是我们所倡导的健康生活方式。

当我返温的次日，即 2010 年 5 月 26 日的温州报纸上，刊登了一则令人兴奋的新闻：昨日下午，由楠溪江农业集团主办的楠溪江啤酒 10 万辆环保自行车大赠送活动，正式在永嘉县瓯北镇启动。据介绍，每销售 20 箱啤酒可产生一辆环保自行车。楠溪江农业集团的领导们，你们不就是在弘扬小美人鱼的精神吗？

2013 年前，温州市规划在中心城区要新建景山、牛山、卧旗山、仰义等 8 座森林公园。我们的政府正"在世界上空播散着微笑和爱"呢。

2010 年 5 月 28 日

西安——延安

未游延安，我向往延安；

游过延安，我怀念延安。

——题记

心仪圣地

延安，延安，延安啊延安！我终于，我终于出发去一睹我心仪已久的丰采了。

远在半个世纪之前的 1953 年，读初中时，江国栋老师满怀激情地教陆定一的《老山界》，在介绍红军二万五千里长征的背景时，我第一次听到您的名字，我第一次听到您是"革命圣地"，我第一次听到党中央在您的怀抱，领导伟大的抗日战争和解放战争。

1956 年读普师时，作家杨奔又给我推荐读了杜鹏程的长篇小说《保卫延安》，毛泽东那指挥从防御转入反攻的伟大战略，彭大将军那叱咤风云、惊天地泣鬼神的气魄，"英雄部"第一连连长周大勇的钢铁精神，王老虎刚柔相济的性格，李老汉祖孙那不受敌人利诱、奋不顾身跳崖的身影，历历在目。

20 世纪 60 年代初，看电影《沙家店粮站》，感受颇深。1947年，胡宗南匪帮进攻沙家店时，粮站负责人石得富领导工作人员，发动群众坚壁清野，保存粮食，有力支援前线。

80 年代，在中学教贺敬之的《回延安》"……千声万声呼唤你/母亲延安就在这里/杜甫川唱来柳林铺笑/红旗飘飘把手招"的动人场面，不时在眼前闪过。

今年 5 月 4 日，是我国新闻泰斗赵超构诞生一百周年纪念日。我为写朗诵诗《一笔曾当百万师》而重温《延安一月》，书中表现的军民艰苦奋斗、自力更生的精神，是我们永远继承的传家宝。

国庆期间，小沈阳昂首唱的《山丹丹花开红艳艳》，高八度的歌颂，简直把我这个温州人也发烧成一位"几回回梦里回延安/双手搂定宝塔山"的"老延安"了。

古战场新姿

十多年来，梦萦魂牵的游览延安之旅，终于在 6 月 6 日登程。

下午 2 时，我与妻子王月丽乘"东方航空 B－2212"航班飞往西安，6 时入住世纪山水酒店之后，第一件事就是预订游览北线去延安。

次日 8 时半，大巴从西安未央区驶入泾河开发区。瞧，大片黄土地上，墨绿色的脚手网幢幢拔起，一架架大黄的铁臂在空中缓缓舞动，形形色色的载重汽车，像蚂蚁搬家一样四处奔忙。三千年来，历经 13 个王朝的古都，现在正向现代化的 21 世纪疾奔。

当经过泾河大桥时，我特别留意泾河之水还清澈吗？不出所料，流淌的是浑黄浑黄的浊泪。可惜，"泾清渭浊"早已成为历史的文化符号。我虔诚地期望实至名归的那一天。

大巴直驶铜川，我才发觉两条夹六车道的高速公路护栏竟别开生面，原是绿色的杠杠，跟行道树的白杨一样绿，跟隔离带的柏树一样绿，不像其他的不锈钢白亮刺眼。绿，她还给我青春，带给我静谧，送给我和谐。这是我见过的唯一绿色的护栏啊，她，长绵绵地伸向远方，把平展展的金海分成两半。透过白杨树，一尺余长的小麦，正在初夏的微风中摇曳，地平线偶尔有墨绿绿的树林支撑蓝湛湛的苍穹，成为参差不齐的天然屏障。

导游小陈说："这儿正是我们地理书上写的八百里秦川，这是我们陕西的粮仓。再过十多天，就要开镰了。"

此片丰收的土地，太令我激动了！这儿，曾经是改朝换代的古战场啊！

《诗经·小雅·六月》记述："猃狁（音xiǎnyǔn，秦汉时称匈奴）匪茹，整居焦获。侵镐及方，至于泾阳。"我仿佛看到周代猃狁铁蹄耀武扬威，蹂躏炎黄子孙赖以生存的土地……

我仿佛看到刘项争霸、骊宫被焚的悲剧，生灵涂炭的惨象……

我仿佛看到明崇祯十七年（1644），李自成、张献忠的农民起义军浩浩荡荡进军西安的威武阵营……

沧海桑田。如今，工业发展，农业提高，八百里秦川正向小康飞驰……

宜君服务处，俨然一个核桃的专业市场，一字形摆开核桃贩摊，大脸盆，方纸箱上垒起山尖形的淡黄色的核桃，纸签标着"30元/公斤""32元/公斤"。旅客正张开拎袋，等待上秤……

摊贩后面的白杨树后面，是一畦畦绿油油的玉米苗，正茁壮地伸向山脚。小陈告诉我们，宜君主产玉米棒子。

铜川以北，便是黄土坡了。在我的印象里，陕北高原由一大片黄拉拉的山冈拥成，单调、贫瘠、荒凉。出乎意料，高速公路两边的岗峁梁塬，竟然全披上绿衣，跟我们江南差不了多少，只是高大的乔木，如枫、松、杉稀少，两三米高的灌木，却比比皆是，其下面，是葳蕤的草丛，若细看，只是在个别植被的疏朗处，才不忘显露黄土高原的本色。大巴简直是在绿色的波谷中穿行。我不时看到山沟沟里流淌着清朗朗的小溪，宽或五六米，或八九米，或十余米，弯弯曲曲地消失在山隙的绿荫底下……

下午4时，我们进入富（鄜）县地域，又是另一番景象：两旁山间平地，满是郁郁苍苍的苹果林。风一吹，闪着点点银光。树上，还挂着包裹苹果的白色塑料纸壳，像是开着一簇簇的梨花，舞着、笑着。也许这是城镇的近郊，横挂着"苹果产业化示范县""苹果批发公司"的大幅广告，路旁有标着"苹果冷库"的平房。路上，飞驶着一车车苹果，南来北往，我想，温州市场又红又大的"红富士"，莫非是从这"苹果之乡"批发去的？

这条经延安直通长城的靖边县的高速公路，是在两千年前的"秦直道"（陕北百姓叫"皇上路""圣人条"）的路基上改建的。"秦直道"，是当时天下的第一条"改建公路"，这是秦始皇于公元前212至前210年命大将蒙恬监修的，自咸阳至内蒙古包头，沿途经过14个县，全长700公里。《汉书》云："道广五十步，三丈而树，厚筑其外，隐以金椎，树以青松。"建成后，威镇匈奴，"却匈奴七百余里，胡人不敢南下而牧马，士不敢弯弓而抱怨"。

耳边，还响起"安史之乱"后杜甫写下的《羌村三首》："……苦辞酒味薄，黍地无人耕。兵革既未息，儿童尽东征。"我似乎看到隋炀帝为饮甘泉而致使送水皇城的万具民夫尸骨暴露道旁……

我似乎看到，盛唐时期，经济繁荣，峰峰骆驼叮叮当当地驮着茶叶、丝绸通向西域……

我似乎看到，在"秦直道"上，华盖如云，气势磅礴，在惨淡的夕阳中，人们怀着"迄今日昭君出塞，几时似苏武还乡"的惆怅，目送王嫱缓缓地驶向枯黄的草原……

俱往矣，富县啊富县，在中国共产党领导下，在改革开放的大潮中，今天真的"富"起来了，实现"鄜"县改为"富"县的愿望。看，12轮的长车，满载黑煤、乌钢、机器，中小型货车满载水果、糕饼、饮料，这，正是陕北崛起的脚步……

高速路上，来来往往的油车络绎不绝。邻县延长，早在清光绪三十三年（1907）百姓发现石油，政府聘日本技师，一年之内开了三十余口油井。现在延长为陕省的石油中心。据导游介绍，去年，石油工业上缴税费就占延安财政收入的80%。耀县、榆林的煤车不时驰过……

红色的文化长廊

从富县到延安，简直是一条红色的文化长廊。

陕北人民仍然怀念着农业时代的图腾。从富县至甘泉县的多个隧道口的墙上，匠心独具地设计着多条民俗画廊，如绘着红辣椒、枣子、玉米、南瓜、豆荚、白菜、苹果等，每幅画之间，是一条活灵活现的小飞龙。这时，我的眼前出现陕北农村的丰收景象：屋檐下，泥墙前，挂着一串串红辣椒，一串串红枣子，一串串玉米棒，同时耳畔响起《毛委员和我们在一起》的歌声："红米饭那个南瓜汤哟，嘿啰嘿，挖野菜那个也当粮啰，嘿啰嘿！"开天辟地以来，百姓就是靠着它们生存，靠着它们养活红军，养活八路军，养活解放军。一幅幅农民画，呈现一丝丝挥之不去的生产与革命的情结。

车过不远，另一条画廊闯入眼帘：锄、锹、犁、耙、镰、斧、手拉车等，陕北农民怎能忘记相依为命的生产工具呢？几千年来，祖祖辈辈，不就是赖着它们延续下来的吗？尤其是抗战时期，延安军民发扬"自己动手，丰衣足食"的精神，开展大生产运动，我似乎看到三五九旅旅长王震与士兵开垦南泥湾出现的"到处是庄稼，遍地是牛羊"的好风光。今日，虽然开始进入工业时代，但在生产欠发达的陕北，人们仍然离不开这些工具啊，他们没有忘"本"。

富县近郊的路壁上，绘着令人快乐的画廊：大鼓、钹、唢呐、羊肚巾、直襟衣、布鞋等传统乐器与服饰，这正是陕北群众独特的民间文化艺术。"延安腰鼓""陕北秧歌"成为全国在初期庆祝革命胜利的主导艺术。此时，我想起1951年5月1日的大游行。那年春天，我乡土地改革胜利完成。千年的铁树开了花，万年的土地回老家，广大农民分到田地、房屋、农具，个个欢天喜地参加庆祝游行。大人抬着稻桶，学生走在前头扭秧歌。那年我正12岁，读小学五年级，老

师分配我男扮女装扭秧歌，两颊搽上胭脂，指夹四方小彩巾，穿上母亲出嫁时的绿绸大襟短打，虽然大了点儿，却也颇像个小姑娘。村人看了笑笑，我觉得很不好意思，心里倒乐滋滋的。踏着村里弹唱班琴箫鼓钹的伴奏：56 56 i6 i | 5i 65 32 3 | ……进三步退一步地扭了起来。我们从东村游到西村，邻村的从南村游到北村，全乡一片欢腾。后来才知道，全国的秧歌舞，其源头就是"陕北秧歌"。

是的，潇洒活泼、轻松愉快、热烈奔放、粗犷雄壮的歌舞，充分表现陕北人民憨厚朴实、热情乐观、彪悍威武的性格。

这些古朴、鲜明、清新的农民画，让我们这些江南人沉浸在对陕北民俗文化的遐想中。

富县牛武山岸上，红色标语震撼登场："观赏壶口瀑布 聆听黄河涛声 感受民族魂魄"，我们未到壶口，先感受中华民族发祥地那"天河悬流""水底冒烟""旱天雷鸣""山飞海立"的雄伟气势。

甘泉至延安仅二十余公里，沿途幅幅红色标语映入眼帘："弘扬延安精神推动科学发展""弘扬延安精神提倡精神文明""为人民服务""莲因洁而清，人因廉而正"。浓浓的历史、政治氛围，让旅人感到已达红都了，尤其是"几回回梦里回延安，双手搂定宝塔山"的巨幅大红标语，像磁石把我们一下子吸进革命的圣地。

下午6时，我们进入丰收车站。车站并不气派，严格说来，还有点简陋，但清静，而这儿的汽车文化则叫人惊讶！嗬，停车场上那数十辆大红色的客车，像是整装待发的"红色娘子军"，又像是一支红色仪仗队，迎接远方客人的光临……

我从黄帝陵转坐的红色中巴，也欢快地加入她们的行列。延安人就喜欢红色！

红色象征革命！红色标志胜利！红色表现热烈！延安是红都，延安人怎能不喜欢红色？是他们，是他们使红色永不消退！

2010年12月26日

客枕依然半夜钟

壹

带走一盏渔火，让它温暖我的双眼，
留下一段真情，让它停泊在枫桥边。
……
月落乌啼，总是千年的风霜，
涛声依旧，不见当初的夜晚，
今天的你我，怎样重复昨天的故事，
这一张旧船票，能否登上你的客船。

16年前，我买来一盒毛宁的磁带，那是广州新时代影音公司出品的，题为《请让我的情感留在你身边》。刚买的那天上午，我选取耳熟能详的《涛声依旧》，一直让毛宁的喉咙唱"哑"，连唱二十几遍，边听边欣赏陈小奇作的这首如诉如泣的曲，边听边鹦鹉学舌地唱这首情真意切的歌，直至"学会"为止。

我沉浸在深情的"涛声"之中："流连的钟声""敲打"，"日子是一片云烟"，"如今的你我""重复昨天的故事"，"这一张旧船票""登上你的客船"，作者分别运用拟人、比喻、对比、借代等修辞，写出环境依旧、人依旧，寄寓怀念旧情人是否能够重逢，旧事重圆，真正诠释"请让我的情感留在你身边"的主题。

往后，我常唱这古运河的"涛声依旧"，我常唱《枫桥夜泊》的"夜半钟声"。

贰

《枫》诗是1200年前唐人张继写的荡气回肠的千古绝唱："月落乌啼霜满天，江枫渔火对愁眠。姑苏城外寒山寺，夜半钟声到客船。"张继，字懿孙，排行二十，襄州（今湖北襄阳）人。天宝十二年（753）进士。曾佐戎幕，又为盐铁判官。相传第一次赴京落榜，或官场失意，曾夜泊姑苏城外的枫桥，时值深秋，寒光漫天，霜华满地，月落西山，只有江岸的几株枫树，与一叶孤舟的渔火相伴，又听乌鸦悲鸣，更添旅愁，难以入眠。听到寒山寺钟声悠然传来，于是，寄旅他乡的烦恼，也随之消散。作者通过视觉、听觉，创造从"生愁"到"消愁"的意境，耐人寻味。

寒山寺，我一直以为是建在苏州城外一座叫寒山的山上的。1990年秋，我随旅游团来苏州参观之后，听导游解说才知是错的。姚广孝《寒山寺重兴记》载："有寒山子者……来此缚茆以居。希迁禅师于此创建伽蓝，遂题额曰：'寒山寺'。"因此，寒山子便称为寺院的祖师，世代供奉。天水的杜先生写"名诗传张继，金钟响寒山"，张继以诗传名，寒山寺以千百年来的钟声而不朽。

人们向往寒山寺的钟声。孙仲益《过枫桥寺》诗云："白首重来一梦中，青山不改旧时容。乌啼月落桥边寺，倚枕犹闻半夜钟。"事实上，《涛》歌是从《枫》诗派生出来的。作者陈小奇以"新象征主义"的现代手法，把张继的"旅愁"融化在对情人的"思念"之上，这种今古"移情"默契，因而引起广大听众的共鸣。

《枫桥夜泊》，我是20世纪50年代刚上初中时，在《唐诗三百首》中读到的。目前，已编入我国六年级的课本，日本也入选高一国文课本，两国的三尺之童都能背诵。1996年春，我在浙江文成县教师进修学校任教"民办教师培训班"，便先从《涛》歌入手，再赏析《枫》诗，让学员在教室欣赏千里之外的"钟声"。

叁

1997年秋天，单位组织去苏州游览，我是冲着亲听寒山寺钟声去的。

我们穿过枫桥古镇悠长的石板路，呈现在眼前的是掩映在葱茏的古木之中的千年古刹。魏碑体深色的"寒山寺"印在山门的黄色照墙上，寺院显得宽大、古朴、庄严。古运河山门前静静流淌，寺门外的枫桥与江村桥遥遥相望，一派江南水乡兼园林的风格。

林导游给我们介绍了寒山的兴废史。《吴郡志》记载，寒山寺始建于南朝梁武帝天监年（502—519），初名"妙利普明塔院"。唐贞观初年，寒山子在此主持。南宋建炎年间，南北纷争，溃军肆意践踏，墙倒屋塌，后经法迁长老人苦心经营，寺院气势胜于昔日。元末，又毁于兵灾，明初，僧人深谷昶公继续修葺。清咸丰年间，太平军兴起，清兵溃退时火焚寺舍，清末巡抚陈夔龙等先后主持修复。"文革"期间，寺院又成为关押老干部与文艺工作者的"集中营"。多少年来，寒山寺的钟声时断时续，唯有十一届三中全会之后，随着改革开放的深入，各项宗教政策逐步落实，寒山寺才又重现生机，游客才又听到金钟长鸣。

聆听寒山寺的钟声，是多么不易啊！

"当当当——"，凝重的钟声，一声接一声从钟房传出，向上空散去……

听到钟声，我听到张继的诗韵！

听到钟声，我听到友谊的心声！

听到钟声，我听到历史的足音！

我们问："春节的钟敲 108 下是什么意思？"导游回答我们，佛教认为，"闻钟声，烦恼轻；智慧长，菩提增；离地狱，出火坑；愿成佛，度众生"。人的一生有 108 种烦恼，听了 108 声钟声，可以消除所有的烦恼。唐时鉴真和尚把中国的这种习俗带去，因而日本民间也盛行这种习俗。30 年来，已有 5 万余日本朋友曾来听寒山寺的钟声。

1987 年除夕，在电视上，我观看春节寒山寺听钟声的盛况，写下新的感受：

寒山寺的钟槌，撞响 1988 年的门扉。春天，从昆仑山的雪线尽头走来，在温州江心寺的柳眉上驻跸……

新年的钟声，洒满金色的阳光，

新年的钟声，充满凯旋的快感，

新年的钟声，燃起生命的篝火，

新年的钟声，荡起激越的旋律。

寒山寺的钟声啊，你是一面开创的旗帜！

肆

今年 5 月 22 至 25 日，笔者在苏州参加全国第二届中山图书颁奖大会，我们 60 多位文艺工作者游览寒山寺。

这次，我活动的主要目标是撞钟。

在景点下了大巴之后，看到长长的黄墙上，近年写满寒山子朴素易懂而又具哲理的诗歌，又听嗡嗡的钟声从蔽天遮日的浓荫中传出，开始领略沉沉的禅意。

照墙前，拍照的人络绎不绝，我与中山文学院院长陈儒家先生并肩抢拍，留作纪念。

进山门之后，相继游了大雄宝殿、寒拾殿、碑廊、钟房。

王导游告诉我们春节的 108 声是这样撞的：当 23 时 42 分 10 秒时，在钟楼二层，僧人撞响第一记，后每隔 10 秒撞一下，听众静听默记。当撞到最后三记，全场齐喊："106、107、108"，值子夜零时，随即礼炮齐鸣，礼花飞天，一片欢呼：庆祝新一年的开始。

我决心去体验撞钟的快愉。

我与浙江籍作家、长篇小说《一个人的穿越》作者倪一鸣同买了 5 元门券，鱼贯走向钟楼。

这是一座六角翘檐的两层房楼，清光绪三十二年（1906），江苏巡抚陈夔龙主持兴建的，并仿旧制造一口大铁钟，高 1.2 米，直径 1.2 米，厚 6 厘米，重 2 吨，说是熔进了青铜，所以特别响亮。

我俩从狭仄（只容两人相向擦过）的楼梯上去，急欲一睹世界著名的大铁钟的风采。

靠窗处，在钟边，平胸悬挂一段约 1 米长的木杵，杵绳由红布裹着。

待前者余音传完之隙，我庄重地摩挲一下大钟，从微微的凉意中，从轻轻的震颤中，收到浓浓的慰藉。

倪先生撞完三下之后，我将"数码"递给他拍摄。据导游指导，我双手合十，放在胸前，许了一个心愿……

然后用颤抖的双手，推掷木杵，虔诚地撞响第一下，我来不及听音，只顾掂估时间，约 10 秒，再撞第二声，再隔 10 秒，用力撞响第三声之后，这才听清浑厚的钟声，充盈钟楼，传向梵宇，散向四面八方……

我俩相视笑了，满足地下楼。

我享受撞钟的乐趣，和带给游客消除烦恼的钟声……

笔者曾经唱钟，曾经看钟，曾经听钟，曾经撞钟。如今，远离寒山寺，但袅袅的钟声依旧在耳畔萦绕，正如陆游写的"七年不到枫桥寺，客枕依然半夜钟"。

2010 年 9 月 10 日

谁来不说帝师州

雨霁初晴，阳光和煦，空气清新，青山如洗，心情舒畅，难得一个冬天的春日。

2011 年 11 月 14 日，文成县退教协会温州市区分会的老教师一行二十人，赴青田县城以西 70 里的石门洞——刘基读书处——游览。

9 时许，我们上船过渡。面对石门洞天，大家翘首观望，心潮如瓯江之波激荡。《青田县志·叙山》曰："临大溪，两峰壁立，高数百丈，对峙如门，深入为洞，可容数千人。"果真如此，峻嶒的龙崖与虎崖，杂木丛生，郁郁葱葱，一派生机。石门腰上，横一铁索，米粒大的几点影子，像在幼儿园的蹦蹦床里弹跳，其桥索微微颤动，大家好不惬意。顶上，又一道铁桥飞过，轰隆轰隆，火车呼啸而过。在古迹之中，融入现代元素，景区显得时尚。

我们穿过蔽天遮日的林荫石径，流连洞西冈之麓，去瞻仰"万世师表"的孔子坐像。平顶阔额，浓眉毛，长须髯的形象，有关《论语》的字幅，唤起国人崇尚国学之精神。

跨出"大成殿"，进入"刘基读书处"。古旧的课桌，古旧的书架，古旧的字画，古旧的笔砚，似乎让人看到六百余年前，十八九岁的刘伯温在此攻读，聆听栝城进士郑复初先生的讲解，一目十行看《春秋经》，又似乎在此秉笔直书《春秋明经》。经过四年修炼，元至顺三年（1332），赴杭乡试中第十四名举人，次年京都会试，顺利完成"荆人来聘""时楚屈完来盟于师""时楚使宜申来献捷""时楚使椒来聘"的四段考题，中进士，第二十六名。

我们欣赏晋永嘉太守谢灵运，唐白居易，清端木国瑚、孙衣言，现代陈叔通的诗词联轴。在当代著名诗人郭沫若1964年的真迹前，回味"横过石门渡，刘基尚有祠。垂天飞瀑布，凉意喜催诗"的草书，其狂草"催"字，把大家坠入五里雾中，不知其经纬，其"谜"猜了好久，才知庐山真面目。

"刘基尚有祠。"我们步上四十一级水泥台阶，去瞻仰刘基公祠。祠前平坦，左右对列四株参天古木。祠右翠竹摇曳，祠左古藤缠绕，门额写有"刘文成公祠"。门联系上海黄庆澜先生题写："名贤为社稷而生，岂唯景星庆云有光两浙；文字得江山之助，即此犁眉覆瓿并足千秋。"上联写刘基的功绩。他一生为国为民，难道只有景星庆云等星云光耀两浙（浙东浙西）？反问一句，衬托刘基功德无量，如同星月高照。下联写立言。刘基呈《时务十八策》，写《百战奇略》，佐朱元璋安邦定国，又写诗词发挥感慨。著名的刘基研究专家吕立汉在《刘基考论》中云："刘基诗歌风格，既有沉郁悲凉的一面，又有奇崛豪放的特征。后期诗作则以哀婉悲凉为主；而就哀时愤世而论，前后精神相通，仅为表达方式不同而已。"《犁眉公集》与《覆瓿集》同样流传千古。此联揭示"三不朽伟人"的底蕴。

我们进入祠内，两旁长有苍柏四株。刘基铜像坐落祠堂正中，手握"天书"，供游客拜谒。楹柱还有清、民国时期瑞安吴燮、湖南张鹏及沈严为等题写的多副对联，显得庄严、肃穆，我的崇敬之心油然而生。

据《青田县志》记载，1525年，原建一座洞天楼，后毁，为纪念刘基，后建为"刘文成公祠"。中华民国八年（1919），任浙江会稽道署的黄庆澜助资修建。民国二十二年（1933）重建。尔后，诸暨的赵世瑞、镇海的蔡洽卿、崇明陆安石咸捐巨资相继修葺。新中国成立后，1981年，省人民政府重修；1990年，旅瑞典华桥王志斌、王柳英伉俪捐资修建；2010 年 5 月，国家又拨款大规模改建。瞧，后人重光胜迹，崇仰先贤之心何等之重耳！

"垂天飞瀑布。"祠后便是著名的石门洞瀑布。悬崖倾泻银瀑，形如垂练，溅似跳珠，散像烟雾，美称其"天泉""圣水"。怪不得李白诗云"何年霹雳惊，云散苍崖裂。直上泻银河，万古流不竭"。

碧潭之湄，有一洞，内有石，平展如大席，名为"国师床"，相传是刘基读书疲倦时的休憩之处，年轻游客竞相争卧，以冀吸纳灵气。

相传刘基在石门书院读书用功，勤奋苦读的精神感动了石门洞的白猿仙姑，便送专讲天文、地理、兵法的天书，有意点化刘基。我问导游小王："白猿洞"在何处？她指点说，飞瀑左偏崖壁的最高处，由洞背攀藤扪壁可到，洞口仅容一人进去，深约十丈，是白猿居住处。

10 时，我们又兴致勃勃驱车前往新辟的"伯温古村"。汽车在绿色长廊中盘旋而上，约 10 分钟的路程，又见山顶开阔处屹立米黄色的高大石像，这是刘伯温年轻时在石门洞读书的姿态，手握诗书，仰天吟诵，一派满腹经纶的非凡气度。

穿过"伯温古村"牌坊，便见如黛的山麓，崛起一片白墙青瓦的明清古建筑，错落有致。村脚三面是碧水粼粼的人造湖，客舟悠然游弋。我们穿过嵯峨的"英名不朽坊"，便去游览雕梁画栋的"读书堂""烧饼阁""纪念馆"，其古香古色，把我们带进六百年前的南田故居。古街，灯笼高挂，红联盈门，其酒肆、其饭馆、其客栈、其玩具铺、其特色菜摊，蜂拥着人群。古村，俨然成为一个繁荣的文化产业市场。

今年的 7 月 10 日，我参加"2011 中国·青田刘基文化研究会"，并参加伯温古村的开游仪式。我是第二次游古村了。值此贯彻中央十七届六中全会精神的今天，浙江省委号召大家大力推进文化强省。洞背村原是一个小小的自然村，青田县府投资 7000 万元，历时三年建成伯温古村，青田县委县府率众着力建设"三大体系"，实施"八项工程"，推进"四个强省"的胆略，在建设文化强省中先声夺人，可喜可贺！

青田天生地设的石门洞，远离尘嚣，僻静、幽雅、美丽，是一个世上难觅的读书处。刘基18岁来石门洞读书那年，朱元璋在安徽凤阳出生。阴差阳错，32年后，刘基竟然与宋濂、章溢、叶琛同赴金陵，辅佐朱元璋建立大明王朝，功勋卓著，深得后人敬仰。正如王梦篆诗曰："文成功业炳千秋，圮上隆中可与俦。诸葛尚怜扶后主，沛公真幸遇留侯。明珠曾见遗沧海，宝剑长看射斗牛。今日括苍凭吊客，谁来不说帝师州？"

2011年11月28日

游安全文化园

亲爱的读者，你到过国有文成县靛青山水力发电厂吗？你游过厂旁的安全文化园吗？

从亮丽的县城向北6公里，便是我向往的靛青山电厂。"石林飞瀑景廊口，凤凰展翅靛青山"，"畅心亭"的楹联道出电厂令人神往的环境：它坐落于著名风景区"浙南第一峡"的峡谷景廊之口，东倚陡峭的靛青山，西对峻嶒的凤凰峰，顶端的奇崖，犹如一只昂首的凤凰，欲凌空展翅。北从峡谷景廊泻出的泗水，日夜传颂电厂的显著业绩，南通繁华的文成山城。如果说峡谷景廊是一支优美的乐曲，依山傍水的厂区则是一段舒缓的前奏。

从紫褐色的电厂办公大楼前进200米，就可见到厂房左墙上，镌刻着赤红的梯状厂训：激情工作，快乐生活，和谐团队，幸福家园。走过叠着职工脚印的水泥桥，绕过升压站，映入眼帘的是一块靠在山脚的磐石，刻着隶体朱红的"安全文化园"。

厂门由两尊威武的青石狮子守护着。左狮边上是一泓椭圆形的"和谐池"。池中露出淡褐色的岩石，水下隐着石鳄、石蛙，红的、黄的、黑的、花的鲤鱼，时而在石子周围追逐，时而在岩缝间养神。右端竖起"童子献宝"的石雕：一个四五岁的孩童，胖乎乎的，光着头，系着肚裯，骑着"鲤鱼变龙"的脑背上，满面笑容地托着一盆金元宝。龙嘴哗哗地吐出透明的银液，小孩扭着头，似乎向游人自豪地撒娇："看，我厂多棒！"

是的，"和谐池"正是电厂形象的诠释。建厂以来，在党支部书记兼厂长的郑明光、周向阳的带领下，职工和谐相处，同心协力，才为社会贡献2.8亿度电啊！

池对面是片生态园。两株高大的伞状雪松下，是片软绵绵的草皮，上面栽着株株冬青。园中躺着一只石水牛，安详地反刍着。背上坐着有刘海儿的"哥哥"，伸手拉着穿唐装的"弟弟"，他也要爬上牛背玩呢。水牛前刻着一方"童子嬉牛"的横石，下署："发扬孺子牛精神，踏实工作，享受人生"。这石牛告诉我们，职工默默地工作着，戴着36顶县至全国的先进集体的桂冠，又获300余人次的个人荣誉。他们意识到：奉献就是最大的快乐，奉献就是最大的享受。

池左是醒目的"乐碑"，其上面草坪有淡青色的"母子鹿"的艺雕。看，儿鹿偎在母亲怀里，母亲蹲着，用慈祥的目光抚摩着子鹿。我体味到：爱，就是幸福。如今，靛青山电厂制订了72种规章制度，渗透着领导深深的关爱情怀。

往右步上石级，在20米的转弯处，竖着一座路标，右下是违章路（悬崖路）；左上是遵章路（平安路），指示我们要遵循李克强总理所说的"走正道"。

左转弯，便是一座飞檐翘角的白玉般的"畅心亭"，这是我国石都缙云老司的杰作。正门横批"畅心亭"，边上注着：壬辰年（2012）冬月，是书法家邓世标的篆体精品。亭中有三副对联，均是《散文选刊》签约作家徐世槐撰的。前廊正柱，系"中国当代艺神"叶诗斌遒劲有力的行书联："靛龙越壁光千载，线谱飞空乐万家"，彰显企业特色。539米的压力管道隐约地穿过苍翠的灌木丛林，像一条巨龙飞入峡谷，发出雷鸣般的轰响，由三个"鼻孔"泄出银流，龙头上空飞架高压电线，如五线谱连着千家万户，给人们带来光明，带来音乐，带来图画。中联是曾获省一等奖的青年书法家赵沛包的隶书："四围山色呈彩画，一带水声唱朝阳"，高度概括电厂的仙境。后柱的行书联，就是文章开首所写的，那是联作者自书的。亭中的圆石柱圆石桌圆石凳，为人们的休闲注入元素。你若转身观赏飞珠溅玉、吐雾喷烟的"青山飞瀑"，大有刘基之长孙刘廌的《百丈漈观瀑》的"策杖忘形乘晚照，披蓑适兴坐春风。浮槎便欲寻仙去，应是银河有路通"的意境。

当你靠着石椅，品味后山高立的两支"金石雕"，微微凸出的黄色眼球，警惕地俯视厂区的安全，这不是职工们的"保护神"吗？

出了"畅心亭"，往右拐，步上石卵路，看到"警钟长鸣"的标志，一只青褐色的大石钟摆在路口，时时警示人们：安全就是企业之魂。再向前，便是五根两米五高的四棱桃花石的"警示柱"。第一根刻着："1994 年 12 月 27 日，青溪山电厂检修人员没有办理工作票而违章操作造成 1 死 1 重伤的恶性事故。"第二根刻着："2012 年 3 月 17 日，海门电厂因违章施工，造成 6 人死亡 3 人重伤的特大事故。"印证第四柱"愚者用流血换取教训，智者用教训避免流血"的哲理，揭示第五柱"安全就是幸福的保证"这一主题。中间第三根，便是靛青山电厂全体职工在今年"五一"国际劳动节下的《安全承诺书》："人人严格遵守各项管理制度，热爱生命，做到不伤害自己，不伤害他人，不被他人伤害，保护他人不被伤害。如有违反，甘愿受罚。"听，这震天撼地的誓言，正是创建全国示范企业的根本保证。

我又在石柱边上的"绿色长廊"歇息，品着全国人大代表蔡日省的闻名遐迩的"半天香"茶叶，廊后挺立一株枝叶繁茂的栗树，一株令人流涎的杨梅树。左边是一长溜的水竹园。眼下是纵横交错的电线，和红的、绿的、黄的、紫的一组组高压瓷瓶、电流护感器。我想，尽管已安全走过办厂至今的 24 个春秋，但在这高危的企业里，他们仍然居安思危，要保证一百年不出事故，永远在平安路上迅跑！

我舍不得离开生态融合安全的文化园。临分手，我还咀嚼着厂沿的大红标语："团结凝聚力量，创新实现梦想。"他们在党的十八大精神鼓舞下，正如标语下咆哮的溢孔浪，激情满怀地追逐中国梦！

2014 年 5 月 15 日

石门岭古道

　　石门岭古道，位于文成县西坑畲族镇西坑村村头至丰龙村枫树亭。属明代古道，东西走向，全程6.5千米，平均路宽1.1米，最高海拔930米，路面早期用块石铺就，中后期用较规整块石和条石修缮。古道上通石垟乡、景宁县，下达西坑镇、大峃镇、瑞安市，因古道途经石门村，故得名石门岭，旧时是这一带村民外出的交通要道。

　　古道自岭脚往上，是一段陡峭的山岭，两旁有高大的枫香树和松树。当春雨过后，村民便会在树下寻采松树菇，享受大自然馈赠的野味。沿古道再绕上"之"字岭，岭腰有一座半岭亭，据说是清代修建，专给过路人供应茶水。亭后有上下两块园地，昔日主人在这里种植蔬菜、番薯等农作物维持生计。现在，此地只剩下一块荒地、一道残垣，还有一棵数百年直矗云霄的松树。

　　再行200米，左边有一座山岗，其山谷名叫柴坳，这里曾经发生过一个茶园坶岩下救红军的故事。

　　1939年，红军和国民党军在柴坳相遇，由于敌众我寡，红军撤退，一个受伤的战士爬到茶园坶。当时，叶益寿与叶青郎父子正在屋角铲芥菜。受伤红军脸色苍白，全身血污，双手颤巍巍地撑在地上问："阿叔、小弟，你们看到红军没有？"父亲回答："没有。""你家给点饭吃可以吗？"父子俩虽然不能完全听懂，但还是把他扶到屋里，洗了身体，换上干净的衣服，采来草药给他敷伤。由于形势严峻，父子俩便把红军战士背到茶园坞最偏僻的大岩下养伤。两个月后，待战士身体恢复些了，还把他安全送到红军驻地圣坑（现叶胜林场驻地）。

岭右侧山上有一块"老婆田"。传说清朝时，石门财主买了这块水田，足有千米长。最宽处有十四五米。为了经营水田，财主向村人承诺："谁能一口气插秧插到田的尽头，我就把女儿嫁给他。"邻村一青年自告奋勇下田。弯着背，左手捏着秧把并分秧，右手插秧，一行插五株，一边插一边退，一股劲儿直插到尽头。但不幸的是，他没有看到身后的田埂，头一晕，一个筋斗翻下高坎摔死了。财主钦佩他的插田才能，又同情他的不幸遭遇，便在田头立了一座坟。至今，在田后坎上，仍有一座长满荒草的坟墓。

后来，财主又一次招募女婿，还是在此长田打擂台。小姐看到那将获胜的青年快要插到尽头时，便悄悄地站在田头等待，当青年插到最后一行，她双手一抱，把青年抱上了岸。

于是，他俩结成了夫妻，"老婆田"的名字也相传至今。

古道经过的石门村有一座叶氏宗祠，始建于明代万历年间（1573—1620），清嘉庆十九年（1814）扩建，民国六年（1917）重修，原属三进回廊合院式木构古建筑，周垣石墙，占地1800平方米。现存建筑纵幅布局，东西朝向，规模宏伟。

叶氏始祖巨文，原从处州松阳迁至青田八都石门，曾任光禄大夫、折冲将军。经过这叶氏宗祠，曾有"文官落轿，武将下马"之说。自晋1300年来，延续子孙50代，其子孙曾于唐时建成安福寺、都铺寺、南坑寺；明清时，建成南坑亭、半岭亭、枫树亭。2013年春节，石门村两委以叶氏宗祠为文化中心平台，举办了村首届文化节。

在叶氏宗祠门前下50米的溪涧，右岸有一块青褐色巨石，颇像一只大公鸡昂首啼鸣；左岸，很像一个石鼓的圆崖，再往前100米的溪涧，有左右两扇像门一样的巨石矗立着。传说该石门夜里关闭，当公鸡一啼，石鼓一响，天亮了，石门就缓缓打开。据《叶氏宗谱·南楚叶氏宗谱序》记载："……见有旗峰、石鼓、巨漈、岩门，因名其地，曰石门，名其山，曰鹤息峰。"

石门村地形，如俗语"灯台挂壁"。叶氏宗祠后的鹤息峰（石门尖），是气势宏伟的大山，山腰的叶氏宗祠如同一座灯台，祠前有400年历史的古樟树，高大繁茂，如灯焰熊熊燃烧。

叶氏宗祠周围分布有7处大小相仿的岩石，人们称它为"七姑星"。据传，石门曾出7个美女，出嫁外地，都许配给有才又有财的丈夫。这7个美女的化身就是"七姑星"。

除"七姑星"外，又有"九龟上滩"的景致。在祠堂左首靠南的山墩，立着一个"乌龟"，背上建一座土地庙。这个土地庙，跟西面的马佛宫、北面的杨府殿形成三足鼎立之势，保护着黎民平安。据说有一年，有一个贼来石门偷牛，但他怎么赶牛都出不了村，来来去去，都还是在石门村内转。从此，石门村就没有被偷过牛。

从石门村往北，穿过层层梯田，便是古道终点石门岭头的丰龙村。

2005年9月1日7时，丰龙村发生史无前例的泥石流，倒塌了4幢24间房屋，掩埋了11位同胞兄弟，重伤5人。9月10日，时任国家领导人慰问了重灾户与救灾军民。嗣后，丰龙村建了一座"抗灾救灾"主题馆。

村民"不忘初心、牢记使命"，如今旧貌变新颜。我口占一联：

丰地丰功丰登五谷
龙山龙水龙马精神

2014年8月15日

垟源岭，家乡的岭

垟源岭，家乡的岭。

垟源岭古道，位于文成县西坑畲族镇叶岸村桥头至垟源头。建于明代，由村民自发修筑而成，是周边村落用作通商的主要通道。东北过往东西走向，全长约 2.6 千米，平均路宽 1.1 米，最高海拔 670 米，前期路面以踏步为主，较低。上通往大峃镇、瑞安市、温州市，下达西坑镇西坑村、景宁县、丽水市，是文成县红枫古道之一。

古道通幽，蜿蜒曲折，林木荫翳，景色各异，行者徒步而上，此情此景乐享其中。沿途有古枫香 52 株，树下设简单石凳，供行者休憩。这是一条"清霜醉枫叶，淡月隐芦花"的古道，那棵棵参天古枫，树高数丈，枝干虬曲苍劲，树冠遮天蔽日，四季摇曳着变幻无穷的色彩。春天，古枫撑着一片鹅黄。夏天，枝叶更加茂密，活像一把张开的绿绒大伞，供行人遮阳挡雨。特别是当秋风掠过收获后的田野，古枫犹如一条硕大的火龙，映红了古道的上空；那片片枫叶在秋风中轻轻地抖动，不时飘飘悠悠落将下来，给古道铺上一条红色的地毯，真是"万山红遍，层林尽染"，让人浮想联翩，流连忘返。

垟源岭的起点叶岸桥位于叶岸村东北角，是一座单孔石拱桥，长 12 米，宽 3.3 米，高 5 米，距今已有 300 多年。它像一位强者的脊梁，匍匐两岸，固守着家乡的土地。目前，石拱桥附近已成为声名远播的农民根雕艺术家包宗良的生产基地。

沿古道往上约 300 米，就是龙坵降自然村。此村汉畲合居，大部分村民已于 2005 年迁往西坑镇府边的后垟，现仅存 12 户人家，至今从事着畜牧养殖和农耕劳作。

经过龙坵降村前行是几段平缓的路面，沿途梯田种有蚕豆、白菜等各种蔬菜，再走过一段约 50 米长的杉松林荫夹道，便到了较陡的半岭。岭中有半岭亭，因年久失修，已经破败，为清时所建，亭中有佛，亭边有 1 间小屋，专供主人烧茶，为过客免费提供茶水。

过了半岭亭，是全岭古道最陡峭的路段，坡度约 70 度，沿着山坡"之"字形上攀。岭头有一路亭，宽 5 米，高 3 米，建于 1991 年。往下坡约 500 米有石筑半圆形墙门，不远处即是莲庵。

莲庵现已关闭。民国大儒刘祝群于 1938 年夏历七月初二的日记中写道："从妹益淑创庵于枫树岭（垟源岭）头，以施茶乞书庵额，并系以跋。莲庵者，余从妹益淑云所创也。妹归汝南周君莲溪，创是庵遂以莲名哀所天也。枫树岭头交通，景瑞斯是孔道，创庵施茶惠行役也。拨田数亩，可食一夫，施茶所需，岁有恒产，期久远也。计划者谁？内侄而妻以长女之德隅也。落成伊始，今岁戊寅夏月日也。为之记而书之者，南田山人刘祝群也。"

"莲庵"额名，系刘祝群所撰书，其中柱挂黄底金字对联：

饮者思其源，夏水冬汤，一勺之多，有口不忘流惠；
征夫问前路，四通五达，百里而外，到头直渡飞云。

前廊柱楹联是嵌名联：

有益于人为息壤；
以淑其世是归途。

两副对联道出了"莲庵"的地理环境与社会作用，教育征夫要饮水思源，不忘创者恩惠。

　　翻过山岭，就是古道终点旁边垟村，该村是畲族唯一的少将雷炳成的故乡，也是我县雷氏的开山之祖雷奉伍的故乡。

　　垟源岭，家乡的岭。

　　自 1953 年 9 月至 1956 年 7 月，我在文成中学读初中的三年里，每个星期天吃了午饭，就要挑着行李、粮菜，攀上长达 10 里的垟源岭，经过崎岖的 30 里山路，翻下文成最长最陡的红枫古道——大会岭；星期六午后，就要背上书包，大汗淋漓地攀上大会岭，翻下垟源岭。垟源岭，你连续 240 次陪伴我沐风栉雨，饮汤吟联，终于，终于量完 12000 里，直渡飞云去瑞安师范读书，终于，终于壮了我的筋骨，强了我的意志，长了我的知识。我，怎能忘却那片恩惠呢！

2014 年 9 月 1 日

仙人谷

石马坟

位于梧溪村北的黄坑村口金钗桥边，系大明军师刘伯温祖裔古墓群，原基地面积有2 700多平方米，坐东朝西。

刘基曾祖刘濠墓，位于墓群之左首，前有苍郁的山岗，为元代土墓葬，坟前原有石翁仲（石人，已被捣坏），现刻有"开国刘文成公"的条形方石的墓碑。由于年代久远，泥沙淤积较多，略可见厝口上部与墓背。刘濠字浚登，仕宋翰林掌书，配常氏。

中有刘基九世生刘瑜之墓。刘瑜，字公瑾，自盘谷分徙三滩，袭封诚意伯。弘治年给事中吴仕伟以文成公有功于国奏请袭爵，刘瑜公因授处州卫指挥使，而刑部贵州清史司署郎中主事，缙云李瑜复以言，上悟，遂擢封诚意伯，提督操江，掌南京前军部督府事。卒于官，年六十三。其墓为四厝，系刘瑜与其夫人吴氏、妾洪氏、侧室妾周氏合葬墓。前有踏道，旧为泰（顺）、景（宁）二县，通往青田大道。

道下宽坦上，仍置有工艺精湛的石马、石羊、石狮、石猴、石龟陪伴，虽经千年风雨洗礼，神态却更为古朴、更为精神，同时更显基地之苍凉。

刘燫墓，位于距石马坟 1 公里处的西坑镇洪桥村，山茶花岗，建于元代，坐西朝东。刘燫曾任遂昌县教谕。现存有扶椅式墓，由粗石岩筑成墓坦和内外墓圈，墓前立有石碑一方。

上述之墓，同在 1912 年 3 月列为文成县文物保护单位。

廊　桥

泰顺神奇的廊桥，已成世界遗产。文成仙人谷景区领导独具匠心，传承遗产，2014 年冬于景区进口处建成一座崭新的廊桥，欢迎五湖四海的贵宾。其规模宏大，长 42 米，宽 5 米，高 12 米，连接两座青山，跨过奔腾的溪水，气势壮观。造型别致，青瓦之下，翘起龙头，俨然为喷水之姿，既古典又时尚。

茶余饭后，或漫步，或倚栏观望景色，赏心悦目：春天，"日光斜照集灵台，红树花迎晓露开"；夏夜，"夕阳度西岭，群壑倏已暝，松月生夜凉，风泉满清听"；秋日，"碧云天，落叶地，秋色连波，波上寒烟翠"；冬令，"风送梅花过小桥，飘飘，飘飘地乱舞琼瑶"。谁能想到，这忍辱负重的身躯，竟能给人一个仙人的世界？

仙人瀑

"仙瀑泻雪迎贵客，谷天飞虹达诗山。"这是古亭先生给仙人瀑描绘的形象。

从黄坑怀乡坊进口，过神农居，看月亮桥，观青龙饮水，沿红溪滩上溯，到达人们向往的仙人瀑。訇訇的水声，早已弹响你的心弦，迫不及待地转过山弯，便见一株高大的塔树，立在眼前，层层绿叶掩映如练似麻犹雪的瀑布。

关于瀑，元人乔吉在《水仙子·重观瀑布》里已写绝：

"天机织罢月梭闲，石壁高垂雪练寒。冰丝带雨悬霄汉，几千年晒未干。露华凉人怯衣单。似白虹饮涧，玉龙下山，晴雪飞滩。”

瀑右的小岗上，有一座白色的两层的六角亭，犹如披上素洁轻纱的仙女，亭亭玉立。她趁乖戾的王母娘娘酒酣之时下凡，藏在绿树青藤之中，窥视人间胜景。如果你在亭内观赏，心潮起伏，也真的有诗人舒甸所撰、书法家朱礼所书的联语“入谷云游皆过客，倚亭小坐即神仙”之感。

亭下，便是一座八字“仙人桥”，左右便是上下两口碧绿的龙潭，将仙谷的山、水、云、天倒绘其中。如果你站在桥上，真有“宛在水中央”之梦境。这时，轻烟会悄悄揩去你额上的汗珠，并谦卑地打湿相机镜，不愿面世招摇。

《长恨歌》曰：“养在深闺人未识。”驴友说，她啊，比青田石门洞更多姿，比仙岩的梅雨潭更绿，比雁荡山的大龙湫更雄伟。假若不信，请到此一游吧！

仙泉·仙人壁·会仙楼

喝怎样的水才最环保？自然是无污染的山泉。在到处充满垃圾的当今，仙人谷的仙泉就显得身价百倍。

仙泉就在仙人壁之脚下，是仙人从壁缝中“提炼”出来的，正如宋诗人杨万里写的“泉眼无声惜细流，树阴照水爱晴柔”（《小池》）。水，清澈可口，冬暖夏凉，游人喜爱。

仙人壁，可谓危崖。此“危”字并不是危险的意思，古文解释“高”也。

看，山崖壁仞如刀削，那么高耸，那么平直，隐藏在茂密的林竹之后，用今天的话来说，显得低调。做人嘛，应该如此，世人往往难以做到，特别是有浮躁心态的人，每每取得一点成绩就觉得了不起，到处炫耀，生怕人家不知道。这个仙人壁，不是傲立路人正面，而是隐身侧后，旅人还是寻寻觅觅，一定要景仰它，拍摄它，吟咏它，还要喝喝"它"。这是为什么?

正因为有仙人壁,正因为有仙泉,所以像"会仙楼"就应运而生。会仙楼,古香古色,木质结构,像天堂苏州?像杭州的茶楼?还是宋式,明清式?也许都是。因为中国历史上,宋代经济高度发展,茶楼盛行,民间品茗之风鼎盛。

现代茶趣盎然,北京的胡同,到处有老舍的"茶馆",不过没有"莫谈国事"的牌子罢了,厦门店铺也多设雅致的茶座。

今天,请奔波于红尘的你们,在此萍聚,享受人生的一道盛宴。端上琥珀杯,喝着雀舌茶,是否也像朱自清先生月下漫步清华园的荷塘小路,"什么都可以想,什么都可以不想,便觉是个自由人"。国家级书法家叶茂告在蔡日省茶场书给我一幅乾隆皇帝的茶铭:"国不可一日无君,君不可一日无茶。"诚哉斯言!

游客们,请坐一坐会仙楼,瞧一瞧仙人壁,品一品仙泉煮成的香茗,请学一学魏晋时期的竹林七贤中的绝代双骄阮籍、嵇康,寄情山水,不过以茶代酒,做一回茶仙吧!

玉蟾聚会

会仙茶楼上首的石桥左右,大块大块的石头错落有致,真能看到聚会的"青蛙"。它们神态多样:有的昂首仰天,观看云卷云舒;有的瞪着眼睛,聆听"大珠小珠落玉盘"的水声;有的凸肚鼓噪,歌唱天伦之乐;有的横坐溪中,寻食昆虫……我们还似乎听到"呱呱呱"的蛙声一片。

生物是一个群体,跟人一样不甘寂寞,所以它们常常聚会,排遣苦闷。人们应该如此,该走出家门,踏进大自然,享受享受南宋诗人曹豳《春暮》"林莺啼到无声处,青草池塘独听蛙"的意境!

鳄鱼上滩

鳄鱼，爬行动物的一属，大的身长 3 至 6 米，四肢短，尾巴长，全身有灰褐色的硬皮。善于游泳，性凶恶，捕食虫、蛙和鸟类，有的也吃人、畜，多产在热带和亚热带，如新加坡、马来西亚、泰国。其中扬子鳄是我国特有的一种鳄类。

我们曾在温州、杭州、上海、北京等地动物园见过鳄鱼。仙人谷的"鳄鱼"，位于"神龟吐银"的下方。此扁石表面也呈灰褐色，头朝溪中，背上沟沟壑壑，前脚短而肥，样子险恶，活像一只正在上滩的鳄鱼。

刺目的"石鳄"，倒应重视。你应该晓得"鳄鱼眼泪"这个成语吧。西方古代传说，鳄鱼天食人畜，一边吃，一边掉眼泪，比喻坏人的假慈悲。在创造现代文明的今天，必须提防像鳄鱼一样的假慈悲真狠毒的敌国与坏人，不再上当受骗，身受其害。

神龟吐银

诗人郑杨松观过此景，心潮澎湃，不禁秉笔直书：

神龟独处历千年，沧海桑田几变迁。
身负洛书呈瑞气，面临溪水背朝天。
登山再问千秋寿，入谷何须再慕仙。
口吐山泉居峡谷，莫还东海起波澜。

乌龟，也叫金龟。《新华字典》释义：爬行动物，体扁，有硬甲，长圆形，背部隆起，黑褐色，有花纹，趾有蹼，能游泳，头尾四肢能缩入壳内，生活在河流、湖泊里，吃杂草或小动物，龟甲可入药。

龟，系我国传统的长寿标志物。唐朝李商隐《祭张书记文》："神道甚微，天理难究，桂蠹兰败，龟年鹤寿。"龟与鹤，都是长寿的动物，据生物书可考，龟龄可达一千余年。

仙人谷的这只"石龟"，所以神，一是与天地而来，又与天地同休；二是黄坑之水，均经它之口吐出；三是形成白瀑，日夜吐银。人们欣赏它，祈祷自己跟神龟一样健康长寿，又像龟口吐银一样，财源滚滚，家门发达。

同时，从"神龟"想到曹操的《龟虽寿》中的"神龟虽寿，犹有竟时"，启发我们要"老骥伏枥，志在千里；烈士暮年，壮心不已"，人生应具有积极进取的精神。

钓鱼区

原是流水淙淙的溪涧，日夜如诉如泣如歌。经过人工造化，高峡出平湖，在绿如蓝的江水中，将大自然的山、树、云、天倒映其中，可以体验姜太公钓鱼渭水旁，严子陵垂纶富春江的逸趣。怪不得经此者，无论是父子，还是师徒，油然而生钓趣，跃跃欲试，请愿者上钩，真有嵇康之"流磻平皋，垂纶长川""嘉彼钓叟，得鱼忘筌"之心境！

仙女观鱼

"云映波光山映水，溪藏树色水藏山。"郑杨松先生之诗句，概括了仙水潭的倩影。

传说天上王母娘娘暴戾，管束仙女严厉，整天关在机房织锦，那锦成为五彩缤纷的朝霞与晚霞。

一天，王母娘娘喝醉千年陈老酒，一睡就是几天。三五位织女悄悄下凡。看到潭里红的、黑的、淡黄的、花的鲤鱼，时而聚集，时而星散，时而追逐，时而打挺，时而上浮，时而下沉，仙女羡慕它们的自由生活。为怕天兵天将来追捕受罚，她们不久就腾空翩翩而去。

诗人舒甸经过此处，不禁高歌：

> 寒潭久有名，访客踏歌行。
> 谷翠凉风爽，林荫野水清。
> 山泉同鸟唱，树影共云停。
> 一捧瑶池在，仙姑代代生。

五折瀑

从汤氏真仙殿岭脚往前 100 米，转过幽谷，便是世上罕见的天然五折瀑。不管冬夏春秋，流水从山涧冲下，像世界跨栏冠军刘翔，以关羽过五关斩六将的英雄气概，闯过道道栅栏，跑成一瀑，跨成一瀑，冲成一瀑，落成一瀑，飞成一瀑，瀑瀑相逐，瀑瀑相连，让思想、让信念、让意志、让毅力、让风采，一齐显现为粉身碎骨的银珠，赠给人们的是勇往直前的精神，绚丽多彩的虹桥，让美好永驻人间。诗人林铮曾歌颂：

> 五折瀑布唯难真，雨变蛟龙旱变琴。
> 咆哮风雷升雾气，奔腾峡壁化烟云。
> 落阶定板出琴柱，溅玉弹珠响过门。
> 徵羽宫商秋可辨，高山流水奏知音。

汤氏仙宫

坐落汤氏娘娘外婆家西里村的将军崖下，土名奇窟窝底，原叫和尚堂。后倚高山，并五折瀑，前对"双龙采珠"，左为龙山，右为虎山，是藏风聚气之宝地。殿长 24 米，深 14 米，高 13 米，歇山式宫殿，重檐翘头，雕梁画栋，金门红瓦，藻井为九龙采珠。正间银屋三层，为浙南独有，精雕细刻着飞龙、麒麟、凤凰等吉祥物。殿分三间：中间，正中为汤氏真仙，左侧为李十三，右侧为马氏天仙；左间，左侧为土地公，右侧为妈祖；右间，左侧为陈十四娘娘，右侧为送子娘娘。

汤氏仙宫艺术精湛。一是样式创新。幔天比岩庵殿先进，岩庵殿的龙没有尾巴，仙人谷的九条龙都有尾巴。银屋有十根柱，大岇东山共有三座，每座三檐，都雕有龙凤。打破单一模式，其他的是一台或两台，仙人谷是三台，工艺要求更复杂。规模最大，形式最美，是邻县中最先进的设计。二是增加美感。门、壁、梁均为人工花纹结构，每扇门均分三截：上截为"纱筒"窗。中截为戏曲花板：《单刀赴会》《林冲发配》《武松起解》《棋盘山》，等等。下截为山水、花鸟、龙凤等花板。三是深厚文化。梁柱头一共有 26 个木雕像，有《四大天王》《八仙过海》《西游记》《封神》《隋唐》中的人物，形神兼备，栩栩如生。这不仅增添了仙殿的美感，更是深厚了殿宇的文化底蕴。

殿后左侧，是常年挂练的佛漈，殿前下是碧波荡漾的放生池。

汤氏仙宫，真仙境也！

2014 年 12 月 8 日

遥寄布隆迪

2015年11月26日上午，在温州往西安的"MU2391"航班上，《东方航空》（2015年11月）杂志的大幅照片吸引着我的眼球：《布隆迪，贫穷并快乐着》。

贫穷，还快乐着？

真的，他们真的很快乐！

请看，傍晚，在金色的阳光下，在橘黄的沙滩上，在绿树旁，在圆锥形的草篷外，他们边唱边舞：画面正中，两对肤色棕黑的男女狂欢着。右侧一位约40岁男子，短平头，张开口，赤上身，深蓝短裤印着白线边，显得有点时尚，赤脚半陷沙中，右手往后划，左手拉着一位长发女郎的右手。女郎，白短袖衫，牛仔短裤，左手向后高扬，两张"弓"在沙滩贴出一对灰褐色的影儿。左面是一对十八九岁的青年，女的白花褂，双手搭在裸身蓝裤衩的男子肩膀，男的双握仰拳，似乎伴着节奏，又是一张"弓"搭上一支"弓"。

后对青年的左角下，斜伸出几对浓淡不一、参差不齐的阴影。对对舞伴，是夫妻，还是情人？是朋辈，还是工友？是本地渔村人，还是外地陌生人？可能都是。

照片左右上两角，雪白的木屋边，淡褐色白尖顶的草篷下，一群男女在乘凉，在谈笑，在舞蹈，他们玩得那么尽兴。

不管怎么说，这群跳着最原始舞蹈的都是穷人。

作者是中国支援布隆迪建设多年的科技工作者李世超。他写道，非洲的布隆迪，人均国民收入排名世界倒数第二，劳工花半天的工资去买一瓶啤酒（自然是低档的），同坐树下乐着，陶醉在这微醺的氛围里。

目下，我们温州市也有来自各地的几十万打工者，比较起来，他们过的日子还挺有味道的，普工每月三四千元，半天收入可买二三十瓶"雪花"啤酒。

温州城乡的孩子，穿得可漂亮，五彩衣、小夹克、小皮鞋、小球鞋。双休日，父母还带到"肯德基"，吃鸡翅，吃鸡腿，吃三明治，生日还闹派对。假日，他们还跟父母去国内外旅游呢。

作者又说，布隆迪全国长时间停水停电，副食品供不应求，还常闹汽油荒。

我想起自己的家乡。我住大明军师刘伯温故里——浙江文成县城已经26年，几乎没有停过电与水。至于副食品，你一个人载一两车都绰绰有余。直到目前，中国没有出现过汽油荒。据《温州日报》最近报道，温州市区平均每百户有汽车108.3辆。温州鹿城伯爵山庄，590户，保安登记的有1 150余辆轿车，其中百万价位的"宝马"也不少。

半个世纪前，在农村露天影场，一看到新闻纪录片中美国纽约满街的汽车，观众一齐哇地惊呼起来，这叫真正的少见多怪。如今呢，轮到我们大中城市汇满车流了。

作者又介绍，布隆迪的房子是单层的小木屋，而我们中国农村满是四五层的水泥钢筋楼房。拿我的老家说，文成西坑畲族镇叶岸村，2014年，就批准建成一律五层楼的房屋138间，90%农户都住上了新房。大中城市，三四十层的摩天大楼，放眼皆是。温州这个地级市，最高的达88层。原先建设慢了半拍的农村，目前正进行"美丽乡村亮丽县城"的建设，村村还建"文化礼堂"。是的，偌大的中国，就是一座美丽的大花园。六年前，广州一位教育干部对我说："旅游，外国没有什么，要看，国内就够了。"此话不尽然，然而，"美丽中国"确是实至名归。

照片的右角录着九行直白的诗：

> 前段时间惊闻布隆迪发生政变，
>
> 虽然官方表示政变失败，
>
> 但暴力行径时有发生。
>
> 初时竟有点不相信自己的耳朵，
>
> 去年九月去时那里还一片安逸祥和，
>
> 如今却已烟火交加，生灵涂炭，
>
> 那里的天空是否还湛蓝？
>
> 那里的湖水是否还平静？
>
> 愿一切安好。

战乱之后的布隆迪，灾难重重。作者写道："他们并没有被贫穷和落后打倒，没有忘掉礼节和尊严。""无论你走到哪里，一句口音不纯的'你好'，一个无须翻译的微笑，都会让你渐渐地爱上这些人，爱上这个国度。"

布隆迪朋友，我也被你们的礼节和尊严感动着。我们中国也是个礼仪之邦。26 日上午 11 时，我在咸阳西安国际机场下机，下午乘 14 路公交车去北站，我这个白眉白鬓的老人，一上车投了一元币，两位女青年同时霍地站起来让座。到终点站后，我又问司机，去汉武帝陵、武则天墓参观，路线怎么走？"陕 D92521"车号的司机便一五一十地告诉我，让我记在笔记本上。28 日下午，我们一行去回民街、钟鼓楼参观，在"秦伊香核桃酥专卖店"买下一盒"五仁酥"和一盒"腰果酥"，为赶前头的散文作家团，我付了 100 元拎起酥盒就走，约莫 5 分钟，一位穿白绒领青棉衣的中年回族妇女匆匆地赶上拦住我，将一张绿色的 50 元与一张棕黄的 20 元人民币递给我这个戴鸭舌帽的老头儿，我这才感到自己走得太匆忙了。

瞧，西安人，咸阳人，不就是我们外地人的亲人吗?

我感激他们的诚实，我感激他们的热情，我感激他们的礼貌。

前天，我坐在靠窗的"43k"舱位，窗外，机翼洒满金色的阳光，无垠澄澈的蓝空，翻飞着雪浪般的云朵。机翼上下晃动，金色的阳光不时叠印在铺满金色阳光的照片上，我的心里也溢满金色的阳光。飞机下降穿过混沌的云层，便隐隐约约看到八百里秦川腹地的关中平原，一簇簇五彩的城镇绣在渭河两岸葱绿的麦毯上……

我的心，也跟布隆迪的舞伴一样唱着，舞着。

我们要珍惜和平!

我们要珍惜和平生活!

为纪念抗日战争暨全世界反法西斯胜利 70 周年，9 月 3 日的天安门检阅，展现中国的强大，展现中国的国威。中国人民与全世界人民一道，经过 14 年艰苦卓绝的斗争，终于战胜"一个阴险与狡诈的残忍民族"(法国前总统戴高乐的评价)。为了实现"中国梦"，我们遵循社会主义核心价值观:富强、民主、文明、和谐，自由、平等、公正、法治，爱国、敬业、诚信、友善。

布隆迪朋友，我相信，你们奋起抗争，乐观地面对未来，你们的天空一定会湛蓝，你们的湖水一定会平静的。

我殷殷地期待:你们富裕并快乐着。

2015 年 11 月 29 日夜 10 时

高标逸韵君知否

挺拔的白杨树

那是一个撕心裂肺的时刻！

2003 年 12 月 1 日凌晨 4 时 50 分，一株挺拔的白杨树訇然倒下！

杨奔老师离开在浓荫下休憩的人们，含笑地走了……

但是，人们哭了！在 12 月 10 日的追悼会上，在素联挽诗的包围中，在悲恸的悼词声里，"满座重闻皆掩泣"的情景令人揪心！在和杨先生见最后一面时，我的心在滴血！看到他那安详如昨的面容，愿永远厮守在旁，抚慰一个天长地久的灵魂！

去世前半个月的 11 月 7 日上午，我从温州赶往龙港，探望患胃癌的老师。当我走进他的卧室，他木然的神情放松了，泛出了笑容，我坐在床边握住他干瘦的双手，悄悄地问："杨老师……"他的眼圈红了，我的眼睛潮了……

谁料他走得这么快！

回想前年 2002 年 4 月 30 日，300 多位来自国内外的历届学生聚首龙港，庆祝杨奔先生八十诞辰。当学生献花时，他笑得比鲜花还要灿烂；向他敬酒时，他的情感比浓酒还要香醇！

我代表文成片学生发言，并带着一袋"课外读物"上台。1956 年秋，我们考入瑞安师范，他任教普师文学（当时，汉语、文学分科）。他的声音并不洪亮，旁征博引，我们却听得声声入耳，尤其讲到古典文学，如屈原的《离骚》、李白的《梦游天姥吟留别》，从作者介绍至词句解释，我们仿佛坠入一家藏书丰富的图书馆。

后来，我参加文学兴趣小组。近半个世纪来，我仍完好保存着《作品阅读分析》《文学课外读物简介》《短文赏析》等10多本小册子。在祝寿会上，我边讲边亮出杨老师自己设计、自己印刻、自己装订的"文学遗产"时，台下报以春雷般的掌声。

当时，我买来一本陕西师范学院教授霍松林著的《文艺学概论》（这是我一生买的第一本课外书），向杨老师求教。他回答："很好！望你多读课外书，多多练习。"在老师鼓励下，我读了不少书，也写了不少习作。

像这样一位为教育事业鞠躬尽瘁的人，却遭到不公平的待遇。20世纪五六十年代，他上午教书，下午接受批判。在马屿中学，被有理讲不清的那些"兵"围攻，连丢在粪便上的草纸都要重新捡回来作为罪证"鉴定"。二十世纪四十年代，他是宁波文学沙龙的发起人之一，也是温州地区最早一批省作协会员。就是这样一位才高八斗的作家，马屿中学却容不下，把他"提拔"到大南初中任教。与其说杨奔老师不幸，还不如说是那个时代的不幸。

"文革"时期，我因为是杨奔老师的崇拜者，也作为一条罪状遭围攻，铺天盖地的大字报围得我喘不过气来。当时，我也调到边缘地带任教。我曾写信给大南初中的杨老师。他回信："在这里生活没有什么不好，别人世世代代能活下去，我为什么不能过？""雨后青山静不哗，夕晖穿叶映林花。相逢漫问归何处，且入村头卖酒家。"信附的这首七绝，就是杨先生胸怀豁达的写照。从中得到教益，我也就安心教我的书了。

杨奔老师祸中得福，远离尘嚣，在大南山安稳地备课、改作、写诗、作文，还收获如《桑下书》中的数十幅漫画，真是歪打正着。他比梭罗更忠诚、更简朴。在该校校长林步荣的带领下，我曾爬山朝圣这位作家的旧居。学校戏台边的那间狭窄、破旧、潮湿、嘈杂的斗室，使我窒息，但先生却有"斯是陋室，惟吾德馨"的感受。真令我肃然起敬！

今天，尊敬的杨奔老师已经远行，我曾经在《浙江作家报》《温州文学》等报刊发表的《杨奔散文》《融入哲理的花树》等五篇评论，现已经成了祭品，想必先生在地下也是会领受的。杨老师，你不会感到寂寞吧！

读过杨老师的那篇《孤独树》后，他便是"受过多少人的砍削，多少畜生的啃啮，多少次风霜冰雪摧残"的那株白杨树。如今，谁说这株白杨树已经倒下？我们景仰其大爱的浓荫，仍然永驻人间！

2003 年 12 月 5 日

两盆蜡梅

2007年4月20日，是让我神魂颠倒的日子。

凌晨两点，恩师江国栋停止呼吸。噩耗传来，脑海汹涌澎湃。

待风平浪静后，我便拖着沉重的双脚，移向阳台，在电灯下，两盆碧绿的蜡梅，含情脉脉地注视着我……

九天前的上午，我与妻子同去温州市人民路江南大厦 B 座 1707 室探望江老师。他躺在床上，脸色苍白，精瘦，疲惫得不行。为了不再打扰他，坐了 10 余分钟，我们便告辞。临了，他嘱咐男保姆，把摆在阳台的两盆蜡梅转送给我，有气没力地嘱咐："世槐，这是我用重金买来的，不妨带回栽到你老家后院，留作晚年的纪念吧！"

在回伯爵山庄的车上，顿时，脑子里再现半个世纪来的镜头，像窗外的街树一样闪烁而过……

1953 年秋，我考入文成中学读初一。江老师，是您教甲、乙两班的语文，并任我们蓓蕾班（乙班）的班主任。当年冬天一个大雪纷飞的夜晚，您用手电筒细照学生，发现富式仙同学冻得瑟瑟发抖，您马上回卧室腾出垫被给他盖上。次年春天，我妈因病去世，您安慰我，助学金减免费从丁助乙免提到丙助，从而让我顺利完成学业……

每当我们学习《夜莺之歌》《缺席者的故事》《红领巾》等课文时，您那绘声绘影的神采，旁征博引的教学艺术，让苏联儿童那机智的性格、勇敢的精神、爱国的情怀，深深地镌刻在我们的心坎。在您的指导下，我阅读了《卓娅与舒拉的故事》《真正的人》《钢铁是怎样炼成的》《夏伯阳》《青年近卫军》等书籍。江老师，是您培养的阅读兴趣，并做读书笔记的习惯，让我一直保持到半个世纪后的今天。

江老师，您在极"左"思潮的打击下，历经坎坷，而您"任沧海横流，但我心依旧"。离休后，在康乐山庄主持瓯北老年大学的教务工作。1996年10月，我班召开同学会，大家参观了您的5 000多册图书，还说供学员免费借阅。当时，我记起德皇对皇家图书馆馆长、哲学家、数学家莱布尼茨说的话："你本身就是一座图书馆。"是的，您也有两座图书馆受益于同辈与后人，难道不值得自豪吗？

去年清明节，在文成新凯悦大酒店举行蓓蕾班毕业50周年同学会，您神采飞扬地给我们作《红楼梦》讲座，让我们进一步了解林黛玉与贾宝玉的爱情悲剧，豪门公府的当权派王熙凤，同时很投入地唱《红豆相思》，给我们老童生饱餐最后一次文学盛宴。

耄耋之年，为什么还像当年一样兴致勃勃地讲学？我知道，孔子的"杏坛"是您的城堡，"讲学"是您唯一的生命形式，不为名不图利，追求人生价值，才是您真正的图腾！

德国哲学家叔本华曾经说过，死亡的困扰是每一种哲学的源头。既然人生的那个结局是自然的必然，那么您的人生意义何在？

我明白了，您是一位贡献自己思维的人；我终于明白了，您是一位贡献自己灵魂的人；最终我更明白了，您不但馈赠我们文化知识，而且馈赠我们怎样学做人的道理。

此时，面对两盆蜡梅，不由令我想起恩师的两句名言："莫学昙花一夜凋，要学蜡梅斗雪开！"

是的，我"要学蜡梅斗雪开"！

2007年4月24日晚

高标逸韵君知否

　　大家还记得吗？原温州教育学院石坦巷本部门口，路左靠墙有一方三面青藤缠篱的梅园，中央长着一株高出人头许多的梅树，周围栽有牡丹、玫瑰、蔷薇、冬青等。一位中等身材、宽额、戴着黑边眼镜的老者，每每握剪疏枝，提壶灌园。若衍化陆游《梅花绝句》的诗句，这就是"一树梅花一阜彤"。

　　这是 30 年前的情景。

　　1980 年下学期，王阜彤老师给我们上《中国古代文学》。他生于1916 年 11 月，平阳郑楼人。早年毕业于国立浙江大学师范学院国文系，曾就教于温州师专。第一次就是教先秦的远古歌谣和神话传说。普通话中夹着浓重的平阳乡音，工整、老辣的板书和旁征博引的解说，就是最初留给我的印象。最使我难以忘怀的，是后来他教李清照的《声声慢》一词，范读，是让我们欣赏用平阳方言的吟诵，使我大开眼界，古人原来如此读书，简直跟唱歌一般。

　　通过"拖音袅娜，不欲辄尽"的吟诵，那夫亡家破、饱经忧患和乱离生活的哀愁，笼罩心田，令人落泪。自然，我翻译得不尽科学，但可以听出吟诵的味儿。后来我想，假若王老师的吟诵不继承下来，这将是学习古代文学的一大损失，会终生遗憾。所以，1984 年毕业前夕，我斗胆走到梅园他家，请求给我一个吟诵磁带，他竟欣然接受。半月之后，他将磁带寄给我。一共七篇课文：《隆中对》《出师表》《桃花源记》《岳阳楼记》《木兰诗》《唐诗三首》《宋词三首》。当时我在文成石垟林场中学教语文，凡逢这些课文，我都用三用机播放，学生欢腾雀跃，尽管东施效颦地学唱，闹得一塌糊涂，但总算获得古人诵读的一点知识，我也心花开了。尽管磁带老旧，我仍然珍藏着，尽管退休了，我仍然时常跟他学着。每每听到王老师那浑厚而显得些许苍老的声音，就像韩娥的歌声，绕梁不散。王老师的心儿，就如他园中的红蕾怒放，暗送清香。

1986 年 9 月，我教《刘玄德三顾茅庐》一文，其中"东海老叟""东下齐王七十二"等多个典故陌生，手头资料缺乏，我又去信向王老师请教。他回信："六日寄来的信，八日上午就收到了。我根据你寄来的课文（复印件）做了些注释。我想还是注释比较好，因为它容易把情况说得更具体些。这些注释不一定正确，仅供参考。王阜肜于九日上午八时寄出。"一天之内，竟然费神做了 14 个注释，又要费劲送邮局寄出，我深感愧疚。今天，重温作古 10 年的先生手迹，我的眼睛濡湿了。

1993 年，我在县教育局主编《文成教育志》，王老师寄来他女儿王一曼编著的海洋出版社出版的《青年五言读本》。次年，我调入县教师进修学校任教普师语文，王老师陆续寄来他著的《唐宋诗词品评集》《30 个常见的文言虚词》《石坦梅翁文稿外编》三本书。1995年，又寄来语文出版社出版的新著《青少年唐诗读本》。我如获至宝。如《文言虚词》，解释 30 个虚词之后，又附 5 个练习和总复习并答案，便于读者巩固。同时，又附《语文研究》发表的《说"孰与"与"孰若"》一文，详细分辨。一位退休的教师，耄耋之年竟然索玄钩沉，焚膏继晷著书，呕心沥血教育，可谓凤毛麟角也。

1999 年，我 60 岁了，王老师倒给学生寄寿联来了。"诗书画可能通一；酒色财真不惑三"，王老师用书法家陈出新的隶体书写，真是受宠若惊。是的，"酒色财"我无瘾，可"诗书画"我没有"通一"啊，惭愧！惭愧！但我明白，这是老师寄予的期望，要努力才是。

师尊数十年的舐犊之情，何以酬报？仅仅在他八十大寿之日，赠给他一个由书法家吴亮题书的"教齐渭纶"的匾额。他学富五车，寿齐渭水垂钓的太公望，仍然诲人不倦，真是我们做学生的荣幸！

不幸的是，王老师于 2001 年 12 月远行了，他惨淡经营的梅园也悄然消失了。陆游诗曰"高标逸韵君知否"，可是，他的对联还在，他的书籍还在，他的注释还在，他的磁带还在，他的梅香还在，石坦梅翁的风骨还在。

2012 年 2 月 14 日

周老师，我向你鞠躬

20世纪90年代初期，我在县教育局主编《文成县教育志》。一次，出差珊溪中学搜集材料，办公室的王佚老师问："听你口音是西坑南田方向人？""西坑人。""周志亮老师认识吗？""我的老师呀！""原来如此。他的水平很高，珊溪老师都记得他。当时，县教育局黄局长也请他写总结。""有这么一回事？秘书呢，千余教师就找他一人？"

确有这么一回事。

一次，我打电话询问周师母病情，顺便问起那件事，他很低调，但我刨根究底，终于说清楚。他纠正说不是报告是总结。1953年9月，他从西坑区小调往珊溪区小。教育局黄局长，每到年终，都住珊溪客栈，来校找周老师，提供书面和口头资料，托写总结，直至三五天写毕方才返回。连续三年如此。

又有一回，西坑一位老师在闲聊中说到，县长听了周老师在全县教师大会上的一次发言，便对主席台的同志点点头说："周老师有水平。"

周志亮老师确实有水平！

他，文成西坑鳌里人，出身书香门第，簪缨世家。父亲周健，浙江省官立法政学校法律本科毕业，曾任省高等法院第三民庭庭长，精通《中华法典》，是浙南司法界的权威人士；祖父周方辰，郡庠生，钦加儒学训导；曾祖周凤蛟，乃清咸丰辛亥恩科举人；高祖周作典，入郡武库，中举人，钦授五品千总衔。再说六叔周桢，留学德国，曾任中国台湾中正大学、台湾大学农学院院长，著作等身。在这诗书之家，耳濡目染，在潜意识的驱动下，便发愤读书。

由于殷实的经济基础，由于良好的激励机制，由于扎实的基础教育，鳌里小学文风鼎盛，名闻全国。民国九年（1920），大总统徐世昌题为"敬教劝学"两匾分别赠给学校与校长周鸿钧。后为革命烈士的周定担任校长期间，推行普通话。中国著名林学家周桢北京大学毕业那年，（宗谱规定，大学毕业生在家乡义务任教一年），开始在高年级任教英语。

周老师读小学六年级时，任教语文的是老北大文史系毕业的周公藩先生，要求熟背、默写《古文观止》50 篇。周老师于处州中学毕业，1942 年考入温州省立师范。时值抗战，大学纷纷停办迁移，任教他语文的是中山大学中文系戴幼和教授，美术、音乐老师都是弘一法师选送日本留学的海归派。由于名师严师教导，周老师鹤立鸡群也就顺理成章了。

1952 年，我在西坑小学读六年级，他为班主任，兼教语文、历史。继承鳌里南屏小学严谨的校风。他严格管教，要求学生中午一到校，就要磨墨写"大楷"，将写得好的大字加红圈鼓励。当时，我从叶岸村小转到西坑小学，不知作文是何事，他先教我们用毛笔小楷写练习日记。教历史，他左右逢源，旁征博引，讲到岳飞抗金，就诵读《满江红》；讲到安史之乱，就说马嵬坡兵变……常常吸引我们连下课铃都听不到了。

次年，我们 6 人毕业，考入文成中学 4 人，录取 66.7%。那年考试人数 580 人，招收 100 人，录取率 17.6%。周老师教学出色，也许跟他调往文成第二大区的珊溪的中心小学任教不无关系吧。1955 年，他被评为小教最高的五级教师，全县仅 3 人。

正当周老师精神踔励奋发，事业如日中天之时，曾赢得领导赞赏、同人钦佩、学生尊敬、家长欢迎的名师，却晴天霹雳，一夜之间被打成"另类"。悲夫哀哉！

可是，周老师的精神没有瘫痪！

写到这里，我记起《瓦尔登湖》的作者梭罗，他隐居在新英格兰的瓦尔登湖畔，自搭小木屋，两年间写出抨击世俗社会的文字。周老师在鳌峰之麓，自搭砖房，日出而作，日落而息，三年间，利用空隙索隐钩沉，黾夜秉笔，写出洋洋 34 万言的《周氏宗谱》，为乡土文化大厦增添一瓦。同时，我看了上海古籍出版社出版的《文成县教育志》中的《鳌里文化溯源》一文，其史料丰富，内容确凿，见地精辟，结构缜密，语言简练，实属砥砺教育人士的上乘之作。

1978 年一声春雷，他重返教坛。凡是金子，到哪里都会发光。退休的 80 年代初期，他被西坑中学聘请任教，80 年代中期，我聘请周老师来石林中学任教。他教自然、历史、美术等科。曾获美术专业分数全省第二名的程学春，声名鹊起的瑞安市画师高启锋，曾经都是周志亮老师的高足。他，仍有"待从头、收拾旧山河，朝天阙"的胸怀！

我从教四十余年，其间效法周老师的严谨教风。在西坑中学教小说《孔乙己》，我便参考 30 余种书，然后举行《鲁迅》讲座，从鲁迅生平、思想发展、文学活动三线讲述，最后讲到鲁迅逝世，听课师生满座唏嘘，悲痛不已。我在石林公园学校教女作家丁玲的《哈曼顿街头》，事先抽出一节课，对美国 200 余年的历史做一概述，从首任总统华盛顿的独立战争，至第十六任总统林肯的解放黑奴运动，至克林顿的中美关系，让学生对美国有一个立体感觉，易于接受课文。我在县教师进修学校任 94 级师范班主任兼教语文，对学生做全面强化训练。1997 年 6 月，温州八所进修学校师范生的书法、做操、作文、音乐等 10 项全能竞赛，文成居然夺冠，令他校师生刮目相看。笔者的业余创作，诗歌、散文、散文诗、报告文学在市、省、全国报刊屡屡获奖。今日，我之所以能成为教育战线和文学战线的一个小兵，岂不得益于周老师的良好启蒙？

今年九十有一、满头银发的周志亮老师，原来就是这样一位"莫问收获，但问耕耘"的文化播种者。正如民主革命志士、诗人、作家闻一多在《红烛》诗中所颂的"不息地流向人间/培出慰藉底花儿/结成快乐的果子"！

周老师，值此我国第三十个教师节之际，我像 60 年前一样，向您鞠躬。

2014 年教师节

扶掖新人的良师

"无论你走多久，我们都能听到你的声音；无论你走多远，我们都能看到你的笑脸。"温州殡仪馆遗体告别大厅两边的挽语，道出送别人们的共同心声。吕人俊先生虽然走了，然而，他扶掖新人的事迹，仍然在世上传诵。

20世纪80年代，吕先生在市文联创联部任职，经常到各县关照文联工作。1990年12月，他来文成帮助筹建县文学艺术联合会，他向县委常委、宣传部部长兼文联主席徐世征极力推荐，是否将文成中学的语文教师陈挺巧调入。陈挺巧老师大学中文系毕业，读书期间就在《温州日报》副刊发表短篇小说《卖烟丝的人》，后陆续在《浙江日报》等报刊发表小说、报告文学，又任多年的高中班主任，有一定的管理能力。县委书记金邦清以全县的文学艺术大局为重，将他调出，后担任县文联的副主席兼秘书长，并担任文学刊物《山风》的副主编，与文联主席周文锋积极配合，取得令人瞩目的成绩。

80年代初期，我在文成石垟林场中学任教，业余也写点诗歌、散文诗、评论在省市报刊发表。当时，吕老师兼任《温州文艺报》编辑，我曾寄散文诗《梨蕾》《彩色的港湾》，经他悉心修改发表了，比原稿更形象生动。后来，吕老师又担任《温州文学》的诗歌编辑，经过他的润饰，又发表《健、歌、叶》《启航》《杜甫》等一组散文诗，更增强了我的写作兴趣与信心。1995年，在《中国散文诗》发表《香菇河》。次年，在《香港散文诗》发表《长城谣》并获奖。

2004 年上半年，我在瓯海梧田龙霞创办《鲁迅》作文班，我请吕老师给 40 余学生作《怎样写诗歌》的辅导，他在百忙之中以自己写诗的实践，与诗歌创作理论结合，深入浅出地做了两个小时的讲座，学生听得津津有味，继而利用五个单位时间，每人写五首以上诗歌，多的十几首。"诗歌写作"这个单元过后，我又委婉地扭转学生的思想，继续学写"随笔"。有的学生问："我用诗歌代替好吗?"（当然不能）可见，吕老师激发他们的写诗"惯性"一时停不下来。当时，梧田一中初三学生的《新街》一首短诗，在《温州晚报·春草池》发表。

去年 12 月，我准备出版散文集《最后的握手》，请吕人俊先生审读并作序，83 岁的他，思维仍然十分活跃，能与时俱进，又寄来代序《提倡"在场主义"散文》，鼓励我与广大写作者，继续写出具有深厚生活气息的散文。

多年来，在他的支持下，我在《人民文学》《中国报告文学》《中国散文诗》《散文选刊》《百家散文》等杂志发表作品并获奖，有 10 篇散文收入 10 种年选、文选，并出版了散文集《绿色长廊》、学术专著《刘基故里楹联评注》。最近两年，聘为《散文选刊》签约作家。

2015 年 6 月 7 日 16 时，要向吕人俊先生的遗体告别了，头三天，我用快件寄去自己撰写的一副挽联，作为献给扶掖文学新人的良师的最后礼物。那天早上，悬挂 5 号大厅的第一对廊柱联词是：

英名耀千年，边疆军旅夸人杰；
佳作播九州，瓯越文坛识俊才。

2015 年 6 月 20 日

淡如水，浓于水

一提到斯声老师，我第一句话就是："谢谢他的馈赠！"

上个星期，斯声老师与师母专程来到温州鹿城伯爵山庄，给我送来一份《"十段锦"操要点》，这是他经过 10 余年亲身摸索的健身法宝。在会客厅，他一节一节示范，我一节一节学练。临了，他叮嘱："我知道你没有锻炼习惯，现请你将'十段锦'坚持下去，效果一定良好。日后，我还要来检查的！"

真难得！一位年近八旬的老先生，对一个 60 余岁的老学生竟如此热心肠，真令我感激涕零。你还能说不练吗？

记得 10 年前，斯声老师赠给我一本诗书画影集。这是当年在温州市文化宫展览大厅举行的"斯声诗词书画汇展"精品的缩影，其中有 16 幅画、5 帧书作和 10 多首诗词。读后，正如册面题词："送给你一串有感觉的祝福／浇灌每一个别后的日子／教心园的蔷薇花盛开如云／让芬芳伴你走过悠悠岁月……"

当时，我在文成县教师进修学校任教普师语文。看到老师有如此精湛的画技，便斗胆要求给一幅画配合我的诗词教学。他竟欣然答应，并随即送来《苏子吟游赤壁》的立轴国画。我边欣赏，边讲解课文，抓住"去""淘""乱""崩""惊""拍""卷"等动词加以发挥，凸显长江的壮阔境界和奔腾气势，并让学生领会苏轼的轩昂气宇和潇洒风度，与作者对英雄人物追慕的敬意和自己未能建功立业的感慨。这一"挂图"营造了浓郁的历史氛围。《念奴娇·赤壁怀古》一词的教学，果然赢得师生的击节赞赏。同年 12 月，我被评为全县高中段的骨干教师。我想，跟这堂公开课不无关系吧！

为了给我的学生更好地写"看图作文"，我又请斯声先生画一幅国画《雏歌》。根据碧绿的芭蕉叶下的七八只小鸡的神态，或抬肢跳跃，或叽喳觅食，或驻足凝思，学生从中写出农家小院的和谐景象。今天，当年的学生仍然津津乐道这一次作文教学。

近十年来，斯声老师陆续出版了《云轩词苑诗薮》《东瓯撷芳》《史河遗鸿》《文杏琐谭》《艺圃群芳》等书。凡新书出版，老师均有赠我，使我先睹为快，开卷有益。如《文杏琐谭》中的《封建社会的百科全书》一文，全面评价了《红楼梦》，其第二部分对 120 回本的洋洋 120 万言做了梳理，明确地分为六大部分；又在第二回概述贾府世系时，给荣国公与宁国公的两大家族列表，还给金陵十二钗做了标记。我爱读《红楼梦》，曾买了多套连环画，对照老师写的内容，再去读手中的《红楼梦之谜》《〈红楼梦〉经典释义 800 题》《从〈红楼梦〉看中国文化》等书，印象就深刻得多，收获就更大了。

老师对我参与刘基文化研究工作十分赞赏。文成南田刘基故里的多个景点还缺对联，我打算刻送一副，问老师是否有空撰写，讵料半月后，老师已拟就一对楹联：

几度出山，扬机智，驭风云，助朱开国功赫赫；
毕生著述，耀哲理，明六艺，书史闪光德悠悠。

老师用自己擅长的金文书写在宣纸上送给我，虽然全联仅 34 字，却能让游客心领神会刘基巨大的历史功绩与作用。

几十年来，斯声老师不沾烟酒，醉心丹青，耕耘砚田，正是传统文人中宁静淡远的一族。他很低调，不显山露水，怪不得我们在温州教育学院读了 4 年书，除知道他的古典文学造诣很深，竟不清楚他还有很高的书画才能！

他的业余生活跟解放前夕杭州有名的若瓢和尚颇有相似之处，所不同的是，若瓢和尚作诗绘画成为躲避现实的"逋逃薮"，而斯声老师则是利用文艺为创造文明社会服务，两者判若云泥。

毕业 30 余年来，我与斯声老师的交往更加密切。"秀才从来纸半张"，我们除鸿雁传书之外，也无大鱼大肉、大款大物相赠，可谓君子之交淡如水。然而，倒是那文、那诗、那书、那画，长年放在我的案头，摆在我的书柜，挂在我的厅堂，饰在我的卧室，刻在我们文成名人的祠宇，让我吸收其文学艺术的养分，从而扩大我的视野，增长我的学问，提高我的教学，陶冶我的性情，还促进我的健康。

不是吗？斯声老师馈赠我的诸多作品，给我们发表的诸多作品，岂不凝聚先生毕生的心血？

血，浓于水也！

2015 年 7 月 1 日

道德文章千年贵

——为王贵淼兄送行

5月10日，晴天霹雳！

我最尊敬的王贵淼兄，你居然不与大家打个招呼，就顾自悄悄地走了？今天，你的领导，你的亲朋好友，你的学生，都来为你送行，你知道了吗？请醒醒吧！

我俩相识，是在20世纪50年代初。当时，你的二弟王忠力与我同读六年级，课余常在中堂打乒乓。当他赢时，乒乓板向上一挑："各突！"我问：这是什么意思？他回答：是我哥在温中读的英文："好！"后来考入文成中学后，我才知道原来是"good"。新中国成立前，你能考入省立温州中学，我打心眼里佩服！

1959年，我被分配到西坑区小教书。民康诊所的徐国库医师对我说："贵淼在中医学院读书，回来，开方时都要念一句'汤头歌诀'，《中医学概论》里的许多内容，基本能背！"他这么一说，我更崇拜你了！

后来，我俩经常在学校，在你家，谈论医学、教育、文学。你曾说11岁时，在西坑、鳌里、梧溪等五六所小学参加的作文现场比赛，题目是《雨后的青山》，你独占鳌头。我问有什么诀窍？你说：写好作文主要靠观察。你又说在杭州进修，1959年暑假两个月，在图书馆摘卡片、写稿，当时没有电风扇，汗流如雨，你用湿毛巾垫手肘，就完成了书稿《怎样自学中医》，后发行 13 万册，为全国学习中医者指点迷津。

1980 年夏天的一个晚上，我到你家玩，看不到灯光，但听到刘天华的《空山鸟语》的琴声。原来你把双脚放在水桶里（当时没有电风扇）拉二胡。我问你为什么不点灯呢？你说：开灯一是热，二是蚊子、飞蛾多。你用这种特殊的休息法，写作《温病条辨》读书笔记。

1991 年夏，我在你的"栖云书屋"看书，你递一封信给我看，原来是北京中医学院伤寒教研组傅延龄教授的来函。他说上月去王府井新华书店，偶见你的《头痛的辨证与治疗》一书，心甚欢喜。《伤寒论研究大辞典》编纂，因缺人手，"今欲邀您参加编写，不知能否拨冗？从《仲景治法研究》一书看，您是治伤寒高手，望勿推辞"。后来，你便同意编写。殊不知，你是唯一的小镇医师，其他十多位都是全国大学与研究所的教授与研究员。这，难道不值得你自豪吗？

你的《食物的医疗价值》一书，在成都参加中华自然疗法首届国际学术大会时，受到台湾《自然疗法》杂志主编陈纽艺的青睐，由他作序出版。

你不仅写医书，而且写散文、报告文学、杂文。20 世纪 60 年代初期，《赞上门》与《取经与传经》两篇杂文，在《人民日报》的《大家谈》专栏上发表，当时还是我在西坑学校晚办公结束后，把报纸送到你家的。

你为什么喜欢写作？法国伟大思想家蒙田曾说："我不愿有一个塞满东西的口袋，而情愿有一个思想开阔的头脑。"你正是为自己、为他人而这样做的。

尊敬的贵淼兄，你记得吗？20 世纪 80 年代，我经常吸烟，你每每看到总是批评我明知故犯，经过几次针刺之后，我戒烟了。你还指导我养成午睡和夜里睡前要洗脚的良好习惯。你还教我"少喝酒，多喝茶""少吃咸，多吃淡"的养生方法。后又破费订了《浙江老年报》《自然与生活报》赠我阅读，以期我注意老年保健。

1995年，我在县教师进修学校教94普师的语文，并兼班主任，当时我班的"摇篮"文学社40位社员，举办图书汇展，你亲临指导，鼓励学生课外阅读，拓宽视野，增长知识，加强修养，提高写作水平。

1996年春节，你还寄来一张贺年卡，仅写"水滴石穿"四字，我省悟：研究学问，一要目标集中，二要坚持不懈。此后，我不全面开花，主攻散文，后在市、省、全国报刊频频发表，并获一、二等奖多项。今年5月，散文集《绿色长廊》还获全国优秀图书奖。

你还记得吗？你的子女担任县里重要部门的主要领导，你时时警钟长鸣："为官一任，造福一方"，"要谦虚谨慎，要勤政、廉政"，并语重心长地说："千万不能留下臭名、骂名啊！"

尊敬的王贵淼兄，我俩相识60年，相知50年，你虽然走了，但音容犹在。你是我的同乡，是我的亲兄弟，是我的朋友，其实你啊，更是我千载难逢的良师！

你驾鹤西去，我流泪了，大家流泪了，你再睁开眼，看一看窗外，老天也流泪了！

今天，你走完了77年的人生路程，你奋斗了77个春秋，为世间留下丰厚的精神财富。在冥冥天国里，你安安稳稳地休息吧！

诀别之际，我借诗人吕人俊先生的挽语作为我们的永久纪念："道德千年贵，文章万里淼！"

2010年5月14日

纸灰飞作白蝴蝶

那是一幅珍藏 38 年的画像。

那是一幅 8 开的炭精画像。

那是一幅鲁迅先生五十岁生日的纪念画像。

那是一幅我请郭廷亮手工放大的画像。

当年，我读高校《中国现当代文学史》时，老师有一句顺口溜："鲁郭茅，巴老曹"，概括了鲁迅、郭沫若、茅盾、巴金、老舍、曹禺在我国现代文学史上的地位。鲁迅是第一把交椅，而且是骨头最硬的民族英雄。因此，他一直是我日后教学与文学创作的偶像。每次作"鲁迅讲座"，我都带着一大摞的材料：讲义、漫画、书法、剪报，加上《鲁迅全集》，共三四十斤。大家开玩笑："你啊，去教书，就像孔夫子搬家。"

值得一提的是，有一件十分重要的材料：鲁迅半身像。讲座嘛，跟课堂教学一样，直观性很给力。鲁迅伟大，但没有马恩列斯、毛泽东、孙中山这样大的伟人像可"请"，当地又没有放大的照相馆，我决定请郭廷亮弟画。

说是弟，实际我仅大一岁。他原毕业于瑞安师范普师部，学过美术，擅长素描。1962 年国家困难时期，转行分配到文成县大峃粮管所，后调至西坑粮管所工作。他的妻子徐素贞是我的堂妹，同住叶岸第四份，他饭后常来我家走走。我看过他亲手画的祖父、父亲的遗像，十分逼真。

1974 年，我任教西坑中学高一语文，教《祝福》一课，我决定利用两节课做"鲁迅讲座"。

他的卧室，早就准备画纸、炭精条、放大镜、米达尺等画具，俨然一位画师，其实真是一位画师。

经过几天业余时间的苦战，一幅短板发、浓眉毛、黑八胡、长布衫、目光犀利的半身像终于出炉，我喜出望外地端详一番，对比照片，他在个别地方又做了认真修改。好一幅文学巨匠肖像！

我如获至宝地悬挂在黑板左角，右边供板书之用，边讲边指点画像。讲鲁迅少年与闰土的友谊，讲青年留日的弃医从文，讲中年发表小说揭露旧社会罪恶，讲晚年写杂文与黑势力战斗，讲鲁迅鞠躬尽瘁、死而后已的精神，无不用教鞭点击画像，学生目光常聚焦画像。当讲到鲁迅逝世，我泪水婆娑，只听到学生的抽噎声。我得感谢廷亮弟的汗水！

38 年来，我曾在西坑中学、石垟林场中学、二源中学、教师进修学校、文成老年大学、温州朝花作文班做过十余次的"鲁迅讲座"，每次都将这幅发黄甚至边缘有点破损且卷了角的画像，小心翼翼地理直，又小心翼翼地布置在黑板上。廷亮弟两年前去世，假若我再做这样的讲座，他也许会从冥冥世界飞回坐在后排听课，看到自己画的鲁迅像，一定会绽出笑容："我也帮助生哥（我的乳名叫世生）讲课！"

值此出版郭廷亮纪念册《一本厚重的书》之际，我写他画鲁迅像一文，权当清明祭扫亮弟墓地的纸钿，如宋代诗人高菊卿所写的"纸灰飞作白蝴蝶"，寄托我的哀思。

2011 年 12 月 26 日

最后的握手

一

握手，中华民族传统礼仪之一。从平民至领袖，几乎都有握手之良俗。因此，一般握过手也就毫不介意。可是，我就很在意那么一次刻骨铭心的握手。2012年5月30日下午，富锡金说林成华老师昨晚已从温州医院运回，病情危急。我立即与锡金骑一辆摩托车，直奔下林宅巷1号。

"下林宅巷1号！"这不是标题吗？不是报告文学作家严东一写林成华教育世家的标题吗？

一进门，她的丈夫王祖武老师和子女及一些亲戚正待在床边，我蹑手蹑脚走近。床边竖着高高的蓝色氧气筒，皮管纵横交错。她平躺床上，面色苍白，颧骨突出，胸部明显地一起一伏。王老师贴近耳边："老同学世槐看你来了。"她睁开眼睛，注视我，便从被底下，渐渐移出瘦棱棱的右手，插着针管、贴着橡皮膏的右手，我佝偻着与她相握，约莫半分钟……

她的眼角渗出泪滴，我的眼睛也模糊了……

我看了看表，正是下午3点50分。

第二天上午10点，苔湖村的刘化鲁同志来电话，说林成华老师凌晨 4 点 10 分走了。

我感到震惊，但立刻镇静下来。其实，这也是意料中的事。

昨日下午 3 点 50 分时的握手，居然成为我与林成华老师最后的握手。

二

最后的握手，让我记起半个世纪前最初的礼物。

1959 年 6 月下旬，瑞安师范普师部首届同学即将毕业，大家正忙着写毕业留念册或写笔记本留念。一天午饭后，我在校园小径的冬青边上溜达。这时，身材高挑，梳着 20 世纪 30 年代女生短发，脸色白皙的林成华同学走近，从挎包里拿出一个玩意儿，长约 15 厘米、高约 10 厘米的四方黄杨木雕，漆着色彩，中间刻着一只展翅欲飞的大鹏。脚边贴上一行娟秀的题签："祝徐世槐同学鹏程万里。林成华赠。"她深情地说："世槐，送给你留念吧！"

这件艺术品，就是华姐（她大我四岁）给我的最初礼物。

多年来，我将礼物摆在案头，时常摩挲，时常背念："鹏之徙于南冥也，水击三千里，抟扶摇而上者九万里……"

三

1956 年 9 月，我考进瑞安师范普师部，她从黄坦区小保送来校，普三同读文科（1）班。她的普通话标准，回答流畅，字迹硬朗，成绩优秀。自从毕业后，她分配南田，我分配西坑，来往不多，仅仅寒暑假集中学习时见面。但长期的教育生涯，我逐渐明朗她与她家的形象。

20 世纪 80 年代，我在石坪林场中学任教，曾阅过她写的《谈骨气》一课的教案，获温州市二等奖，并选入《初中语文优秀教案选》，颇有启发。1983 年，她从南田中学调到文成中学任教初三语文，次年中考平均为 84.5 分，居全县之冠。1990 年 11 月，浙江教育出版社出版《春泥护花》一书中的《爱，是教育成功之本》一文，介绍她爱之真挚、爱之细致、爱之严格、爱之有方、爱之有恒的班主任工作经验。作为老同学，我也分享她的快乐。

1989 年 9 月，我调往县教育局主编《文成县教育志》，后来我为编"德育"部分，前往采访。12 月 6 日，《人民日报》以显著位置刊登全国首届"优秀教育世家"的颁奖名单，全国 20 家，浙江仅林成华一家。同月 27 日，《温州日报》副刊发表严东一写的报告文学《下林宅巷 1 号》。次年 9 月 9 日，《浙江日报》发表通讯《四代相传的教鞭》。

林成华世家，确是教育界的巍巍标杆。

祖父林绍年，系大峃望族中的翘首。1869 年，出生上林宅书香门第，他曾师从瑞安经学大师孙衣言。22 岁时，清光绪辛卯科乡试中举人。1912 年创办大峃镇第一所小学，即私立明达小学，自任校长，延请名师，声名鹊起。曾师从瑞安玉海楼的经学大师孙诒让的硕儒刘耀东在《疚颅日记》中，多次提到林举人的德才，受人敬仰。父亲林达泉，曾任文成中学（原栖云中学）教师，名闻遐迩。林成华为中学高级教师，从教四十年，获县、市、省、全国荣誉 26 次，为教育世家的主要成员。丈夫王祖武，曾先后主政南田中学、珊溪中学、文成中学、文成二中，成绩显著。长女王伊琳，次女王培琳，均为中学高级教师、县、市名师。外甥女钱佳筠在杭州东城中学任教，第一年就获考评特等奖。

1912 年至 2012 年，整整一个世纪的教育童话。五代执鞭，虔守家彝，继承遗风。目下，仍有 7 人从教，皆为教坛名角，培育学生众多，其功德昭然乎！

薪火相传。今天，孙女王泓帆就读浙江外语学院师范类英语，成绩优异。下半年作为互换生选派美国公费留学。

这一家子啊，真如清郑板桥在《题竹石画》中写的"咬定青山不放松"啊！

四

礼尚往来。自然，这是迟到的馈赠。我调往文成教师进修学校，及退休后，出版散文集《绿色长廊》、学术专著《刘基故里楹联评注》，曾先后登门赠送，林成华都与我亲热握手，诚心祝贺。

成华姐，前天握别，讵料您走向生命的终极。今日，我谨赠素联一副，权当您远行的最后礼物。请收下吧！

林宅培成桃李万树
杏坛聚华师德千秋

2012 年 6 月 9 日

第四份

壹

谁都有个老家。

我的老家第四份，坐落文成西坑畲族镇叶岸村的中央。四百年前，徐姓是村里的望族。全村八百多人，三分之二姓徐，徐姓又算我老太公这一辈最有本钱。清同治七年（1868），四兄弟同建四座大院，称大份、第二份、第三份、第四份，遐迩闻名，可谓传奇。原村30座老房，其他的都改为新房，现在只剩下"第四份"这一座"古董"了。

改革开放30多年来，一代一代迁出，去外地工作、办厂、开店等。本地的，也自建楼房，住到车路边上了。现在常住的，唯有堂哥徐世勤夫妻俩，都82岁了，出来的是白发苍苍的一对，进去的还是白发苍苍的一双……

想当年，第四份是一个石的世界。门台外有一株虬枝龙根的柏树，柏树根旁有一尊椭圆形的可乘凉的石墩。厚厚的围墙，是岩石筑的。高高的门台，也是方块石砌的。石槛外有五级石阶，外额有"迓福迎祥"的正楷大字，里额有"仁里德邻"的正楷大字，台顶有凤凰翘头，台耳有戏曲彩雕，台肩为马头状。一看门台，就知第四份是书香门第。屋里呢，有石磨、石捣臼，逢年过节，近半村人家都来磨豆腐，捣馍糍。家家还有石水缸、石猪槽、石香炉，还有众用的洗衣石盂。中堂两边还有千斤石，供大家练力气，还有给司匠烘火、抽烟用的石火缸，天井有菱形的块石筑的路道。后宕呢，墙脚有石砌的鱼池，墙腰还有石围的花坛。春天一到，牡丹花、月季花，艳红艳红的，粉红粉红的。

民国末年，老太公徐焕明是京城考出的国学生。中堂有两匾，一匾是遒劲有力的"绥我思成"，一匾是筋骨老辣的"箕裘永绍"。

贰

我屋七户，最"财主"的，要算徐为占太一家。他的辈分也最高，我住右首，他住左首，因此我们称他"旁头太"。他常穿着青布衫，端着肉碗吃饭，坐到门外说："我的仓门板开掉一块，谷流下给你们可吃一年！"他的大媳妇，我们叫"鳌里婆"，名为周葆翠，是鳌里的名门闺秀，她嫁来一辆花轿，一提箱彩衣与影光相闪的凤冠，三村五地娶新娘子的，都来租去用。她常常手拿砖头厚的传书，常常给我们讲"古"，什么"林黛玉葬花""火烧赤壁""逼上梁山"，什么"薛平贵回窑""铁铃关"……

我七八岁时记得，旁头太家有两个老婆，大老婆周氏死了，小老婆李氏也踮着小脚忙里忙外。旁头太还给周氏做"功德"，一连七天七夜，亲戚邻里都来吃长命饭，白米饭配酸菜豆腐，楼上楼下摆得满满当当，有二三十桌。我们小孩吃了就到后宕去看孝堂，柱上贴着白对联，如"三更月冷鹃犹泣，万里云空鹤自来"（解放后还留着，只是剥剥落落了）。虽然有棺材，但外面老早就做起花花绿绿的灯座，看不见的。人们偏偏很喜欢去看新鲜，座上点着烛灯，周围的纸人一圈一圈不知疲倦地跑起来，一个俯伏马背，一个也骑着马，后仰着，一手提着枪，大人说什么这是"马超追曹"，后来才知道，那就是烛点纸旋，利用空气对流的原理制成的"走马灯"玩意儿。

更有趣的，还是看"完库"那天抛长命馒头。馒头是用米粉做的，上面涂上色彩，螺旋形的，煞是好看。父母早就告诉我们，小孩只准站在周围看。道士拖长声音唱着：馒头抛到东，代代儿孙做相公；馒头抛到西，代代儿孙穿朝衣，七八十个大人像潮水涌来涌去。管事的一把一把把馒头抛出去，道士一遍一遍重复念。弹唱班还敲着锣鼓助威。我们拍手呐喊，恨不得爸爸叔叔抢到馒头。当两三箩馒头抛完了，大人们还仰着头不想散去。我们的手拍麻了，喉咙喊哑了，还不想走开呢。

老太公徐焕明，是从京城考出的国学生。一到过年，中堂三壁挂上已故祖宗的"颜"（大幅画像），老太公穿着官服，戴着官帽。梁上与走廊上挂着四对红纱灯，中堂八仙桌一字形摆开，一户一桌羹饭菜，七桌山珍海味，香气扑鼻。祭祖开始，三铳连发，鞭炮噼里啪啦闹个不歇，响声一停，我们迫不及待冲进烟里抢子炮儿。

现在想来，那情景，很像迅翁在《祝福》里写的鲁四老爷家过年，不过，少了个祥林嫂罢了。

叁

但是，却多了一位《巴黎圣母院》的"敲钟人"卡西莫多第二——"老财伯"。

当时，伯父与我父两家，并且我父是学弹唱的，常常出去吹吹打打。当时田多忙不过来，特地雇一个长工帮忙，单日双日轮流干，他名叫"老财"，我们叫他老财伯，大峃岭头人，40 岁左右，单身人，黄铜脸色。说起形象，丑得出奇！手像闰土的，松树皮般，背佝偻着，比我高了一个头，他还瘸着左腿，走路一拐一拐的，像从前飞云江上的船老大划船。还龅着牙呢！一说话，牙齿全露。

当时，我不知道他丑，只喜欢上他。

星期天，他在前头赶着牛，背着犁，我也跟着上山，碰到高的，或有水的路头，怕我跌倒，他便放下犁，回过头把我牵过去，或抱过去。夜里，我喜欢跑到他满是烟味的房间，听他讲"古"，他记性好，从人家那儿听来，或从戏里看来的，他就讲给我听，如《薛仁贵征东》《薛丁山征西》《唐僧取经》《孔明借东风》……

1951 年秋，共产党领导土地改革，那时我刚读小学四年级，夜里跟爸爸去听会，开会时老财伯跟我们去听，他瞪着眼，竖起双耳，听得乐呵呵的。土改队同志讲："我们的方针是打倒地主，孤立富农，团结中农，依靠贫雇农。"说到"依靠贫雇农"，他便跟着微微点头笑，他的一口牙更白了。旁头太父子三家都是地主，外份叔是富农，他们的土地、农具、家具都分给贫雇农。我家是富裕中农，没有分进，也没有分出，是团结对象，很幸运。

同年秋的一天，他的地方人带口信来，叫他回去分土地，相处五年的老财伯要离开我们家了，他抚摸着我的头："阿生（我的乳名），我也回老家分田去，你好好读书，日后当个好差使。"我拉着他的手，点点头："老财伯，以后你要来我家走走。"

"会来的。"

他最后一次到牛栏去，我紧跟着。他打开门，在横栏外，将昨日割来的一大担草打开，抱上半头，撒到栏里。然后，他摸了摸牛角、牛脑叮咛着："老牯，今日我回老家了，以后阿俭（伯父次子）、阿生牧你，要听话些！"

这时，牛衔着草，也不嚼了，竖起耳朵，眼睛睁得大大地盯着他，好像也有什么话要说似的。

"要吃饱些。"

黄牯又开始嚼了。他也看了好一会儿，用手背擦着眼泪，"呼"的一声抽一下鼻涕，慢慢地关上门。他拉着我，慢慢地、一拐一拐地，穿过小道坛，进了屋，穿上我爸前天刚打的草鞋。临走前，我妈妈把一双新做的布鞋送给他，爸爸把新洗的花夹被和原盖的棉胎送给他，伯父把一套半新旧的衣裤送给他，我爸用一方深蓝色的大布打成包袱，放在饭桌上，然后送给他。

伯父与我爸同时将两个红包塞给他，他总是推辞。我爸爸生气地说："你在我家做了五六年，认不得人了？勿嫌少！"

伯父按着他的手："别客气！别客气！今后，还要多走走！"

这时，老财伯的脸红了，只好把红色放进衣兜。

我妈妈风趣地说："老财伯，你田分来，我们到你家吃白米饭。"

"好，好，好。"平日很会讲话的他，这时只是木讷地应着。

老财伯红着眼睛，背起包袱上路："阿嫂，亏你们多年照顾啦！"

大家送他出了村口，像送出征的亲人那样，走走停停，停停走走。

老财伯驮着包袱，一瘸一瘸地，显得更加沉重，我父亲大步流星地赶上去，夺过包袱，送他到垟源岭脚，大人都流泪了，还擤着鼻涕，我的眼睛也模糊了。于是，我也拼命地跑着追上去。

"阿生，你也赶来了？难得！难得！"老财伯又用满是老茧的手摸着我的脸颊，糙糙的，我的脸甚至有点痛。然后，又抱起我，旋了几圈，走了几步。

到了岭脚，他用大岙腔说着传书里的话："送君千里，终有一别，你父子回去吧！"

他抢过包袱，我与爸爸怔怔地站着，大包袱一抖一抖上岭去，初冬的红色枫叶从他头顶落下，他又不时转身摇摇手。我俩也挥挥手，直望着包袱的影子消失在满是焦黄茅草的山塆中……

后来，我外出读书工作，再也没有看到那位如影随形的"敲钟人"了。

今天，写着老财伯，我的鼻子又酸了，又流着老泪，向着窗外天空问：老财伯，你还好吗？

2013 年 6 月 25 日

"你很重要"

　　当代著名女作家毕淑敏曾著一书《我很重要》。读后，我不在乎自己有多少分量，却在乎"他很重要"。

　　然而，就是这样一位"很重要"的"他"，却于 6 月 20 日 20 时，与世长辞。

　　我悲痛他的谢幕，也祝贺他收获了 92 个冬夏。

　　他，就是浙江省原文成中学的周乾校长。

　　周乾校长，1925 年出生于乐清虹桥的贫困山区。时值风雨如磐的 1946 年，你刚从浙江省立第十中学（温州中学前身）高中部毕业，在革命思潮推动下，你怀着"孰知不向边庭苦，纵死犹闻侠骨香"的壮志，次年春天就投奔浙南游击纵队，跟随原中共青景丽县委书记张金发，在青田八都岭后（现属文成县铜铃山镇）工作。岭后的离休干部叶森高告诉我，你是县委机关驻地文化水平最高的，时任文化教员。你在大屋中间教两个排的战士识字、学文件、唱歌。夜晚结束后，你就在中间泥地摊开簟，铺上简单被褥睡觉。白天，你又跟战士们在里湾门前田进行军训。在邓福坦同志亲自教导下，学基本操练，学打靶。你跟游击队经常出击泰顺、景宁、丽水、青田的边区消灭敌伪。1949 年 5 月，你先后参加解放泰顺、文成等县的战斗，5 月 7 日，温州和平解放。那天早上，你与温中同班同学张秀里挎上驳壳枪，一齐冲上府前街与民族路交叉口的谯楼顶上，张撞响大钟，惊天动地，你用土广播高喊："温州解放啦——！温州解放啦——！"

全城一片欢腾。

"晓战随金鼓，宵眠抱玉鞍"的战地生活结束了。1949年10月，你任文成第一任县长刘日亮的秘书长。为发展教育，1952年7月，你荣升为文成中学副校长（校长由县长兼任）主持工作。你又站在教育战线上，英姿飒爽地带领全校师生，开始新的长征。

你贯彻党的教育方针。1954年，我读初二，在开学典礼上，你语重心长地告诫我们，要响应国家提出的"身体好、工作好、学习好"的号召。学校开始纠正重智育轻体育的偏向。林弼老师告诉我，周乾校长上任后，学校生机勃勃。为严整体育运动员阵营，在学校经费十分拮据的情况下，还主动挤出两万元，给男女队各买两套冬夏运动服。他自己带头打篮球，并自告奋勇当中锋呢。周末，学校开展文娱活动，一个月的四个星期，班级双单轮流活动两次，唱歌、拉琴、跳舞、体操、武术，好不热闹。周末晚上，大峃镇居民蜂拥而至，学校只好请求警察维持秩序。

你十分关心教师生活。中华人民共和国成立初期，师生响应上级政府关于节约粮食的号召，推行吃"九二米"（100斤谷碾92斤大米）。此米出米率是高的，对于缺牙的老人来说，确实有一点儿难咽。一位北京大学文史系毕业的老教师林智，只好悄悄地买饼干当点心。你发现后，便果断地进行特殊处理，委托总务处林弼老师，请学校附近的林大娘买来"七二米"（100斤谷碾72斤大米），用小砂锅烩好送给他吃，林智老师的教学积极性提高了。单身的林智老师不太会料理生活，十一二月，他竟不知道买棉衣，你发觉后，就将自己在地下革命时期留下的灰蓝色大衣送给他，助他度过数个寒冬。

你坚持党性原则。在反右派斗争扩大化的1957年，文成、丽水、平阳三县中学教师集中温州信河街应道观巷学习，你任班部主任。大鸣、大放、大字报、大辩论，使得人人自危。文成中学47位教师，有 9 人"入围"。你科学地进行分析，诚然，这批教师家庭出身不好，但教学水平高，认真负责，从帮助党整风的愿望出发，仅仅讲一两句不合时宜的话，就被打倒在地，永不翻身，这不是太过火了吗？出身是不好选择的，如果放下包袱，轻装上阵，完全可以为教育做出贡献。你向上级汇报，力挽狂澜，然后解放了 8 位，保护了大批教师，这是温州专区右派比例最低的一个县。多么难能可贵啊！

1956 年 9 月，你接到温州专署教育局通知，去北京中央教育行政学院学习，同去的还有温州中学副校长项瑞州，地区重点中学勤俭中学校长陈求学。1957 年 4 月 27 日上午，中央领导接见你们并合影留念。一张照片，凝聚了一个人一生的辉煌与荣耀，你是多么幸福啊！

中华人民共和国成立前，你出生入死，战斗在浙南的土地上；解放后，你呕心沥血，培养大批社会主义建设者，你还有什么值得遗憾的呢？

周校长，你是我们的师尊。如今，你永远离开了我们，而我们的心却永远系着你，永远记着："你——很——重——要！"

2016 年 6 月 22 日

赵超构的"多面人生"

——读《报人赵超构》

"打开这本书，似乎打开了赵超构人生的达·芬奇密码。"这是《新民晚报》原总编辑丁法章对《报人赵超构》一书中肯的评价。可以说，该书作者富晓春较好地掌握了"赵超构人生的达·芬奇密码"，他用丰富翔实的史料，选取传主波澜壮阔的新闻人生中一个又一个"横断面"，以45万字的图文篇幅，打开了一代报人赵超构精彩的人生历程。而在即将举行的上海书展上，作者也将与读者分享赵超构的"多面人生"。

赵超构是我国新闻界的一面旗帜，曾七次受到毛泽东的接见，采写长篇报告文学《延安一月》，撰写振聋发聩的杂文万余篇。赵超构出生在浙南文成梧溪外婆家，该书作者富晓春是赵超构的同乡，打小就敬仰赵超构，并视他为偶像。富晓春曾担任地方报社副总编辑一职，由于职业的缘故，使他更接近这位新闻界的老前辈，试图"去读他，去品他，去发现他"，此书就是富晓春花十年之功，"对赵超构全新的阅读与发现"。

每个人都是一个独特的个体，然而在个体之下，又有着许多的面。此前，赵超构给公众的印象一直是一个"高大全"的形象，读了富晓春的《报人赵超构》后，不禁眼前一亮，它让读者看到了一个多面的报人形象。在这本书中，赵超构是个极普通的"凡人"，经常以"东瓯布衣"自居。他有难舍的故乡情结，喜欢吃家乡的盘菜、鱼生，还用温州方言教女儿、外孙念儿歌；他喜欢穿便装，住陋巷，喝老酒，听京戏，乐做寻常老百姓。他曾是上海市作协副主席，可他总以记者自居，从不承认自己是作家；他不喜欢给人写序，他说"我没有那个水平"；这位"一笔曾当百万师"的巨笔，竟然"不敢给大报写稿"，直到74岁才出版第一本杂文集；他从来不写自传性文章，有人要为他树碑立传，他虎着脸说："我有什么好写的！"他是个贪玩的"闲人"，喜欢赋诗咏对，捣鼓相机，还是半个"外文专家"，半个"天文学家"；他经常约三五朋友打牌、泡茶馆，他泡茶馆的事，曾惊动中南海的毛泽东；他喜欢小动物，在家里养过小鸟，猫头鹰与牛成为"林放（赵超构笔名）杂文最具象征性的标志物"……在这本书中，赵超构还是难得的"好人"。在白色恐怖下，他曾保护过漫画家王乐天、名作家柯灵等；1949年后，革命烈士赵刚家属遭遇不公正待遇，他为其奔走呼号；曾经遭受迫害的他，却对迫害他的人不计前嫌，提礼物上门慰问其患绝症的家人……以诚相待，好人真君子，赵超构是也。

他是"凡人""闲人""好人"，但倘若说赵超构是"狂人"，可能大多数人都不敢苟同。赵超构温文儒雅，向来以"好好先生"示人，可富晓春的《报人赵超构》却真切地告诉你他"狂妄"的一面。年轻时，他动辄就要骂人：他骂梅兰芳是"纯粹的绅士阶级的玩偶"，骂刘海粟"配不上梅兰芳的一双手"；他不将老师胡适放在眼里，骂他是全盘西化的"始作俑者"。到了晚年，赵超构仍改变不了好骂人的秉性，复刊词"一字改"惹来他的一顿臭骂，他骂张林岚"你有什么权力这样乱改一通"；新民晚报社盖大楼有人"玩猫猫"，他愤然而起，用手指头敲着桌面骂："我就像一只被耍的猴子，被人牵来牵去，到底要把我牵到哪里？"

这本书可以说是全方位多角度地刻画了一位平民新闻家的"多面形象"，为读者还原了一个有血有肉、真实可信的报人赵超构。此书不同于同类正传、评传，倒类似于外传或别传。它不是以人物生平时序为线索，而是以人物生平内容归类，分为"望乡之情""报人生涯""杂文杂事""嘤嘤求友""且寻风雅"等五个部分，就像拿一根红丝线拾掇珍珠一样，巧妙地将赵超构散落的生平史料以并联方式贯串一体。这需要慧眼识珠的功力，同时还必须具备一定的编排驾驭能力。

这是一部大书，234幅图片，80个篇章，全书点到的人物有400人之多，有头有脸的不下80人。在表现手法上，作者擅长讲故事，每个篇章就是一个小故事，整本书即是一个大故事。莫言说，他写小说就是讲故事。故事性能增强可读性，作者显然是讲故事的高手，这可能与其早年在文化馆从事故事创作有关。在叙述与描写过程中，作者还运用了思辨性的语言，尤其是在一些篇章的结尾，以言简意赅的哲理性句子升华主题，就像体操运动员翻身后落地站稳一样，让读者为之喝彩。

女作家裘山山曾说："真正好的散文，只听到琴声，却从节奏和韵律中感受到他的情感世界，分享到他的痛苦和快乐。"我读富晓春的《报人赵超构》，同样有这样的感觉。此书作为人物传记，却不按套路出牌，独辟蹊径，深入生命个体的"横断面"窥探与剖析人物生平，从细节中凸显人物性格，让读者在阅读中感受主人公繁杂的心路历程与精神世界。当然，这本书也有不完善之处，譬如部分篇章与图片的分类存在偏差，或有待商榷。但瑕不掩瑜，并不影响这部书的整体魅力，不影响它成为一部有深度、有温度、有情怀的传记力作。

2018年8月8日

从"朽根"到"国礼"

——记全国非遗（根雕）技艺传承师包宗良

2018 年 11 月 21 日，在省城杭州，包宗良受邀参加国际展望大会"西湖和平之夜"，受到联合国第八任秘书长、博鳌亚洲论坛理事长潘基文先生的亲切会见。2019 年 8 月 21 日，在北京，由包宗良大师全手工制作，徐世槐先生题名，根雕与雕塑巧妙结合的独创抽象根抱石作品《坚如磐石》《崛起》《擎》，被奥地利、塞尔维亚共和国、智利三国现任驻华大使石迪福、施密特、巴切维奇作为"国礼"收藏。在不到一年的时间里，多次被法国、德国、意大利、西班牙、爱尔兰、乌克兰、墨西哥等 20 多个国家的现任和前任的首相、总统、总理、大使等政要接见。

包宗良是幸运的。

他规划人生锁定根雕

包宗良原是一个生意人。

2001 年，夫妻俩在金华地区的永康、兰溪、缙云几个县做纽扣生意。一次，他在金华顺便参观一个花木盆景展览会。一进门，一盆景就吸引了他：底座是赭红的，四脚为小虎腿，四周是镂空的花窗，淡黄的盆钵里，栽着一棵佝偻老人般的松树，老根裸露，腰部向右伸出 90°的老枝上，托着三层塔形的松冠。他又慢慢地转了一圈，简直是刘姥姥进大观园，好一个神奇的世界！他想，我老家文成西坑叶岸村山上，不是也有奇形怪状的小松树吗？老家的许多资源，也可变成大量艺术品供人欣赏，何乐而不为！

回来后，他与妻子赵美英商量：我俩回老家，是不是试做这种花木盆景？妻子支持了他。

那年回老家过年。妻子在灶膛口烧火，她把一个歪歪扭扭的小柴头夹进炉膛里，他看见马上说："别烧！"他随即夹了出来。"这个柴头可制成一条盘着的蛇啊！"当天下午，他便用菜刀修修整整。他又想，再挑一块扁根盖在上面，头外露，不就像模像样了吗？究竟取个什么名字好？《蛇出洞》，太直，又不雅。他向同村的诗人书法家叶诗斌求教。叶经过思索，回答："《春欲动》好吗？"包宗良思索几秒钟，拍一下大腿，高兴地站了起来："好！寓意春天来了，蛇也出洞了。"

小小的成功，触发了他根雕神经的兴奋中枢。

他身材魁梧，天生强健的身体，国字脸上，洋溢着果敢，洪钟般的声音，透出坚毅。

为开拓资源，他在叶岸洞桥儿边上租来 6 亩地，大约用了 3 年工夫，父子俩挖来 2 000 个柴头养了起来。

为了给田里的每一个柴头好好过冬，不被冻坏，他将树根缠上稻秆。夫妻俩日夜轮流，搓得老茧流血，还是坚持不懈，整整苦战了40 个昼夜。

田里的每一个柴头，都凝结着全家人的心血，也储满了全家人的希望。

他实现目标脚踏实地

包宗良怀着三头牛也拉不回的决心，朝根雕方向奔跑，但横亘前面的有两道屏障：一是工场，二是技术。

2004年至2006年，他仅在大峃镇朝阳新村套房顶上水泥坛搭个工棚，风吹日晒，尤其冬天，北风呼啸，仍然坚持劈呀、刨呀、锉呀。他无师自通，仅仅从工友操作中、外出名家中看到零星的技术，然后在家琢磨。六年中，做了大批根雕艺术品，如鼠、牛、虎、兔等十二生肖及飞鸟等，共320件，摆在楼顶给人参观，轰动了全县各界人士，得到文成县委县府、西坑畲族镇领导的关心与支持。

2005年4月，他把用檵木做成的《根盆景》，冒昧地寄给《花木盆景》杂志，居然在7月号的"藏品斋"发表了，这是他的处女作，也是文成县第一件在全国级杂志刊登的作品，县根雕艺术同人奔走相告，为他祝贺！

狭窄的工场，已经不适应作品高质量创作。2007年后，他便从县农技站租来两间闲置屋，一间放柴头，一间作工场。两年后，转租大发垟村的三间空房，多了一间艺术品仓库。创作空间大了，操作也得心应手了。

他决心将父亲从猪母坑背来的大柴头，用两个月雕成《文澜诗经》，后参加中国（宁波）第20届兰花盆景展览会。在柴斗种上兰花，设计新颖，尤其他精心取的名字，很有学问。三天里，观者如云，拍摄者蜂拥而至，600张名片迅速拿光。这么一件回报父亲恩惠的纪念之作，居然有了如此效应，他激动得眼睛濡湿了。

时值壮年，上有老，下有小，为生计，妻子重操旧业，在文成县城开了一间纽扣店，在经济上提供了支撑。

毛泽东指出，没有理论指导的实践是盲目的实践。包宗良意识到，理论学习很重要。他便从宁波新华书店里购到刘勇根雕艺术选集《根魂》，如获至宝。他说："白天做工，夜晚读书，越读越有劲。"他的创作质量也相应提高。2007年7月的《花木盆景》，竟然以《包宗良根艺》专版推出，《海底世界》《鹏程万里》《寻》等5幅，占了整个版面，这不仅让他轰动文成、温州市，在全国也小有名气了。

2015 年，文成县成立根雕协会，他理所当然地选为常务副会长。

他，从默默无闻到作品获得社会广大读者的承认，就是这样锲而不舍，一步一个脚印走过来的。

他拜师学艺追求审美

习近平总书记在党的十九大报告中指出："我们要以识才的慧眼、爱才的诚意、用才的胆识、容才的雅量、聚才的良方，广开进贤之路。"包宗良相继在《花木盆景》发表作品之后，引起根雕艺术家刘勇的关注，2008 年 5 月，他同中央美术学院教授吴兢专程赴文成给予指导。

包宗良热情接待专家莅临。"不错啊，很勤奋，也有悟性。"看了家里的根雕作品，刘勇点赞。他洗耳恭听："如果从更高的要求看，创作理念滞后。"吴兢教授强调："艺术不是审像，而是审美。你的作品审像的多，应进一步要求审美。"刘勇关心地说："你发表不少作品，也获过不少金奖，这说明前一阶段成绩是可观的。艺术品没有最好，只有更好，如果你有兴趣，可来京学习学习，进一步提高。"

他，总是走着箭头向上的道路。包宗良便于同年 9 月，毅然决定负笈赴京学艺。

到达北京，刘勇先生在第三天，和他就同赴天津参观全国的一个艺术展览会。在展会上，刘勇先生边看边指点，根的点、线、面、体、空间，就是最本质的艺术语言。

回京后，他语重心长地启发："宗良啊，你家的许多作品，当初只在根材的自然形态中寻找具象，从今以后，应照罗丹说的要去发现美，发现根材生态形体中美的元素。"

在刘勇老师家，指导包宗良做一个以"上下求索"为主题的作品。老师给一个柴头，一把钩刀。他思考：主题是人的情感，怎么从树根的自然元素中体现这个"美"的元素呢？

这个柴头有几条根向上弯弯伸展，如果再把另外的弯根嫁接上去，不就符合题意了？

刘勇看他快做成，便郑重其事地指点一整套的工序：脱脂处理、去皮清洗、脱水干燥、定型、打磨、上漆、命名等。这工序，就是包宗良发现的"新大陆"。

根据刘勇老师的工序去完成，他自己觉得满意，刘老师也称赞："很不错，进步很快！"

2016年，他应邀参加"中国长治首届'神农杯'崖柏根雕全国名家精品邀请展"。

展会期间，他又与山西的张维文、常彦兵、傅强四人，举行拜师仪式（8年前已跟刘勇老师学艺，这次是补拜）。横额是"著名根雕艺术家刘勇先生喜收新徒"，在座见证人：清华大学美术学院教授杜宏宁与张锴。新学徒给刘老师一一敬茶，刘勇先生一一给每人发《雕塑》杂志（2016第四期）做纪念，并嘱咐："要刻苦钻研，更上一层楼。"

拜师仪式，是包宗良艺术人生的里程碑，此后，他像出膛的子弹，向前飞跃。

他砥砺艺术弘扬正气

党中央多次号召我们要发扬中华优秀的文化传统，坚持文化自信，把文化推向世界。2017年，恩师刘勇又与《雕塑》杂志社社长来文成具体指导根雕创作，启发我们艺术工作者必须用自己的本行艺术弘扬正气。

包宗良出身于一个雇农家庭。解放前上无片瓦，下无寸土，祖父与父亲伯父靠当长工、打短工度日。他于1968年出生于浙江文成县西坑叶岸村，2003年加入中国共产党。新中国成立后，全家人经历从"站起来，富起来，强起来"的历史性飞跃，他深深体会到只有中国共产党的领导才有今天的幸福日子。所以他用自己的作品来感谢伟大的党，感谢伟大的祖国。

他引我到朝阳新村家里参观根雕作品。他的房间简直是一个根艺展览馆。我问："这个《中国之云》，是怎样做出来的？"

包宗良回答：过去，中国积贫积弱，受到列强欺凌。1964 年，自造的第一颗原子弹爆炸，在西昌形成了蘑菇状的烟云。为了表现祖国走向强大，于是挑来盘根向上的材料制作，题为《中国之云》。

我又问："你的'同根同梦'，人家看得出来吗？而且是'根包石'，这是你的新创作吧？"

"此名确实含蓄，一下子确实难以理解。我是用抽象思维制作的。顶上根包石的大球暗喻祖国大陆，东面恰恰有一个较小的根包着小石凌空，我便用象征手法，台湾是中国的一个省，台湾人民同是中华炎黄子孙，而且共同盼望回归，所以取这一个名字。"

多么高远的眼光！多么深沉的感情！

我又翻看作者三份三国大使的"收藏证书"，把"坚如磐石"等作为"国礼"收藏，这是怎么一回事？

"今年 6 月份，国家有关部门通知我，8 月 21 日，奥地利等三国驻华大使要会见我，并且通知我制作根雕作为'国礼'赠送，将我国的根雕艺术传至世界，因此，我日夜悉心制作。"

他又介绍了创作思想：从 1840 年鸦片战争至 1949 年中华人民共和国成立，到社会主义新时代的今天，百余年来，中国人民团结一致反抗列强侵略，同心协力建设可爱的祖国，我们为中华民族坚如磐石的革命意志而骄傲！

多么丰富的联想！多么深厚的家国情怀！

18 年的工匠，18 年的根雕，18 年的实干，18 年的创新。自 2005 至 2016 年中，在福州、大连、杭州等 10 多个城市展出作品，获 10 个金银奖，先后在中国《花木盆景》《国家雕塑》杂志上共发表 29 件作品并收入《中国根雕之光》《名家名作》《醉根》等书。包宗良现为首批温州市优秀民间文艺人才，温州市工艺美术大师，首届福建根雕艺术大师，全国非遗（根雕）技艺传承师，中华传统工艺大师，国际工艺美术大师。郑杨松、叶则东会长分别带领文成、青田的诗人慕名前来采风。朋友叶果勉励他："一个人一生做好一件事就不错了，请继续前进。"

他不满足于现有的成绩，仍然一如既往地向高峰爬坡。"莫听穿林打叶声，何妨吟啸且徐行。"我相信，在艺术的逆境中蓄势，路再远，走下去就能抵达，就能奔向更广阔的天地。

2019 年 10 月 5 日

舅舅的故事

我的舅舅叶森高，1928 年出生，比我大一轮，也属龙。共产党员，离休干部，2020 年春辞世，但留给我的革命故事却有一大箩。

一本户册蒙国军

1942 年，这是抗日战争的相持阶段，我军打得很艰苦。蒋介石竭力维持老家浙江要稳定，因此"剿共"特别疯狂。

那年，舅舅刚刚 15 岁，正读小学六年级。毕业后，放暑假回到岭后。叶宪章叔父说："我年纪大，文化低，把原来村里的户口册还是交给你保管好。"他既然这样说，舅舅也应承下来。

一天，他借查对户口册的机会，把户主集中在中后朱祝芬那座大屋开会，宣传党的政策。这是岭后最大的房子，而且建筑牢固，鳌里、黄坦地主的租谷，就放在他们楼上的仓里。

大家坐在中堂，因为舅舅个子高，看去已十七八岁的样子，身体健壮，俨然先生的口气，便把陈育文老师教给他的话传达给大家：国民党反动派欺压百姓，派捐款，抽壮丁，财主收租谷剥削我们贫苦农民。青黄不接的五六月，还把租谷放高利贷。只有共产党才能救中国，才能救穷人。将来革命成功了，生活才能幸福，共产党领导分田废债，人人有饭吃，人人有衣穿，柱头可以点电灯，板壁可以看戏……

当讲到这儿，中间外边一个人惊慌地叫了起来："国民党兵上来了。"

中堂一阵骚动。

他说："不要慌！如果你逃动，说明你们有问题。"

舅舅安慰大家："我来对付。"

"大家听我点名，点到名字的'有'地应一声。应得响一点。"他慢条斯理点名。

"朱祝芬!"

"有!"

"叶宪隆!"

"有!"

"叶宪章!"

"有!"

"叶宪图!"

"有!"

……

当点到谢正排时，几个兵上来了，舅舅顾自点名。他重复一遍："谢正排!""有!"他抬头看到上来的兵停在道坦一会儿，也听着点名。舅舅便沉静地拿起簿册若无其事地走了出来。一个官样的兵问："你们集中干什么？"

他半国语半土话："点名对对户口!"他抖了抖户口簿。

"如果藏有游击队，对你们不客气!"

舅舅顺水推舟地说："是啊，我就是对户口，查地方有没有陌生人!"

那个高个子进到中堂，扫了一眼，看到中堂几十人坐着不动，很淡定，他便出去，挥一下手："走!"

他们拔腿下岭了。

这时，群众提着的心才放下来，长长地嘘了一口气，举着拇指啧啧称赞："森高年纪轻轻，倒真有几下子！"

西斜密藏银番钱

西斜，离岭后所在地两里地，那儿山高林密，行人稀少。山腰住着一位姓陆的人家，主人叫陆三奶，比舅舅大两岁，黄坦镇塘底垟人。1947年，他家四口，除夫妻两人，还有一个女儿，一个十一二岁的儿子，名叫陆国瑛。

这座草寮，坐东北朝西南。正屋对面是一座小山。山腰有一条横路，后坎靠着一头头的烧火柴。

经浙南游击纵队研究，凡从土豪劣绅家缴来的银元，岭后便委托舅舅存放。当时，他不敢接受。这是有关经济的大事啊！万一出什么事，能担得起吗？

青景丽县委负责人之一吴高谈说："保存这件事确实重要，责任重大，但总要有人保管。领导再三研究，你责任心强、有文化，人老练，还是你最妥当。领导相信你，会保管好的。"

舅舅想：领导如此重托，应无条件服从。

这些银元，大都是景宁方向缴来的。因为路远，谷米不好运。这些钱放到哪儿才安全呢？放在自家吧，人来人往太多，难以保密；放在岭后其他人家，又不可靠。最后，他决定委托西斜的陆三奶。因为地方偏僻，很少有人走动，而且他忠诚老实，人品可靠，容易保密。

舅舅与他谈起保存银钱一事，他摇摇头："森高，其他的事都好说，这事，我可不能干，万一出了事怎么办？"

舅舅劝说："请放心！你处最安全，人品最信用。万一出什么事，我会负责的。"

他犹豫了一会儿，勉强同意了。从1947年4月至1949年3月，舅舅曾12次送银番钱过去，又7次取出，每次来往，布袋上面放些薯丝、粉干，把下面的银元遮住。放往银洞之前，首先观察周围有没有人，然后打开洞，把银元放进，再用石头闭上，周围用烂污泥封住，俨然一个番薯种洞，一个姜洞。最后，用烧火柴靠住，便安然无事。

1949年3月，他也在吴岙办事。县领导委托舅舅把银番钱运出。他亲写一条子，委托陆三奶、彭洪如送到黄坦富岙吴岙，经过清点，与原账一一对上，一共51斤3两，共计1 026个银元，如数交给中共文成县常委、组织部长吴高谈，县财政局财务科主任张明玉亲自收起。

吴高谈拍拍舅舅的肩膀："森高，你办的事，我们一直很放心。"张明玉与他三人一一握手："你们辛苦啦，谢谢！谢谢！"

带领民兵打梅歧

1947年，国民党省党部派陈志坚任文成绥靖办事处主任，对红区大肆"围剿"，扬言"宁可错杀一千，不漏共党一个"。文成、青田、景宁、泰顺边区，处在白色恐怖之中。

为了争取早日取得全国胜利，在青景丽县委领导下，革命老区人民积极工作，联合各地的民兵，于1949年2月9日，攻打景宁县梅歧区碉堡。

烧碉堡。1948年10月一个夜晚，西坑小学对面的碉堡被游击队烧了，点火用的两箱洋油是从王迪吉店里拎来的。

当时，舅舅23岁。浙南游击纵队指令他为岭后民兵队长。当时只有他个人有一把"三八式"步枪，其他民兵背着的都是驳壳、九节炮、红硝枪、鸟枪、大刀，他们看了十分羡慕。岭后民兵集中桥头垟训练，学习政治，学习操练，学习打靶，学习游击战术。

在桥头垟训练两个星期，便出发去打梅歧。石垟的傅际连，到南坑派岩傅新福家借"驳壳"，上斜的郑宝玉，还把道士先生的龙角借来当军号，引得民兵哈哈大笑。

岭后民兵 50 多人，驻扎在离梅岐碉堡最近的民房里，敌人讲话的声音都能听得到。舅舅他们自带大米与番薯薯丝，放在农家烧，他们十分热情，把腌起的笋、菜头、芥菜干、蕨干都端上给民兵配饭。大家警惕性很高，没有铺床，睡觉仅在农民火炉间、楼头轮流靠靠。时刻都注意对方动静，民兵就地驻扎，没有命令不能乱走动。有事一定要请假。

梅岐周围的山头山面，简直是人山人海，经常听到"打倒国民党反动派！""解放梅岐！解放景宁！解放全中国！""缴枪不杀！快快投降！"的口号声，此起彼伏，震得地动山摇。

民兵包围了三天三夜。敌人化装成农民，溜走了。就这样，两万民兵，没放一枪，就拿下碉堡，解放了梅岐，缴获了大批武器。大家唱着《游击队队歌》《三大纪律八项注意》，走在胜利的大路上。

深夜单身挑金担

1949 年 3 月，舅舅在南田区府工作。县长委任他为南田区财务科长（当时基层干部均由县长亲自任命）。全区（包括各乡）文职、武装人员共 60 余人。薪水每人每月 16 元。农历每月十五六，他独自一人，白天去大峃县城财务科领出大家的薪水，一般晚上 11 时出发，趁月光挑回。因为上级规定夜里不能打电筒，以防人家发现。另一原因，夜里一般无人走，劫贼是不会钻出来拦劫的。上午从南田出发时，他挑着布袋担，假装去大峃买货。把领出的钞票放在布袋或麻袋底里，买些粉干、索面盖在上面，有三四十斤。不用棒柱，左肩担痛了，换到右肩。平路倒省力，走大会岭，可费劲啦。平日有人说，斗米直亭里出"活鬼"，虽说是迷信，但心里总有阴影。他走近亭，就把手枪拔出，将子弹上膛壮胆，以防万一。一夜，挑到篁庄，偏偏打雷下起雨来，为不淋湿，便在水口亭歇一会儿。在亭外，看到两个穿蓑衣、戴箬笠的,打着手电过来,看来是农民,但不能放松警惕。走近了,他将手枪放在背后大声问:"哪一个?"他俩怔了一下,停下脚步:"篁庄的。"

"去哪儿?"

"五十二(龙川)。"

"三更半夜,干什么?"

其中一人,语气有点紧张:"我婶死了,去娘家报信。"

"好,进来歇歇雨。"

"不,我还是赶路忙,你歇吧。"

后一个问:"你怎么也走暗路?"

舅舅搪塞道:"明早我舅父出山,趁夜担点货赶回。"

"好,你歇吧。"

过了半个钟头,雨止,浓云稍稍薄些,透出淡淡月光,他又上路。挑到三源的九九亭,鸡叫三遍了。回到办公室,天已白旦(拂晓),大约5时,这才放心休息。

舅舅当财务科长直到1950年3月止。就这样,担了12趟金担,其间,来回足足走了1 500里。

2020年3月15日

洒向千峰秋叶丹

```
1 5  6 1  5   -  | 1 5  6 1  2  -  |
5 6  5 3  2 3  2 1 | 1 5  6 1  5   -  |
```

在文成著名风景区龙麒源邻村——南田镇驮湖村，竟有谁拉出二胡悦耳的旋律？

嗬，原是前村党支部书记翁任利。

7月20下午1时，我俩的谈话，就从他的"拿手好戏"开始。

原来，《山西道琴》曲子，是他从大兴安岭铁道兵战友那儿学来的。

1956年6月1日，翁任利出生在文成县南田区原西陵乡驮湖行政村外驮湖自然村。他9岁时，父亲去世，后母亲改嫁，给祖母拉扯长大。20岁，南田中学高中毕业的他，铁下心要参加中国人民解放军，结果如愿以偿。1975年1月，分配在89313部队13团16连服役。开始两年，驻扎在离内蒙古不远的辽宁省盘锦市盘山县羊圈子村，开发北大荒的万亩黑土地。"在那儿，真够艰苦，冬天常在零下30多摄氏度，全身裹得严严实实的，只露出一对鼻孔与双眼，眉毛结霜，白茸茸，个个像是八九十岁的老头儿。吃的呢，是高粱米与玉米饭，一个星期仅吃一餐大米饭，虽是自种大片稻田，大家还是舍不得吃，省下大米支援工作在第一线的全国官兵。配的是自种的大白菜、茄子与土豆。"经过一段时间锻炼，我们也习惯了。"他微笑着说。

也许是儿童节出生的缘故，他天生有颗童心，是个乐天派。1975年5月，为了开发北大荒，他们日夜与黑土地奋战。秋天，看到部队个个粮囤满登登的，真有说不出的高兴。休息时，他常用二胡拉上一段《智取威虎山》《红灯记》《天津快板》《山西道琴》，乐得大家忘记了疲劳。

"1975年6月，我们赶赴小兴安岭修建京哈线铁路。"他接着快乐地说下去，"我们的任务是抬枕木，两个士兵抬一根三百多斤硬邦邦的枕木，后来是抬更沉的水泥枕木。双肩肿得像馒头，我们还是咬着牙坚持下去。看到桦木皮制的大幅标语牌：'向林海进军！''向大自然开战！'我们浑身是劲。夜里，学习国防部表彰的铁道兵硬骨头战士张春玉的优秀事迹。张春玉于1965年6月30日凌晨，在塌方中为抢救战友被巨石压成重伤而牺牲，他那不为名、不为利、不怕苦、不怕死的无产阶级硬骨头战士的高贵品质，给我们无穷的力量。累了的时候，大家就呼喊劳动号子，脚一步一步挪着。如果广播通知有风雪，我们就连续干到半夜。否则，明天就要重新挖，白白浪费劳力。如果有人问，当铁道兵苦不苦，我们就乐观地回答：铁道兵三件宝：铁锹、镐头、破棉袄！"

翁任利，于1979年1月加入中国共产党，曾获连四次嘉奖，营一次嘉奖，立三等功一次，当上了副班长。四十三个月过去了，他十分眷恋铁道兵的艰苦岁月。我喜欢音乐，冒昧地请他再一次拉一拉二胡。他麻利地抓过琴把，熟稔地拉开琴弓，习惯性地试校琴轴，便边拉边唱《我参加了解放军》："我参加了解放军，穿上了绿军装。走进红色学校，扛上革命枪……"

同年4月，退伍回乡。尽管生活道路曲折，他仍然以顽强的毅力，闯过一关又一关。他曾去福建做木头，后在武汉拍照相。武汉籍的姑娘张凤军，看到翁性格朴实、勤奋，意志顽强、敢于创业，便爱上了他。后来，他又在吉林养蜂，在湖北做饼，最后回瑞安做鞋。在偏僻的老家种田时，村里党员两次选他担任党支部书记。至2015年，一共25载。妻子与子女都热心支持。"从来经国者，宁不念渔樵。"他把心系挂在全村118户572人的心上。他第二任党支部书记的头一年，即 2010 年 2 月，当面向县委书记陈作荣汇报，要脱贫致富！村里没有电话，上通下达十分不便。陈书记当场拍板签字给电信局领导："一定要开通驮湖电话。"结果，驮湖自然村下个月就装上 87 台电话。当年，上金田寮、从头、里驮湖全都装上电话机。后来家家户户装上电视，还修建了手机接收台。在党建工作会议上，翁任利号召大家学习兰考人民的好书记焦裕禄。为兰考改造盐碱地，日夜设计建设方案。翁任利说，自己是村党支部书记，怎不为村民扛起生产和生活的重担？

20 多年来，他曾起草 54 份报告。后来县、镇政府多次拨款支持。村里修建公路，除政府拨款外，他还带头筹款，自然村每个人捐资 510 元，修通从梧溪至从头 6.8 公里两米宽的机耕路。第二次政府拨款，从头至上金田寮造了 3.8 公里公路。后来还拨款 14 万元，四个自然村全装上了自来水。几年来，还修筑了 50 多条三面光的水渠。同时，还完成了美丽乡村与龙麒源景区的配套设施。在这过程中，他求三姑拜四嫂，凭着两条铁腿、三寸不烂之舌，做通了 30 多户村民的思想工作，处理了多项山林、土地的纠纷，使工程能够顺利完成。他也被县、镇政府多次评为优秀党员、先进工作者。2003 年 1 月，他被选为县第十三届人民代表大会代表，2006 年 12 月，选为县第十一次党代表大会代表。

翁任利就是这样一个很有故事的人物。每个故事都贯穿一个"公"字。正像明民族英雄戚继光在《望阙台》抒的"繁霜尽是心头血，洒向千峰秋叶丹"。几十年来，他忠贞不渝，其心血把满山的秋叶都染红了。再说得明白一点，如诗人吉夫赞道：

早岁从军京哈线，
为民为国献青春。
回乡创业领头雁，
改造穷村第一人。

2022 年 7 月 20 日

我与诗人叶坪的缘份

在我的老家文成西坑叶岸村，在"水明楼"书房里，墙上挂着一幅水墨画《达摩祖师图》，1.5米长，0.5米宽，紫檀色的画框里，"一苇渡江"的达摩焚香打坐在枯叶铺就的坐垫上。像上用隶书题句："人如磐石，动静随缘，澄怀欢道，吾心即佛。"这是诗人叶坪2019年仲夏，于县文联召开文成七位作家作品集首发式结束后，应我之请即兴的画作。

他居然还是一个文人画家。他的《达摩》画作不仅见刊于北京《光明日报》《文艺报》，还曾经在全国获奖，求画的文坛友人遍及省外各地。

40年前，在县文联举办的笔会上，我认识知名散文家、诗人吕人俊和叶坪。至今，他每每出版一本诗集与散文集，都及时馈赠给我，收获很多。诚然，我也在叶老师的指导下发表、出版了一些作品，遗憾的是诗歌、散文都还成不了精品，正如《红楼梦》里邢岫烟写的"桃未芳菲杏未红。"

我从他的作品里，知道他是杭州江南古镇塘栖人，14岁投身梨园，当过剧团演员，后来又在市越剧团当编剧，写过戏曲剧本多种也供剧团上演过……"文革"期间，还曾经莫名其妙地被错打成"5·16"份子蹲过"铁窗"，后来也平反画上了句号。他的经历是坎坷的。他有诗句曰："永远微笑着面对世界/命也运也/无悔无怨。"

诚如著名学者、评论家张禹先生所言，诗歌是叶坪的情人，始终不离不弃。对于他的诗作，我只能谦逊地学习，这支秃笔很难有评说的能耐。张抗抗、李元洛、沈泽宜、洪治纲、黄亚洲、孙琴安、柯平、王学海、高松年、沈贻炜等文坛大伽，早就著文对他的诗予以较高的评价。

我曾有幸参加叶坪散文集《鸟声与溪声的赋格》首发式暨研讨活动。大厅可谓高朋满座，是我见过的温州文坛几近最豪华的场面。有七十多位方方面面的重要人士和文学家参加，他们热情、热烈的即席发言，更使我了解叶坪的诗歌地位和风格。黄亚洲说："叶坪的身份是诗人，是合格的诗人""如果说叶坪的诗歌很传统，谁也不会同意，如果说叶坪的诗歌很现代，谁也不会同意，他不固守传统，也不盲目地追求现代。"

他之所以在省内外、海峡两岸有这么多朋友，有这么多的学生和粉丝，是因为他的率性而为。他给我谈起这么一件事，当年他为《文学青年》编辑，来稿很多很多，他每稿必复。一位北京的写作者初军，来稿都抄写得端端正正，很欣赏其认真的写作态度，他建言说："你对火热的生活有自己的激情，这很好。如果你能写上报告文学之类的作品，把你的诗情容纳其中，可能会激发你走进一种更成熟的境界……"这位作者后来写了一篇报告文学投稿《中国青年报》，且获了大奖，并由此参加了中国作协。据悉，至今都有往来，两人成了要好的文友。

不尽所怀。

今年，叶坪八十大寿，谨以此拙文权当祝贺：诗人好人，一生平安！

2023 年 2 月 15 日

写于西坑水明楼

我的老师毛政敏

人生遇上好老师是大幸。

42 年前，我在温州教育学院进修，毛政敏副院长（后为温州师范学院副院长）主持繁忙的政务，还任教我们的古典文学，至今记忆犹新。读清代长篇小说《红楼梦》时，他深刻分析一系列人物形象：膏粱锦绣中的贵族公子贾宝玉，寄居贾府多愁善感的少女林黛玉，被贾母奉为"贤淑"的薛宝钗，和"明是一盆火，暗是一把刀"的管家王熙凤。让我们进一步明白：封建势力无情地摧毁了宝黛的爱情，也摧毁了黛玉的生命，落得宝玉"出家"的下场，而薛宝钗只能凄凉守寡。宝黛的爱情悲剧，今天想来，仍然如历史的磁带，历历在目。

我们在读明朝后期归有光的《项脊轩志》这篇抒情散文时，毛老师把此文的艺术手法讲得淋漓尽致。开头，写它的狭小简陋："室小仅方丈，可容一人居，百年老屋，尘泥渗漉，雨泽下注。"接着，记叙轩中叔伯分家后的混乱情形。然后，以较多篇幅记叙母亲、祖母的遗事，"令人长号不自禁"。又以寥寥数笔，交代自己对南阁子的热爱。后来，作者又议论，借巴蜀寡妇清和诸葛亮自喻。结尾，作者写了亡妻的遗迹枇杷树，抒发了人去楼空的感伤。毛老师以熟稔的内容，抑扬顿挫的语调，工整简明的板书，把看似漫无散章的叙事、写景、抒情、议论等段落，用"项脊轩"这一线索串联成篇，正如他说的，肉依附着骨，明显地提高了学员的鉴赏水平与写作能力。

我喜爱书法，更喜爱毛老师的书法，他那圆润厚实、遒媚劲健的书法。远自 1980 年，我在石坦巷他的居室中，看到他书的自勉条幅，第一次欣赏到毛老师的书法作品。后来，我常能看到他的手迹：墨池公园大门的楹联，华盖山的"清静无为"，瓯江滨"安澜亭"的匾额，中山公园的"池草长廊"，青田他故乡"大田"的村名，青田鹤城街心的金字招牌，瓯海穗丰伯温楼的"刘基赋"（10 米长、2 米高的石碑）。2020 年冬，他曾赠我《庚子三春砚耕集》。"抗疫微展""砚边日课""南雁笔会""酬人应索"四章，主要以行书与草书写李白、杜甫、孟浩然、陶潜等名家与自己撰的苏幕遮、南乡子、江城子等诗词，作为书法成果结集。最近，在宽敞的"乾乾阁"，师母陈玉璧大幅国画《层峦叠翠 飞瀑晴岚》的画框下，他又赠我《〈道德经〉石碑影印册》，使人倾倒。2010 年秋，毛老师书写刻制成长 180 厘米、宽 60 厘米的中国黑石碑 67 块，镶嵌在永嘉县瓯北关爷宫二楼墙壁之上，连缀成 40 余米的长廊，颇为壮观。全文洋洋洒洒五千字，五千字啊，版面无一漏字、添字，无一涂改。这需要多么深厚的功力，非常人所能为！

对于书法理论，我是门外汉，什么笔力呀，什么风骨呀，什么意境呀，这些书法的本身元素，我没有资格评说，我只晓得《道德经》这大册第 47 页，共 59 字，其中六个"一"，六个"得"，九个"以"，字字相异，个个不同。"以"与"清""谷"与"得"之间，笔虽断，势相继，一下笔便骎骎而行。他写《道德经》，已是七十七遐龄。他长年磨砺，如今一旦泼墨挥毫，便能达到波澜自阔、任笔行路的境界。

著名的书法理论家朱以撒在《中国书法名作 100 讲》跋中指出："能把字写好，也是一件幸事。"可是，我的字却上不了台面，深感歉疚！

因为我喜欢毛老师的书法，我便请他题签报告文学集《太阳下的拼搏》六字、学术专著《刘基庙楹联评注》七字。2018 年春，他曾给文成县南田镇黄洋坑村题写村口石牌坊的横批"伯龙裔乡"，以志纪念。同年秋，我请他题写杨奔老师从杜甫《月》诗中给我取的"水明楼"斋名，制成长 2.20 米、宽 0.76 米、厚 0.04 米的木横匾，黑底金字，过路之众，无不拍手称赞。两旁再饰褐底绿字由中国出版家张元济亲题的对联："数百年旧家无非积德；第一件好事还是读书"。此匾悬挂在文成县西坑畲族镇我的老家叶岸村新兴路 106~108 号之上，这真让我蓬荜生辉！

毛老师从不追名逐利，不喜张扬，守着"俯仰不愧天地"的信条，任其自然。仅参加温州市书法家协会，但他的字倍受好评。2018 年，他 85 岁高龄还被聘为温州城市大学书画院客座教授。

我爱毛老师教学艺术的精湛与书法艺术的气度峥嵘，更爱他先人后己、助人为乐的品格。我常听斯声老师说，1987 年第一次评职称时，毛老师条件已够，完全可以优先评上副教授。但粥少和尚多，因名额限制，他让其他老师先上，如王瑛、吴式南、蔡启间等老师。待 1989 年，第二批才评到他。这种不仗权柄捞取桂冠的行为，真令人钦敬！

20 年前，我长住鹿城伯爵山庄女儿家，自己想参加古诗词学习，可是老年大学名额供不应求。毛老师当年任教老年大学的书法课，为减少我的麻烦，他以普通人的身份，早上 6 时就代我去排长队报名，才获得一个位置。在老年大学陈麟振老师的任教下，我系统地学习了四个学期，发表了多篇诗作，成为市诗词楹联学会会员。年迈的老师替年轻的学生排队，你们听过吗？

42 年一晃而过。毛政敏院长，你的"为人师表""德艺双馨"的享誉，永远铭刻心坎。作为你的学生，我感到骄傲！

2022 年 8 月 5 日

女婿季日旭

我真悲哀！

我处处碰上季日旭的名字，我却处处看不到季日旭！

不是吗，在村坊，路人碰到我："你的日旭真好啊！我还在路上，他打来电话，老早在医院门口等啊！"

在公交车上，有人对我说："你的日旭是天下难找的好医师，双休日，他还到病房看我，问长问短！"

"近年，我一生病，总想起温州中西医结合医院，想起季日旭医师。"许多人这样说。

一

是的，他是位好医生。他在读大学期间，成绩优秀，以学士学位毕业。1990 年开始，一直在温州市中西医结合医院骨科工作。他进取心很强，在上海瑞金医院进修时，获优秀进修生称号。1994 年，在北京大学第三临床学院进修运动学专业。他一边学习一边实践，骨科技术有长足进步。他下班回家，从不打牌，一头钻进书籍里，啃比砖头还厚的世界名医著《坎贝尔骨科手术学》（共四大卷）、《骨科学》（高级教程）、《脊柱外科学》等。在字里行间，密密麻麻地写满眉批尾注，仅摘录的笔记就有 5 本。他在笔记里写："……外固定支架结合石膏，外固定治疗腰腓免骨折。方法：1. 应用外固定支架固定骨折早期：闭合复位骨折，支架外固定维持复位两个月；2. 行走石膏（U 形石膏）拆除外固定后小腿，鼓励逐渐部分负重，根据负重自身感觉，达到完全负重，一月复查拍片，骨折临床愈合，则去除外固定，逐渐负重完全临床结果……"

又在另一本笔记里写：

选择固定和风险。

1. 肱骨尖骨块连接的肱骨，距内侧皮质长度即 Metuphyseat head extension<8 mm。

2. 内侧铰链结构向歹连族性损害（画图）。

他专注骨伤医治技术，把临用实践跟书本知识有机结合，提高自己的医术。

他还撰写论文，第一署名的有《Richard 钉治疗股骨粗隆间及粗隆下骨折》《AF 钉治疗下胸椎、腰椎骨折》《U 状成形重建肘关节功能》等多篇，在重要刊物发表，从主治医师晋升为副主任医师，不久之后又获得主任医师职称。

近年 17 面专送季日旭等全体医生撰有金黄色"医术精湛，救死扶伤"等颂语的紫红色锦旗，就是一面面受人尊敬的旗帜。

二

他是一位好儿子。1989 年春，他发现父亲患食道癌，像被雷击一样惊恐，但马上镇静下来，婉转地安慰父亲："喉咙有点发炎，医了就好的。"父亲在中西医医院住了多月。其间，他暗地走访多所医院的癌科医师，综合多种医治方案。最后，选择良方，中西医兼治，缓解了父亲的苦痛。

三年后，父亲在老木屋去世，母亲十分孤单。季日旭跟在瓯海梧田二中任教的妻子徐登峰商议，决定在高岭头水库旁建一间三层楼，给年迈的母亲居住，跟十多户邻居一起，便于照顾。当年暑假，徐登峰独自在老家岗山施工：请粗工挖地基，请老司砌砖墙、盖瓦。她冒酷暑，经风雨，终于建成楼房。次年，修整房屋，于 2003 年，母亲乔迁，了却自己的一片孝心。

我经常往温州锦绣路伯爵山庄女儿家小住。日旭见我来，十分亲热。进门，首先问登峰："爸爸呢？"我接应："在这里（沙发椅），看书报。"他每次出门，总是亲昵地说："爸爸，我去上班了。"这时，我就想起《红楼梦》，贾宝玉们向贾母请安一事。夜间，他还时常端来温开水；亲自帮我洗趾缝、拭脚底。一位 50 多岁的大夫，不容分说，像电视中那小孩给祖父洗脚一样，真难得！每每饭前，他将半杯温开水轻轻地放在饭桌上，或沙发前的玻璃茶几上，说："饭前喝点水，老人血管不易硬化。"餐餐如此，天天如此。从此，我就把此习惯保留到今天。

他为了满足我的旅游兴趣，2009 年，他在年休期间，陪同我和妻子月丽去云南一游，饱赏雪山的壮丽、大理城的宏伟、傣族舞蹈的野趣……

2017 年 6 月 15 日，他为我支付 3 万余元，用 18 天时间，周游美国；瞻仰了夏威夷张学良的中国式墓地，聆听美国华裔导游汤姆与白人斗争的铮铮铁骨的故事，参观了丁玲曾写的曼哈顿街头，和在华盛顿的领导解放黑奴运动的总统林肯的纪念堂……

2018 年冬，我和你们一家三人，飞越海峡，去领略日本东京的繁华，富士山的白雪……

三

他是一位好父亲。他要求儿子德智体全面发展。当儿子季长城读小学三四年级的时候，便送伯爵山庄对面一座房子学硬笔书法，常常得奖。他的钢笔字像他父亲一样，既清秀，又硬朗。季长城还把获奖的字，镶嵌在镜框中做留念。读初中，业余专攻小提琴；在温州中学读高一，仍然参加小提琴兴趣小组；高二时候，还去杭州参加浙江省高中学生乐团比赛，荣获一等奖。

他还严格管控儿子看手机。读初中时，只准一天看半小时的《新闻联播》，让他了解国内外大事，培养爱国主义与国际主义精神，树立建设祖国，保卫世界和平的信念。读高中时，儿子自觉不玩手机，专攻学业。他还积极支持儿子出国游学，扩大眼界，学习先进知识。读初一与高二时，分别由温州外国语学校与温州中学推荐到德国的吉森城与法国的伞特城，跟麦克、艾利特的同学们一起上课、参观、交流。父亲嘱咐："你走出国门，见识见识异国风情。你会领悟到列宁的一句名言：'外国语是人生斗争的工具。'两位外国同学到自家居住，父母全力安排好家庭舒适的环境。季日旭严肃地说：'这是有关树立中国良好形象的大事啊！'"

2019年夏，作为父亲，除分享自己当年考进湖南医学院的经验外，还关怀备至，他多次聆听温州市教育局举办的招生讲座，并买来《2018年普通高校招生计划》（普通类）、《新高考指南》、《手把手教你填报高考志愿》等书参考，记录下2019年的填报志愿：……985·南京医科大学650分（分数线）；211·南京师范大学650分；211·首都师范大学659分……最终，他儿子以667的高分如愿以偿地考取香港中文大学（深圳）数学系。

2021年7月22日，季日旭英年早逝，56岁。现在，我处处看不到女婿，却处处遇到女婿。原来，他还活着，活在人们的心中。

他孝敬父母，严教儿子，热爱一切病患者。他的一生，是一位大爱医生"人性的诗化"。

2022年8月27日

刘化图传奇

文成县二源乡政府大楼边上的次垟，有一位高个子，稍稍佝偻的老农，步态龙钟，很不起眼。殊不知，他是一位曾经南征北战的革命军人，是一位惊天地泣鬼神的战斗英雄。他，今年87岁，有一个极普通的名字，叫刘化图。2009年3月16日，因病与世长辞，享年89岁。人虽然走了，但，他的战斗业绩，与山河同在！他的革命精神，永远鼓舞我们前进！

一、沿门乞讨——为红军送饭

1935年4月的一个傍晚，苍茫的暮色悄悄地笼罩文成南田（时属青田县）高山平原。一个十四五岁的少年，穿件满是补丁的土布蓝衫儿，拖着用麻筋吊着的破草鞋，肩上放着一个鼓鼓的小布袋，哼着无名曲儿，正向初阳（现为二源）次垟家走去……

这时，有两个穿便衣的人，恰从十源的留天岗走下来，迎了上去。高个子用半懂不懂的福建话问："你叫刘化图吧！"

蓬头垢面的少年愣了一下："怎么？你晓得我的名字？"他向后退了几步。

高个子上前拍拍他的肩膀："晓得晓得。化图啊，我们都是穷人出身，我几个人也是为穷人闹翻身的，你愿不愿意帮我们做件好事？"

"什么好事?"刘化图反问。

两位陌生人看看路边不宜谈话,便请化图一起拐入偏僻的山坪大树后,坐了下来,说:"我们几个人,住在白岩前地方,离这儿有30里路。你知道吗?"

"这些路我都走烂了。"化图自豪地说。

"哦,那最好!你白天去讨些饭菜、米,两天送一次。落暗光景送来。白岩前对面不是有条角山岭吗?"

小化图点点头。

陌生人瞧瞧周围没有旁人,就附着他的耳朵咕了几句。

刘化图想:自己是个没有父母的讨饭孤儿。这几个人为穷人干事,一定有什么难处,所以叫我送饭。他乐意地接过竹竿,轻轻地说:"不过——米饭讨来有时多有时少,你们不一定够吃。"

中等个子搭腔:"没关系,你能送多少算多少。若不够,我先给你五十个铜板,请你去买些米凑上。怎么样?"

就这样,他挂着一根竹竿,风里来,雨里去,走东村,串西乡,沿门乞讨。待隔日下午便朝角山岭方向送去……

走到角山岭头的一个山坪,他看看四周没有其他人,便从竹杆心里抽出卷着的小红旗,向前面摇几摇,不一会儿,一个常戴着箬笠,背着木椽或竹儿的人上来接过去。

角山岭当时属瑞安县的五十都(现文成玉壶)管辖,对面白岩前,属青田县北山区。此地是标标本本的浙南山地,一眼重重叠叠的崇山峻岭,满目郁郁葱葱的古林,羊肠小道,人迹罕至。

原来,这两位穿青色便衣的陌生人,原属红军挺进师。第五次反"围剿"失败后,他们从福建经泰顺转到青田。1935年4月18日、19日,他们经现青田县境西南,隐蔽白岩前山洞。

在南田地下党的秘密物色下,红军与小化图联系,帮助隐蔽。

机灵的刘化图就这样冒着国民党反动派的"剿共"风险,跋山涉水,为红军整整送了五个月的饭,给他们渡过了难关。

在接送的过程中，刘化图时常听到中国共产党是穷人的党，红军是为穷人干革命的军队，知道国民党反动派一定会消灭的，还懂得怎样保守秘密，掩护革命同志。

一天早晨，刘化图外出讨饭，忽被六七个穿棕色衣服的人抓走，拉到十源田垟屋受刑：跪下，手脚反捆在竹竿，殴打、泼水，将刀放在颈上威胁，但他总是摇摇头："我不知道!"后来他又被拉到青田北山区的白岩前的一个叫牛鼻头的山岗"枪毙"，他心生一计，一个抵一个，他决定跳崖，把一个牵着他绳索的国民党兵也带了下去。

结果，国民党兵只打了一个趔趄，放松了绳索，他跳了下去，幸被松树托了一下。国民党兵补打了一枪，没有中弹。他倒地昏迷不醒。

第二天早上，他被白岩前的红军秘密救活。

二、巧拆房墙——智救壮丁

1936 年 6 月，刘化图仅仅 16 岁，三阳乡的乡长看他孤儿势单，就提前"上签"，拉他当壮丁。"未到 18 岁，就抽我当壮丁?"为了拒征，火气十足的刘化图，曾把姨公——第十保副保长家的一席酒筵，翻了个精光。乡丁立即五花大绑地捆他到篁庄（三阳乡政府驻地），关了一个星期土牢，便押往青田县府。第三天，全县 100 余壮丁，在国民党兵一个排的押送下，向金华方向出发。

每个壮丁，都挑上一担 50 斤盐。为了防止"逃兵"，所有的壮丁吃了早饭，就得把裤带解下，拴住自己两臂，晚饭后再解下。上路时，一手提着裤腰，一手扶着扁担，没有棒柱给你歇力。左肩挑痛了，就换到右肩。在路上，也不让停下休息，仅仅是午饭时放松半个小时。每人在担头挂着一个茶缸儿，接小便用。大便时，一个兵子弹上膛守着。就这样，从丽水挑到金华，再往杭州……

烈日当头，个个壮丁喘着粗气，遇上大树，大家都恨不得坐在树荫下歇凉。未等到大家躺下，贼兵的竹棒就像毒蛇般敲来，壮丁就像牲畜一样，被赶向作战前线……

半月中，有的趁机逃跑，被活活打死五个，有六人被昏死路上，其中有中痧的、累坏的……

刘化图看在眼里，恨在心里。

10天过去了，他们到达安徽滁县附近的一个农村。一夜，50多人关在一个有围墙的土平房里。

大家吃了一瓢饭菜连汤的晚餐。刘化图机警地到房后转一圈，独个儿把土房外的菜园墙推了一个大缺口，又把十几把稻草放在石头上……

天暗了，国民党兵把空瓮桶抬到土房，给大家解手。然后就把壮丁关进，上了大锁。他们像奴隶一样被羁管着。

刘化图年纪最小，主意却最多。他主动排好铺位，留着半米宽的过道。他又把后墙瓮桶边的壮丁调出去，自己躺下来。

壮丁们一贴地就呼噜呼噜地睡着了。

尽管鼾声如雷，酸臭的汗味令人呕吐，而刘化图却睁着眼，瞪着黑洞洞的土房。

他想，如果这样下去，大家会被打死、累死、渴死，大家连命也没了；就是到了前线，也是死；横竖是死，还不如逃命……

他越想越睡不去。干脆悄悄地爬起来，往门缝瞧瞧。今夜是下弦月，哨兵不时端着步枪来回走动。然后，他便朝后墙走去。他轻轻地把瓮桶铁箍脱出来，用脚踩扁，拿它把土墙的泥一点一点撬下来。有时大块的泥掉下发出"啪"的响声，把一个壮丁惊醒，他马上躺下假睡；待他翻了个身，又打鼾，刘化图又蹑手蹑脚地走向门缝，监视巡兵的动静。等到巡兵远去，他又悄悄回到洞边，继续把泥中的岩卵扒下来。这时，洞越挖越大，他更注意前面哨兵的影子。当挖到刚好可钻出一个人时，他便先摇醒洞边的，指指洞口，轻轻耳语："快逃！"于是，逃出一个，推醒一个；逃出一个，再推醒一个……

当哨兵将要走来，他也屏住气不摇；当没有响声，他又开始推。约莫一个小时，50多个同伴全部逃出。

他最后钻出洞，飞也似的跨过菜园，越过缺口，在陌生的大路上，直奔远方……

三、红场献武——斯大林跷起大拇指

自滁县农村逃出后，刘化图重操旧业，便扮乞丐，以免国民党兵追捕。后在上海川沙海门纺织厂做工三个月，在一个共产党员的鼓励下，参加新四军。先从上海坐兵舰到青岛，又乘船直达辽宁大连，再坐火车到达长春。

1938 年，正是抗战初期，中共中央决定派一个团往苏联莫斯科学习军事技术。

刘化图很幸运，被选上了。2 月，从长春坐火车往莫斯科。无论年龄、身体还是思想等条件，他均属一流。根据严酷的标准筛选，他又被"轻功"专业"录取"了。

他们住在莫斯科红场旁边的两所军营。营房墙上，挂着领袖的像。苏联妇女还在斯大林同志的像前放上花瓶，插上蒙花草似的花卉，跪着，她们用指头刮自己的鼻子喃喃自语。女翻译对他们说："她们保佑中国胜利！"

轻功专业主攻轻功，也练电炮，练枪法。

"轻功"实际上是"重活"。先练"贴身"，平日练气功，让两臂与肩水平，双脚跐地，贴住墙壁，稍一怠慢，大力士般的苏联教官就是一"巴掌"，其脾气一发，谁不心悸三分？像刘化图这副铜皮铁骨，也不时被敲个酸痛。

接着，练跳"铁条"。两手两脚包扎上半尺长的方铁条。起初，手脚各扎上两斤做地上翻滚，后来逐渐加重到 4 斤、5 斤，最后，总重达 40 斤，练跑之后，又练翻滚，每次要翻滚 20 到 30 个，练得连上厕所都非常困难，但是他还是咬着牙关，有泪也要往肚里咽。他想：我不能辜负党的重托、国家的重托、民族的重托，即使上刀山，过火海，我也要坚持闯过去……

最艰巨的，要算空中翻滚。大家一见教官刚刚提出的要求，不禁大吃一惊。如公共汽车不过两米四五高吧，这还是低空呢，也得一个筋斗横飞上去。开始使用海绵垫从两米余的空中掉下还能将就，后来逐渐加到 4 米的中空，便用钢丝网去接了。腾飞后，须在空中翻滚一次才能达到高度，这时，七人只有三人通过。这不比跳水，跳水是由高到低，而轻功，是由低到高，难度不知要高多少倍。最后是练 5 米到 6 米的高空翻滚，要跳过这个高难度，不仅需要毅力、耐力，还需要高度的技巧。

两年半，就在这汗水与血水中度过，残酷的训练，不是一般人可以想象的，好像不是人应该干似的。

回国前夕，中国兵团的军事汇报演练在红场举行。苏联领袖、大元帅斯大林也亲自检阅。

在演练"轻功"时，领导安排刘化图演出"压轴戏"。他一上场，先像京剧武生一样，连打三十六个筋斗，博得一场热烈的掌声。接着，大家又全神贯注地观看空中翻滚。当刘化图像孙悟空一样，身子往下一蹲，两手向膝盖一拍，双手再向空中一伸，一个弹跳，飞上半空，然后是两个精彩的翻滚，越过 6 米高的钢丝网，抱着后面的一株树（特地供训练用），这时全场沸腾了，十几架照相机把他照得眼花缭乱，同时，响起山崩地裂般的掌声，海啸般的呐喊声……

刘化图演毕，向主席台鞠躬，又向三面官兵鞠躬。斯大林在主席台上，唰地站了起来，跷着大拇指，向全场官兵摇了又摇……

四、朱总司令让座——庆功会上演
《战斗英雄刘化图》

1947 年 7 月至 9 月，中国人民解放军根据毛泽东同志的战略部署，东北野战军紧接着全东北范围的夏季攻势之后，在长春、吉林、四平等地区发起大规模的秋季攻势。

当时，四平敌占区乌龟状的临时土碉堡星罗棋布，每隔二三里，就有一个碉堡。每个碉堡约七八个敌兵把守，四面放有枪口。一次，刘化图接受攻破碉堡的任务，他带领一个班11人，计划从一个方向瞄准，向枪口猛射机关枪，不让敌人还手。刘化图身带两支手枪与两个苏式包弹筒急速往碉堡高匍匐前进，战友见到刘化图到达碉堡脚边，他们立即枪口朝上，他把导火线一拉，纵身一跳，把包弹筒准确地投进枪眼，"轰——"的一声，碉堡立即开花，坍陷了下去……

就这样，他带领的这个班，一天连续报销了六七个碉堡。

1948年1月，刘化图编入第四野战军的特务连，调到沈阳南面的辽阳。

一次，他接受歼灭蒋匪两个连的任务。刘化图眉头一皱，静静思索：要想歼灭20倍于自己的精干部队，不可能硬拼，必须智取。他仍然带领一个游击班11人，6支日本式步枪，一挺轻机枪，一门苏联电炮，28个手榴弹出发了。

当时，正值冰天雪地，他们离敌约300米的雪地。一天一夜，挖了3米深、1米宽、300米长的弧形的地道（雪洞）。每隔10米左右，放一枪眼或炮眼。

后半夜3时，云被虽厚，但雪光仍亮。升上第一颗信号弹，示意我战士做好思想准备；第二颗信号弹，示意各就各位，让枪、炮架上枪炮眼。

升上第三颗信号弹，刘化图跳出战壕，向敌方阵地高音广播："你们已经被包围了！""我们优待俘虏，缴枪不杀！"连续广播三次，然后"嘣——""嘣——""嘣——"，"嗒嗒嗒嗒嗒""嗒嗒嗒嗒嗒""叭——""叭——""叭——"，各种枪炮齐发，东放放，西放放，让敌人在梦乡中感到插翅难逃，慌成一团。"嗒嗒嘀——""嗒嗒嘀——"，刘化图吹起冲锋号，大家跳出战壕，一齐向两列用玉米秆遮盖的土平房冲去……

"放下武器！缴枪不杀！"边打边广播，边广播边打，近两个连

200 个国民党官兵，打死近半，其余俘获。

约在 1947 年 10 月下旬，在长白山一带的一个土名叫长白府（四平以西）的平软的山坡上，搭起一个大戏台，举行庆功大会。台上就座的是军团首长，朱德总司令也出席。当司仪第一个请刘化图同志登上主席台时，全场响起雷鸣般的掌声。身材魁梧的朱德总司令上前握紧刘化图的双手，并让出自己的椅子给刘化图坐，他坚决推辞，最后，他还是被硬拉过去坐下。

会上，颁发军功章，刘化图的胸脯上，又添上几枚金光闪闪的勋章。

刘化图在发言时说，自己的成绩是在大家的共同努力下取得的，并不是他一个人的功劳。他表示还要取得更大的成绩。

朱德总司令在演讲时，激动地说："我们要向战斗英雄刘化图同志学习，响应毛泽东同志的号召，把革命进行到底……"

会后，举行余兴节目。文工团表演话剧《战斗英雄刘化图》。次日，又在战报上发表他的事迹。

刘化图没有躺在功劳簿上睡觉，继续立新功。

在 1949 年 4 月 21 日，毛泽东与朱德总司令发出《向全国进军的命令》，东北由林彪、罗荣桓领导的第四野战军，在 9、10 月进行衡（阳）宝（庆）战役。10 月初的一天，刘化图接受上级命令，带领86 人从四平坐汽车到河南郑州，然后徒步夜以继日赶到广西南宁，拦截准备出海的白崇禧的运载枪支弹药的车队，经过五天五夜的追赶，终于在厦门缴获 260 辆军车。

五、"双枪图"——抗美援朝立大功

1950 年 10 月，美国军队轰炸中国东北。10 月 25 日，中国人民志愿军雄赳赳，气昂昂跨过鸭绿江。1951 年 2 月，正值第二次战役，美国军队与南朝鲜李承晚军队动用飞机、坦克，向我朝鲜人民军、中国人民志愿军大肆进攻。在平壤附近的英山，刘化图带领两个战友接受轰炸坦克的任务。他身带两个"王牌地雷",担任爆破手,另外两人用机枪扫射,"封住"坦克腰部的"探视器",使它"盲眼"。这样,他既安全又快速追踪坦克,它上,他也上;它下,他也下。当战友从望远镜中发现他已接近坦克,机枪便朝上扫射,刘化图急速把地雷放进履带,带磁的地雷四脚被吸引,他拉响导火线,立即滚出二三十米,"轰"的一声,地雷冒出白烟,履带被炸断,坦克成了堆"废铁"。三人立即冲上去抓俘虏,鬼子便自动打开"天窗",举起双手投降。这样,他一个小组一天可炸一辆、两辆,最多三辆坦克。他一共炸毁坦克7辆,多次立下大功。

第五次战役在1951年2月中旬开始。这次规模最大,敌我双方兵力都在60万。刘化图部队驻扎在离汉城30公里左右的胡角里。

一次,刘化图的侦察连接受侦察任务,他的山头番号是7号,为了摸清对面高地的南朝鲜李承晚伪军的岗哨,他穿上老百姓的衣服,插着两支手枪,带着七八个手榴弹,低匍匐前进。

夜里,李承晚伪军运用毒气弹防止朝鲜人民军和中国人民志愿军"偷袭",刘化图一步一步地向阵地前的一个土堆爬去。爬到土堆下,他看到三个敌人在壕沟上巡逻,他就高喊:"优待俘虏!缴枪不杀!"话音一落,子弹就像雨点般飞落,他中了三弹,昏迷过去……

敌人以为他死了,再也不开枪了。约莫半小时,他又醒了过来。当三个哨兵隐隐约约出现时,他两手各握着手枪,"叭叭"两声,两敌应声倒下,另一个吓得倒下沟外,他又用吃奶的力气飞上两米高的山地,向敌人追去,最后把他活活掐死,夺来一支美式卡宾枪。

从此,"双枪图"的绰号传开了。他在朝鲜两年半,立下三次大功,四次小功……

1953年朝鲜停战,刘化图从志愿军部队转业,政府拨下700斤大米作为安家费,由两位战士护送到青田北山区府,安排他到人武部工作。他感到自己没文化,工作很吃力,对不起党和人民,还不如回家种田。

此后，胸前挂着 20 多枚闪光的奖章，他曾向文成县小、南田小学、二源小学等校作过 20 多场报告，让艰苦奋斗的革命传统代代相传。

写于 2010 年 7 月 25 日

白莲花开

黑便士自述

我是两方天空中的鸽哨。我让你与他的心曲得到和谐。

我是爱河之间的叶笛。我让他与她的心音获得共鸣。

我叫"黑便士"。

1840年5月1日，我在大西洋东面的岛国英吉利呱呱落地。

我的母亲就是罗兰·希尔爵士。

我的催生婆是艾丽丝·布朗与汤姆伉俪。

在首都伦敦做工的英俊青年汤姆，给情人村姑艾丽丝·布朗寄上记号"×"，说明"很好"。

寄上记号"○"，标志"找到工作"。

他，满足了她的两泓秋水。

她，不敢收信。她交不起邮费。

罗兰·希尔代付了。为千万穷人都能收到期待，他设计一封信一便士。

寄信人付邮资。

买一枚邮票贴在信封上。

我终于面世。

图案：女王维多利亚，18岁继承王位时侧面王冠的白色头像，周围是青黑的颜色。

面值：一便士。

从此，我的千万兄弟走遍天涯！

从此，兄弟把亿万人的心儿燃亮！

1994 年 3 月 13 日

白莲花开

一

开了！白莲花开了！白莲花哟，您仿佛开出了一面绿色的旗帜！

二

北宋周敦颐在《爱莲说》中写："出淤泥而不染，濯清涟而不妖。"白莲花，是圣洁、祥和、宁静、善美的象征。南宋杨万里又有"接天莲叶无穷碧，映日荷花别样红"的诗句。

三

白莲花，您是澳门之光。45万人民，在那个辉煌的瞬间，眼睛像妈祖阁旺盛的灯火，闪烁着不屈的光芒，好像在报告："母亲啊，我终于回到祖国的怀抱！"

白莲花，您是澳门的化身。45万人民，在那个辉煌的瞬间，心海像珠江口连天的浪涛，汹涌澎湃，好像庄严地高呼："葡萄牙统治者滚出中国！"

四

中国人民，做了 400 年挥之不去的噩梦！海盗的后代，你记得吗？借修船、晒网入居的，是葡萄牙殖民者！借建房扩界，赶走中国官员的，又是葡萄牙殖民者！逼迫清朝政府签订条约，任意屠杀路环群众的，还是葡萄牙殖民者！

经过 400 年血与火的较量，中国人民，龙的传人啊，怎能忘记：西周的石斧，秦朝的番禺，南宋的青山？于是乎，英雄沈志亮，把总督的玛勒送入黄泉；总督林则徐，在澳门码头毁烟；领袖孙中山，在澳门实践弃医救国的壮举！

中国人民，历经 400 年的沧桑！风雨的洗礼，祖国终于像泰山一样，屹立在世界的东方！20 世纪 90 年代中期，一个老人发出"一国两制"的声音，像霹雳，劈开香港和澳门的阴霾，初露回归祖国怀抱的端倪。三年前，香港新生；三年后的今天，澳门又踏上新世纪的征程。

2000 年 12 月 20 日

人间重晚晴

一

学生是教师生命的延续。学生的灿烂，折射出教师的光辉。

二

文成县石垟林场中学的学生，在阳光、风雨中成长。今天，你们是——

生产能手、技术员、工程师；秘书、经理、企业家、海外老板；村主任、乡镇长、局长、部长、书记；记者、编辑；护士、医师；教师、主任、校长；歌星、画师、运动员……

你们"担负起天下的兴亡"，你们成为"国家的栋梁"！

你们创造物质财富！你们创造精神文明！

参照系是什么？

是伟人的明志！是英雄的奋斗！

你们正是在生产斗争与工作实践中，让自己的人生价值得到抽象与升华。

三

"有朋自远方来，不亦乐乎？"

你们从文、景、泰三县走来，从温州、宁波、杭州、上海等外地赶回，从意大利、德国、西班牙等地拍来电报、打来电话、寄来贺信、汇来捐款……

你们情系石坪。有说不尽的少年趣话，有道不完的师生情长；笑往日天真无邪，唱明日"但愿人长久，千里共婵娟"。

是的，"相逢是首歌"啊！

四

我想起了中唐诗人李商隐的五律《晚晴》："深居俯夹城，春去夏犹清。天意怜幽草，人间重晚晴。并添高阁迥，微注小窗明。越鸟巢干后，归飞体更轻。"意思是：幽静的住宅俯瞰小城，春天过去，夏天依然清爽。大自然怜爱嫩绿的小草，人世间应珍惜傍晚雨霁初晴的瑰丽，再增添高阁上深远的美好景色，夕阳微照，晦暗的楼窗愈显光明。南方的小鸟在新巢干燥后，飞回来时，身体更为轻盈。诗写夏日久雨，傍晚转晴，万物生辉，小草充满生机，小鸟轻快飞回，因阴雨而显得晦暗的楼窗，此时也明亮了。虽然此处写的晚晴，是短暂的，但在诗人笔下却是那么美好可贵，所以人们应该看重它，珍惜它，故写了"人间重晚情"的佳句。在许多校友的积极努力下，召开这次校友会，让老教师、老同学欢聚，这确实是大家对这种最美好的人间情感的真正体验。

五

愿这本小册子，成为"重晚晴"的诠释。

这本小册子，犹如一杯清茗，悠香而淡远。

读了，会让你走近历史的隧道与时间的空格，倾诉、交谈、领悟、寄托、类比，或许更多。

读了会让你走近心灵，走近阳光。

《相逢是首歌》，酷似韩娥的歌声，绕梁三日*，不，永远不散！

2004 年 6 月 5 日

注：本文选自《相逢是首歌》。

《蓓蕾》咀华

快乐定格

人过甲子，就步入暮年，耄耋已高举臂膀招手。我们真的感到垂垂老矣！

有这么一句歌词：昨天的太阳，照不到今天的树叶。每一个属于生命的太阳是多么美好！珍惜生命，不在乎得到多少钱财和权势，而是生命中有没有快乐，有多少快乐！

三天的相聚，留下快乐的身影。每一帧照片后面，都有一个故事；每一个故事后面，都有一段历史。

让快乐在心中定格！

八面来风

世间什么才是最珍贵的？佚名就以此句问话为标题发表见解：用从前圆音寺蜘蛛3000年的修炼体悟与往后到人间遭遇的爱情说明，世界最珍贵的不是"得不到"和"已失去"的，而是现在能把握的幸福。

与会者的题词、缺席者的贺电、与会者与缺席者的诗文与赞助，都是我们把握的幸福。

大家细细品味吧！

点燃心灯

人生应当储蓄的不只是金钱，还应该储蓄情感和学识，只有这样，人生在精神的世界里才会感到充实和富足。著名作家刘心武曾说过这样的名言："人的一生有三种感情：亲情、友情、爱情。失其一者，是为遗憾；失其两者，是为可怜；失其三者，枉活一生。"

学友情、师友情，确是人生一笔受益匪浅的储蓄。这储蓄，是患难之中的倾囊相助，是歧路上的逆耳忠言，是跌倒时的一把真诚的搀扶，是痛苦时抹去泪水的一缕清风。让同学会上点燃的心灯，找回师生逝去的岁月，照亮未来的路标！

师情呼唤

思念，是一首诗，
让你在普通的日子里读出韵律来。

思念，是一阵雨，
让你在枯燥的日子里湿润起来。

思念，是一片阳光，
让你在阴郁的日子晴朗起来。
——摘自著名作家肖复兴的《思念》

学生回忆老师，老师回忆老师的老师，这是何等崇高的感情啊！师情的呼唤，像一首诗，如一阵雨，似一片阳光。

文学盛宴

在市场经济大潮暴涨的今天，许多人心态浮躁，追求急功近利，因而远离文学经典，去拥抱泡沫文学，说得斯文一点，沉湎快餐文学。著名大学中文系本科毕业生没能读完中国古典四大名著的大有人在，他们却热衷武侠色情读物，悲夫！哀哉！

同学会重新高擎国学的旗帜，盛情邀请红学专家江国栋先生做小说《红楼梦》讲座，在文娱晚会上欣赏唐诗宋词元曲，像半个世纪前一样，江老师再一次为老童生举办高雅的文学盛宴！

这是我们的幸福！

更是我们的骄傲！

历史回眸

历史是什么？

一片土地的沧桑变迁可以是一部历史。

一个民族的盛衰兴亡可以是一部历史。

一个家庭的悲欢离合可以是一部历史。

一个班级的同窗三年可以是一部历史。

蓓蕾班师生的聚散也可以是一部历史。

历史是什么？历史就是过去的一切。

在生命的历史中，我们都像早期南美哥伦比亚人，驾起自己的独木舟闯荡世界，像《老人与海》中的主人公桑提亚哥一样与大海搏斗，驶向理想的迦南。我们同学中，确实有一批人像勇敢的骑手，立马昆仑，也有少数人像拿破仑的士兵而陷入比利时南部的滑铁卢，尽管命运如此不同，但人性中不变的是友情，紧紧地把大家维系在"蓓蕾"的周围。

唐诗人刘长卿在《北归次秋浦界清溪馆》中写道"旧路青山在，余生白首归"，正是基于"青山""白首"，所以我们都十分眷念夕阳岁月。

回眸历史，愿我们的友谊天长地久。

友谊永驻

老同学可比作生命年轮上的文物，越老越珍贵。老同学的友谊，宛若维系在文物上的红绶带，与物俱久。

其实，友谊是一种力量。马克思因为恩格斯的无私帮助，终于完成巨制《资本论》，为无产阶级革命开辟航线；殷夫因为鲁迅的多次帮助，终于成为无产阶级革命作家。

俄国大文豪托尔斯泰曾有一个比喻，友谊好比一壶开水，一旦离开炉子就逐渐凉下来。此语失之偏颇。如果是名利场上互相利用的"友谊"，自然像阿庆嫂与胡传魁周旋时唱的"人一走，茶就凉"。像前述的伟人名人，出于真诚，友谊难道不是火热的吗？

是的，在我们老同学之间，应该是没有名缰利锁，而拥有的是演绎了一曲曲坦诚的友谊之歌。

2006 年 11 月 5 日

《书香飘万家》 五吟

历史定格

发黄的照片，是记忆的碎片，是历史的拷贝，是人生图像的重现。

这一帧帧照片，窥见江母的聪慧，江师一家的脉脉温情；

这一帧帧照片，透视江师对图书的汲汲以求，对红学研究的深深钟情，对书画的浓浓情趣；

从这一帧帧照片中，能听见松台山下，江老师与原温州勤俭中学学生的笑声；听见楠溪渔馆里，江老师给原永嘉罗浮中学学生的谆谆教导；听见新凯悦大酒店内，江老师给原文成中学学生吟唱《红豆相思》的优美旋律……

从历史的定格中，唤起我们追忆业已淡远的历史……

智慧风景

亲爱的读者，你知道芬兰的孩子吗？他们跌倒了自己爬起来，不像丹麦父母那样安慰，不像瑞典父母那样搀扶，不像挪威父母那样指导，他们不会哭，因为晓得自己的事情自己去处理。

我想，这就是芬兰民族沉着的所在。

小孩尚且懂得拥有自我的天地，那么我们成年人呢？

尽管大人也有一方天地，可是不懂得自立耕耘者多哉，如赌徒酒鬼盗贼，嫖男娼女，贪污受贿者，那一方真的是"空白"得吓人!

江国栋老师开辟的"空白"，却洒下心血，在自己的天地里收获秋天，展开的是一道智慧的风景!

我们应记住著名作家张爱玲的话："在明如镜、清如水的秋天里，我们应当是快乐的。"

精神路标

作家毕淑敏有一句箴言："我们可以不伟大，但我们庄严；我们可以不永恒，但我们真诚；我们可以不完美，但我们努力。"

江老师曾经努力，曾经真诚，曾经庄严。

不是吗？他节衣缩食藏书6000册，曾获"书香飘万家"铜牌的"温州市十佳藏书家"称号。

不是吗？他沐风栉雨购置的图书，无偿地赠给鹿城红枫山庄2300册，深受群众好评。

不是吗？他苦心孤诣地撰写诸多的诗词碑记，为瓯越大地留下一笔丰厚的历史文化遗产。

渐入佳境，我们沿着熠熠发光的精神路标前行……

心中花环

古人道："一日之师，终身为父。"

古语云："滴水之恩，当涌泉相报。"

诚然，江老师在文成中学、温州勤俭中学（永嘉中学）、永嘉罗浮中学任教的时间仅9年。

诚然，我们学生难以做到"终身为父"，更难做到"涌泉相报"。但是，我们怀念老师的感情，足以自慰！

一首诗，一首词，一篇散文，尽管与作者的年龄极不相称——要稚嫩得多，然而，正如宋人高菊卿《清明》一诗写的"纸灰飞作白蝴蝶"，可见门生之虔诚也！

祭奠文字

何谓人生？人生就是苦斗。江老师的一生，奋斗得那么艰辛：与天斗，与地斗，与人斗。

何谓人生？人生如花。江老师曾是华贵的牡丹花，曾是傲霜斗雪的梅花，曾是岩缝中倔强的无名野花。

何谓人生？人生似歌。江老师曾是壮歌，曾是悲歌，曾是欢歌。

何谓人生？人生像酒。江老师曾是酸酒，曾是苦酒，曾是甜酒。

今天，江老师的亲人，江老师的学生，江老师的朋友，一齐奉上浓酒，献上哀歌，捧上鲜花，祭奠他苦斗的一生，祝福他一路顺风……

2007 年 6 月 5 日

注：此文选自徐世槐、江南春合著的纪念江国栋老师的《书香飘万家》。

东方古城堡

一张邮票，一张小小的邮票，一张小小的"福建民居"邮票，一张小小的"福建民居"被评为世界最佳邮票，摇动了千千万万驴友的心旌！

闽西南。南靖。田螺坑。

碧带似的溪水，在青禾绿茶中绕过。阵阵山风，滚滚林涛，迎迓我们进入土楼的王国：圆形、方形、五凤形、半月形、八卦形的土楼，星星点点，一座、两座、三座……

当我站在山坡上俯瞰，四座圆楼簇拥一座方楼，犹如一朵梅花，绽放在具有700年历史的版图上……

在山坡上俯瞰，四座圆楼簇拥一座方楼，好似"奥运五环"，扣紧世界五大洲人民的心弦……

黄百三郎24代后裔，聚居在方的步云楼，圆的和昌楼、振昌楼、瑞云楼、文昌楼，楼与楼之间，似"黄金分割比例"建筑，东、南、西、北、中，以金、木、水、火、土相克相生而排列。

土楼，闪耀着客家智慧的光芒！

青褐色的土瓦，浑黄浑黄的土墙，长方形的土窗，逗引我们进入土楼大院。高高的楼层，环环相通，间间相连。经过中原兵火涅槃的黄氏祖先，在这儿同族安居，无疑将展示出一种凝聚力、向心力、对称性，正是我国儒家与道家凝结的经典！

"大红灯笼高高挂"，我举起数码相机，拍下"○""□"形中国红的灯笼圈，拍下黄家后裔吉祥的愿望；拍下雕塑、壁画、剪纸、楹联，拍下客家传统的文明！

　　在坑底仰望，土楼群像布达拉宫一样横空出世，层层叠叠，错落有致……

　　洋专家竖起大拇指："This is the EAST CASTLE!"（这是东方的古城堡！）

　　啊，土楼，

　　出神入化的土楼！

　　美妙绝伦的土楼！

2010 年 2 月 27 日

你，让我高歌

是追赶飞机、火箭，还是追赶流星？

流线型的"和谐"动车，穿越戚继光战斗过的瓯越海湾，跨过禁烟功臣林则徐的故乡榕城，然后到达热气腾腾的海西重镇厦门！

瓦特，蒸汽机的始祖。蒸汽机车壮汉般膂臂摇转红色巨轮，拉动了地球上的工业革命；雄狮般怒吼的汽笛，吓退了原始的农业时代；白龙、乌龙双双疾驰的列车，正是现代文明的图腾……

我，怀念你！

詹天佑，中国铁道元老。你的"人"字创维，粉碎了洋人的嘲讽，让崛起的中国铁路卓立世界营运之林……

我，感谢你！

孙中山，伟大的革命先行者。你绘就"建国方略"的铁路"图"，成为几代先哲的"宏图"，终于，终于在共产党的人民手中实现！

我，崇敬你！

"中长期铁路网规划"，新世纪的一座丰碑。是你的领跑，超越了俄罗斯，让不久的明天的明天，中国将佩上世界铁路冠冕的花环！

　　哦，我爱你，我拥护你！

"美国在高铁方面要向中国学习！"

奥巴马曾在北京谦逊表示。

一小时行481.6公里，像刘翔的110米跨栏，创造了世界之最。

"中国速度"，让美国战栗！

动车，低碳的化身，成为哥本哈根会议的焦点！

在丹麦，驶出一列节能减排的"气候快车"！

像家居一样洁净的绿色动车！

像春天一样温暖的和谐动车！

正在追赶飞机，追赶火箭，追赶流星的高速动车！

你，让我骄傲！

你，让我高歌！

2010 年 4 月 6 日

历史的珍珠

《曾经迷惘的少女》序

两年前，我是在《温州文学》杂志上认识魏丽红的。去年8月，在浙江省级风景区百丈漈举办的一次笔会上才了解她。年轻的姑娘，原是在海拔850米的文成与泰顺交界的革命老区桂山乡初中任教的语文教师。

诗歌，是诗人激情的火花。小魏正如一座活火山，似乎每日都在喷射炽热的诗浆。近两年来，写下四百余首诗歌，其中部分在《山风》《温州文学》《中国文艺报》等报刊上发表，且有的拿了奖，获得许多诗歌爱好者的厚爱。为了满足读者的要求，她从中筛选出几十首结集出版。

真诚，是诗歌的生命。她在追求人性的真善美的过程中，毫不掩饰地袒露自己的心绪，时而欢乐，时而迷惘，时而忧郁，时而酸楚。我从《心河》开始航行，看到"荷锄归来的农民/让溪流冲走/身上泥土的芳馨""农民挑回的/是对大地的一片深情"。同时，也听到姑娘在爱河岸边徘徊发出的心声："如果所有的漂泊都是因为我/我如何能/不爱你风霜的面颊。"我又似乎在沙滩上，听到她迷惘的低吟："恩恩爱爱愁愁怨怨/争取过也彷徨过/青春的扉页里/深深浅浅的脚印无数/我随心翻读/却只读懂了/——青春是一本很难读懂的书。"你看，当失恋时，又何等的痛苦："想见你又害怕见你/信封上熟悉的字迹/似乎给我不祥的预示/我颤抖着开启。"从这些诗中，我看到一位纯贞姑娘的心灵。

希腊诗人埃利蒂斯对诗歌下过定义：诗是使我们能接近超越自我的艺术。我看过小魏前期的诗歌，就这本诗集看，她的技巧已做到突破自身。在《不求完美》一诗中，作者把阳光、树叶、雪花、玫瑰与朋友这些实体意象与空灵、无形的"不求完美"连在一起，道出交友的真谛。在分行、节奏、押韵、用词方面，均有长足的进步。如"让我们把思念/尽情挥洒"，把原来的动词"思念"转化为名词；在"霞光不再迟疑/在破碎中泻下一片辉煌"，把原来的形容词"辉煌"转化为名词，增强意识的流动感。

我喜欢读诗，也曾经发表一些诗，但觉得越来越不懂诗。因此，对议论诗感到有点冒失。好在诗作者也好，读者也好，都有自己的主见，不会凭我道长说短所左右。作为相识的诗友，仅谈点印象而已。

最后，愿作者随着岁月的推移，写出更加成熟的诗作。我殷殷期待着。

1995 年 12 月 23 日

注：魏丽红著的诗集《曾经迷惘的少女》，由四川民族出版社1996 年 4 月出版。

历史的珍珠

  凡是稍有历史与文学常识的人，都知晓伟大的历史与文学著作《史记》及其作者司马迁。我国如果没有太史公，那么，从传说中的黄帝至汉武帝时代三千年的发展历史将是混沌一片。同样，我县如果没有邢松棋先生著的《庆馀轩文稿》（以下简称《庆》），自唐景云二年（711）有史记载以来的 1 300 年间的文成地域的许多极为宝贵的古人、古事、古物、古文等一串历史珍珠就会散落殆尽，湮没莽野。如此类比，请读者不要误会，不是将邢先生与太史公等量齐观，而是旨在从抢救文物、钩沉历史这一意义上说，邢先生是一位史海中的勇敢水手，捞起的著作的重要价值也就不言而喻了。

  邢先生自 1983 年至今的 20 余年来，跋山涉水勘察文物，呕心沥血考证古迹，夜以继日写成 17 万字。《庆》书分为《人物传略》《文物踪录》《考古发现》《要事补证》《序跋选辑》《诗词选录》六编，全书贯穿一个"古"字，让我们认识文成有悠久的文化，不辱刘基故里的后裔。《庆馀轩文稿》一书的意义在于：

  一是弘扬国人的民族精神。第一编以《千古人豪刘基》开篇，就让世人明白"立功、立德、立言"三不朽伟人刘基是文成人的图腾。近 700 年后的今天，为官的、为民的仍然学习刘基生性刚正、襟怀豁达、远见卓识、不徇私情的品格精神。国际性的刘基文化研究会在文成召开，是刘基精神成为中华民族精神的一种认可。所以，我们自豪地说，刘基是属于世界的，属于中国的，但首先是属于文成的。《千秋英烈刘英》，写的是深受群众爱戴的坚强的无产阶级革命者和党的优秀领导者刘英。他与他的军队的足迹，印遍文成的山山水水，石角林区、双垟包毛岭头、岭后三合、割草坳、下庄坳田，等等，现已成为红色旅游景点。我们一听刘英大名，一见刘英仪像，敬意油然而生，大家便不会忘记刘英及其军队为建立新中国而出生入死的革命精神、大义凛然的英雄气概。邢先生还记叙毛泽东同志七次接见的新闻泰斗赵超构，他热爱祖国、热爱共产党、热爱社会主义、热爱人民的思想品德，是我们新闻界与广大人民的精神财富。此编还选录仗义执信的律师邢弼、廉洁勤政的邢福庄等，这一系列的人物群像，就像星斗一样熠熠发光。

二是挖掘文物的瑰丽宝库。我县已查明文物点300余处，分为古遗址、古建筑、古墓葬、古窑址、摩崖石刻、古树、革命纪念圣地七大类，成为国家、省、市、县级重点文物保护单位30余处，还有县级文保点35处，文成可谓文物的瑰丽宝库。"踏遍青山人未老"，邢先生调往文化局工作以来，几乎跑遍所有的文物点，如国保刘基庙，少说也走了30趟。他登上金炉乡金山村的吴成七寨勘察，便写明"寨分上、中、下三级，顶部尚有石砌寨墙遗址一段，草皮下还遗存着大量的'火烧米'及陶瓷片、瓦片……""净室拈香，心持洁玉；慧门洗钵，手掬清泉"，邢先生旁征博引，带出了珊溪镇原项竹垟村的百步崖路边峭壁上的石刻题记，从宋至明代共刻13处，其中一处多达200字，内容记载捐资凿路、积德求子、游历年事等，题刻者来自周边六七个县。

三是钩沉古迹的深刻内涵。多少年来，石圃山的"石壁天书"与"仙人画马"，就像目前尚未解开的世界之谜——埃及金字塔是怎样建成的——一样神秘。他记起世界著名科学家李政道的话："向还没有开辟的领域进军，才能创造新天地。"邢先生便于1990年3月12日与张坳的徐炳藩、横山的刘锦图披荆斩棘上山。先勘察，然后游泳书海，从《正字通》《广韵》《说文》等古纸堆中，捞出"国""万""宝"字，并把"□"空格推敲填好，基本上解开"石壁天书"，这其实就是"摩崖题记"，及道教天师作法咒祭镇符的文字；通过"画面布局""落款题铭""画意破译"，原来的"仙人画马"就是"兵马岩画"，那是天师道的一种驱魔保太平仪式的画铭。邢先生又用整整两个月的时间考察，终于破译"石良坎岭摩崖题记"。题记之首，看后一般人如堕五里雾中，什么意思？理解比前例更加困难。经过深入探究，一是属于这日期的符号，即"二十一数"；二是属于行的变形文字，及"彳""亍"；三是属于古汉字的变形组合；四是属于多个上、下古字的组合。意为大清光绪甲申（1884）农历七月二十一日，此民间要道北往青田，南去玉壶，上通下达，行人上上下下频繁，祝愿行人舒意平安。"明知山有虎，偏向虎山行"，邢先生这种"打虎上山"的精神何等可贵！他发现"五代时期窑藏古物""南宋名相周必大墓葬"等10处古迹，并把材料详细记录之，还把"元浙南农民起义初探"等10处考证的古事古物材料公之于世。这位一大把年纪的文物与考古工作者，竟然解开了几十处古物谜底，钩沉古物的深刻内涵，其功不可没啊！

四是歌颂文成名胜的秀丽风光。请先看《贺富相国祠列县文保单位》一诗："富祖宋相何处宗，浯溪秀水一画栋。风云叱咤靖边患，韬略经纶达圣聪。身后民德彪青史，生前皇恩封国公。盛世寝祠列县保，溪山焕彩浴清风。"这是作者在1997年9月25日，西坑镇梧溪村民隆重庆祝富相国祠为县第五批文物保护单位时的即兴题贺。首尾两联绘出梧溪的秀山丽水，颔颈两联写出宋相富弼兴邦安民的功绩。梧溪，地灵人杰也！作者又写县级文物保护点黄坦占里玉泉山上的合觉寺古迹，即景生情，有"弥陀捧腹笑人痴"的观音殿，"八千壮士不全尸"的高阳寨，"难破刘基灯笼计"的黄呈垟岭，"泄露天机风雷炸"的打拳岩六处妙景，令读者神往。此编选的41首诗词，大部分是写我县名胜古迹的。如果说，前几编是以理性的说明文阐释物貌，那么此编则是以感性的诗词来表现其精髓，前后互相印证，让人深铭心田。他才思敏捷，词工律整，颇见功力，他从一个文物与考古职业者的独特视角观察与思考客体，比普通人写得更准、更深、更有震撼力！宋代苏轼曾说："古之立大事者，不惟有超世之才，亦必有坚忍不拔之志。"《庆》书的出版，正是此语的一个准确注脚。

邢先生为浙江省考古学会、省博物馆学会、省图书馆学会会员，是位文史专家。《庆》书二撰是他倾注毕生心血凝成的第二部文选，也是我县文物考古方面的第二部专著。在此，我对他拓荒的工作、执着的追求、写作的才华、不凡的成就，表示由衷的折服。

原美国总统约翰逊说："人生的任务就是前进。"邢先生不辞年迈，仍然不知疲倦地写作，续出二卷，不就是为文成前进出力吗？

2008 年 6 月 28 日

注：邢松棋著的散文集《庆馀轩文稿·第二卷》，由香港天马出版社 2008 年出版。本文为代序。

忠诚写在天地间

他曾是一位农民。农民的流血厄运，你会为之喟叹！

他曾是一位学生。学生的热血沸腾，你会为之感动！

他曾是一位战士。战士的铁血行动，你会为之崇敬！

他曾是一位教师。教师的造血精神，你会为之钦佩！

他曾是一位干部。干部的血红晚年，你会为之击节！

我一直敦促赵老写成这本书，我一直帮助赵老将沉淀的历史浮出水面。纵然是冰山的一角，也已成了一座光彩夺目的灯塔，指示着多少后来者航行！

有人问，你对他这么熟悉，究竟作何评价？

我喜欢用这七个字："忠——诚——写——在——天——地——间！"

2009 年 8 月 25 日

注：赵松桢著的自传《八万里路云和月》，由大众出版社 2010 年 3 月出版。本文为代序。

他，为"大写的人"立传

　　如果给文成县写新闻史，叶凤新是一位绕不过去的人物。自1980年至今30多年来，他为改革开放奔走呼号，为弘扬社会文明秉笔直书，赢得社会的广泛好评，仅新闻单位授予的荣誉证书就有近百本。现实中，草根和精英的界限很清晰，向上流动的空间很拥挤，成功的标准也颇为单一。如今出版的《大爱情怀》一书，筛选了50余篇通讯，其中写的大部分是草根人物与乡镇的基层职工等为社会进步做出贡献的劳动大众，正如列宁同志所说的"大写的人"。他们不是太阳，不是月亮，也不是星星，不是所有人仰头就能看见的人物，而是像撒落在草野间的闪闪发亮的珍珠，作者用眼去发现，用心去体验，用笔去挖掘，才串成珠链，令人注目，让人敬慕，让人学习，让人怀念。作者的功绩，就是为"大写"的人立传。

　　何谓"大爱"？大爱，即博爱，具体地说，就是爱祖国、爱民族、爱集体、爱全人类。《不懈不惰永追求》一文，写黄坦粮管所保管员蔡炳成，1994年8月，在百年未遇的第17号台风过后，抢修仓库，保护国粮，尽管老父亲生病，仍然坚守岗位；大孩子考进瑞安师范，也来不及去送；兄弟建房，也未曾帮上一工。这种"舍小家，保国家"的精神，令人感喟！岭后乡岭后村的郑富满，自发上山安营扎寨，劈山造林，坚持为荒山"绣"绿衣，在1983至1988年的6年间，独自一人营造出150多亩山林，使昔日的荒山秃岭换上绿装。

他这为人类依赖的自然环境添绿色，为社会生态和谐发展做出奉献的壮举，彰显英雄本色，令人敬佩。被称为"百姓的土法官"的周超侯，是西坑镇双田村调解委员会主任，6年来调处各类纠纷400多起，调解成功率高达98%，从未出现过一个"民转刑"案件。《高山义务筑路工》写西坑镇（原石垟乡）石门村68岁的农民叶郎球，坚持无偿筑路15年，用破畚箕30多副、锄头5把，1.5米的撬杠只剩半截。如今，已造好驮峰、寨后、坑底等3条各有2公里长的山路。如今他又将撬杠传给孙子，嘱咐他继承义务修路之义举，等等。书中的每一位人物，都给人们树起了"大爱"的旗帜，留下了"大爱"的榜样，为社会主义物质文明与精神文明鸣锣开道。

叶凤新为什么要写"大写"的人？为什么要表现"大爱情怀"？著名文学评论家洪治纲给《余华精选集》的序言《苦难的救赎》中说："在这个世界上，每一个人都在经历着只属于自己的生活，每一个人都恪守着自身独特的精神历程，即使写作也不例外。"百人有百种活法，有的忠实，有的狡诈；有的坚强，有的怯懦；有的高尚，有的卑鄙；等等。作者在搞好本职工作之外，发挥写作的强项，业余采访值得人们尊敬的人物，写成通讯，旨在扶正祛邪，为历史航船的前进推波助澜，所以，其作者生存的价值本身，就值得"大写"。我祝愿作者赓续不断地写出"大爱"的作品，奉献给"大写"的人。

2012 年 9 月 10 日写于文成水明楼

注：叶凤新著的通讯集《大爱情怀》，由时代出版社 2016 年 11 月出版。本文为代序。

《散写刘伯温》序

一

一个地方假若没有文化，说得尖刻一点，简直是一具没有灵魂的僵尸。浙江文成的南田，之所以独具魅力，名闻遐迩，就在于有深厚的刘基文化。尽管刘基属于中国，属于世界，但首先是属于南田。作为刘基后裔22代的刘日泽先生，倾其20余年的心血凝成的作品，进一步挖掘刘基文化，弘扬刘基精神，这是十分明智的选择。

作者利用业余时间写出20余万字的《散写刘伯温》（以下简称《散写》），从刘基的家世、精神、遗荣三维，立体地呈现一位著名政治家、卓越军事家、杰出文学家的形象。刘日泽先生是研究刘基文化的后起之秀，是我县继晚清民国时期宿儒刘耀东先生之后又一位研究刘基的学者。

二

《散写》一书，系统地梳理了刘基的文武世家。远祖中山靖王刘胜之后"将门世家，勇略兼具，军功显赫"。刘怀忠忠于北宋，与西夏在保安军之战中英勇牺牲。十世祖刘绍能守边疆47年，大小50场战役。九世祖刘永年从戎戍边，张方平称其"绰有武干，理戎严整，戍守边郡，颇著风绩"。八世祖刘延庆、七世祖刘光世，曾为捍卫大宋江山，立下卓著战功。而从六世祖开始便转为书香门第，刘尧仁为右文殿修撰，五世祖刘集为处士，四世祖刘濠为翰林掌书，祖父刘廷槐为元太学上舍，父刘爚为遂昌教谕。由此可见，刘基的爱国思想与满腹经纶，跟祖辈的文门武第息息相关。

《散写》一书，具体地叙述了刘基是"三不朽"伟人。一般人只知道"立德、立功、立言"，但不知道是谁在何时提出的。此书回答了这是春秋鲁大夫叔孙豹在《左传》中提出的："太上有立德，其次有立功，其次有立言，虽久不废，此之谓不朽。"而刘基的"三不朽"又表现在哪儿？作者在《刘基之"三不朽"》中做了具体叙述。三方面中，对于"立功"与"立言"，大家略知一二，但"立德"模糊。刘日泽先生对此做了具体论述："一是以民为本，以万民福祉为依归"；"二是为官清廉正直，敢于秉公执法"；"三是有功不贪爵禄，适时急流勇退"；"四是为人光明磊落，不搞拉帮结派"。

《散写》又写刘基是一位"琴棋书画"四艺皆具的江南才子。对于这一点，绝大部分读者是陌生的。刘基"善弹琴"，其用过的"蕉叶琴"现藏北京白云观，并作琴曲《客窗夜话》，而且还会斫琴。刘基又善对弈，常与朱元璋"战上一阵"，孟甫《明代海内推善弈永嘉棋派居第一》之《刘基父子与温州围棋》一文就是明证。"工书法"一节中，写刘基的行书《春兴八首诗卷》现藏于上海博物馆。行家评述，作品既洒脱，又严谨。"擅丹青"一节，写钱壮《松壶画忆》载："钱岭于氏藏刘伯温写梅一帧，似工细而不为绳尺所拘，其妙处非专门名家，而一花一蕊并秀色可餐可珍宝。"

《散写》还叙述刘基及其后代的遗荣。刘基作为"三不朽"伟人，世代受人敬仰，因而朝廷与民间，都为他及其后裔建立庙、祠、亭、坊、墓等古迹作为纪念。作者全面介绍了诚意伯庙、联簪坊、辞岭亭、盘谷亭、刘基墓，等等。

三

作家刘宇说："当我们静下心来品读每一个作者的作品时，其实我们本应该仔细体会每一个作者的心灵深处那些我们曾经拥有的美好情感。"

在刘日泽先生的《散写》中，我体会有四种美好情感：

首先，他具有浓厚的故乡情结。作者生于斯，工作于斯，对故乡的名人，即自己的祖宗刘基，耳闻目染，久而久之，便产生"要写"的欲望。我知道，他当年任中小学教师与校长期间，主要是写诗歌。后来调往南田镇（区）任秘书、办公室主任后，由于建立南田镇刘基研究会、县刘基文化研究会，他成为副会长。这样，他自然而然便开始写作有关刘基研究的文章，从此一发而不可收。

其次，他具有"滴水石穿"的精神。滴水石穿者，目标集中，坚持不懈也。去年12月9日上午，著名散文作家鲍尔吉·原野在2012年中国散文年会上给我们作报告，他指出成为"大师"的六个条件，第一条是"把所有的精力都集中一件事上"。虽然我们不可能成为大师，但做学问，想出成绩，原理是同样的。实际上，刘日泽先生最近20余年来，他一直朝"研究刘基"方向奔跑。写出的是20余万字，而平日搜集的素材至少达百万字以上。写了一篇又一篇，写了一年又一年，持续不断地在《国际刘基文化学术研究》《温州市刘基文化研究征文》《浙江工贸职业技术学院学报》《浙江儒学天地》《温州日报》《温州文明季刊》《温州论坛》《文成刘基研究》《今日文成》等报刊上发表，而且质量上乘，上海师大博士生张宏敏在《刘基思想研究》一书中，曾经多处引用刘日泽先生的文章作为自己论点的支撑。可见其见解独到，颇受学者赏识。

再次，刘日泽先生具有多思务实的态度。宋学问家晁说之云："为学之道，必本于思。思则得知，不思则不得也。"作者正是遵循此治学原则。《南阳诸葛亮南田刘伯温》一文，首先要研读《三国演义》《刘基评传》《刘伯温评传》等大部头作品，然后以犀利的眼光索玄钩沉，对两个人物进行对比，拟出《千年一遇相似身世》《刘备三顾茅庐朱元璋三请刘基》《先荆州后西川先友谅后士诚》等六个小标题进行论述。"意在笔先"，如果不认真思索，无论如何是不能写好两位"军师"的。我读完《刘基诞辰 700 周年暨第 4 届刘基文化节》一文，刘日泽以青田、温州、文成三地的庆祝活动归纳出十个亮点进行叙述，洋洋万言，别说落笔后耗费精力之大，仅仅条分缕析的构思之难，就令你咋舌，如果没有沙里淘金的干劲，写得出吗？作者不属学院派，没有在象牙塔里从理论走向理论，而是一位行走大地的拾贝者，从草根出发，将遗落在民间的一颗颗珍珠捡起来，串缀成一顶璀璨的皇冠，令人注目，这就必须花一番实际的功夫。有关刘基及后裔的字、画、谱等，不是一蹴而就的，而是一发现蛛丝马迹，就穷追不息，直到完璧归赵。有关南田福地的数十个庙祠、亭、坊、墓等的文章，不是亲临参观记录一次，而是三番五次地去观察，对稿件一而再再而三地修改才能完成的。如果存在急于求成的心态，结果都会被功利发酵成垃圾。

刘日泽先生还具有挖掘、弘扬、保护刘基文化的责任感。《刘基故里文化资源开发之我见》一文，作者是从感性提高到理性上认识的，从"青田、俞源与文成之比""正确处理好文化与旅游的关系""正确处理旅游导向和游客消费的关系""打好地方节庆文化品牌为发展旅游经济服务""怎样做好刘基故里旅游资源开发"五方面进行阐述。我常与他在县委宣传部、文化局、纪委、刘基文化研究会召开的多次会议上碰面，几乎每一次都听到他为发展文成旅游事业提出建设性的意见，与会者拍手叫好。不仅如此，凡在南田镇政府工作期间，常亲临乡村布置：督促检查庆祝活动的准备工作。在申报《刘伯温传说》、"太公祭"为国家级非遗，和申报南田镇为"市级历史文化名镇""省级旅游强镇"等工作中，更是焚膏继晷地搜材料、写报告，不遗余力地完成任务，真正实践青年诗人育邦在 2007 年 10 月悼念诗人余地的文章所写的"他从一开始就知道自己是谁，他的使命是什么"这句话。

四

写到这儿，话似乎已经说完。根据自己的写作体会，还要啰唆几句。研究历史，不能有堂吉诃德那种浪漫主义和理想主义的态度，而是要像学者专家所说的："板凳要坐十年冷，文章不写半句空"。刘日泽先生算是做到了后者。在论物质化的今天，许多人不择手段敛钱，死心塌地做车奴、房奴、卡奴，为自己及子孙谋"福祉"，而少而又少的人坚守"历史研究"这个冷门，做个苦行僧，为了什么？为的不是水泥大厦，而是建造"大庇天下'愚'士俱欢颜"的精神大厦。从这个层面看，刘日泽先生按捺住寂寞、清贫，而夜以继日研究刘基文化数十年，扛起"铁肩担道义，妙手著文章"的壮举，不令我们钦敬吗？

2013 年 1 月 5 日

注：刘日泽著的《散写刘伯温》，由中国文联出版社 2013 年 5 月出版。

他，为正能量给力

一

著名杂文家徐迅雷在《远见有多远——刘基如是说》之序中写道："时光把所有的一切淘汰之后，留下的是人文；距离把所见的一切拉远之后，凝聚的是文化。人文是人创造的，创造璀璨人文，不灭文化的人，他本身也成了人文文化的一部分，成为人物，成为名人，留给人间，留给后世。那是最可宝贵的人类精神遗产。"

包学冠先生的乡土纪事《满路芳华》，无论是时间和地点，还是人和事，业已成为过去，但留下的却是永恒的精神。作者也成了文化的一部分，成为我省市著名的新闻人物。

为什么留下的是永恒的精神？因为他，提供的是正能量。为什么成为著名的新闻人物？因为他写下数量"超多"、影响"超大"的新闻作品，为正能量给力。

二

《满路芳华》一共选收作者30年来的187篇新闻作品，按性质分为五个单元。其文都是记述故乡山区县散发泥土馨香的故事。

《新风篇》记述的好党员、好老师、好妇女、好司机、好侨属、好父亲、好儿子等，计有 83 篇。这些好人好事弘扬的是中华传统美德：社会公德、职业道德、家庭和个人美德。展现的是敬业、诚信、友善的社会主义核心价值观的基本内容。从个人角度说，他们个个都蕴含有雷锋的精神。朴素地说，他们个个都懂得作为社会中的人，一定要做一个有益于社会的人，自己无论对任何人、任何事，都要对得起自己的良心，做一个立于社会真正的人，这些人布成光彩夺目的"雷锋星空"。

作者又借用曹操的《龟虽寿》中的"老骥伏枥，志在千里"诗句，集成"老骥篇"故事大王、"六最"老干部、古稀老干部、十佳老教师、"钻石"夫妻、铁军精神、弓竹排传人等，渲染了"红霞尚满天"的情景。

此外，《养生篇》提供的正是家乡老人长寿的秘诀，光介绍百岁及以上老人事迹的就有十多位。《再婚篇》又用生动的事例，说明老人再婚是社会的进步。

尽管五类文章性质不同，然而，其表现的主旨——正能量是相同的。

三

《新闻学概论》（李良荣著，复旦大学出版社）对中国新闻媒体的基本性质做出界定："新闻媒体既是党和政府的耳目喉舌，也是人民的耳目喉舌。"为了托起中华民族伟大复兴的"中国梦"，我们就需要正能量。

何谓正能量？正能量原是物理学名词，引申为社会学名词，指的就是"一种健康乐观、积极向上的动力和情感"（《党员正能量》，国家行政学院出版社）。《满路芳华》正是体现了作者这一正确的写作宗旨。

在共产党领导下，省老区促进会慰问文成革命老区老党员，义乌文成商会慰问分水村老人、退休教师夏玉林义务挑疮60年，表现的都是视民如子的大爱情怀。

《天翻地覆慨而慷》一文，洋洋万言，条分缕析成清清楚楚的七个部分，证述在中国共产党领导下珊溪镇翻天覆地的变化。

侨属胡永居在周壤乡周墩村投资2 500万元，建成文成县第一座华侨休闲公寓，无偿提供作温州市孝廉基地。东溪乡艺溪的原乡侨联主席叶董茂30年回报乡里163万元搞建设，等等，表现侨眷深沉的爱国热情。

共产党员林绍领和胡景义克服重重困难，创办"残疾人综合养殖场"，留学德国的硕士包绍谋夫妇回老家桂山办猪场，他们继承了自力更生自主创业的传统美德，是今天励志教育的典范。

《这个媳妇真难得》《七旬寡妇照顾精神病儿二十五年》《一个女儿和四个爹娘》《千载孝道，万里不辞》等，正是"孝道，中国人的血脉"的真实注脚。

包先生写的地方新闻，无论是有关国计民生以及人们切身利益的"硬新闻"，还是有关地理、历史、自然等富有人情味、纯知识、纯趣味的"软新闻"，都是"健康乐观、积极向上的动力和情感"，发散的都是源源不断的正能量。

四

纵观包先生的新闻作品，其特点有六：一是全面报道，不拘一隅；二是语言平实，不事雕琢；三是形式灵活，不落窠臼；四是主旨深刻，不流肤浅；五是时效性强，不滞后；六是长期坚持，不懈笔耕。因此，作品令广大读者所喜爱。

唐五代词人牛希济的《生查子》中写"记得绿罗裙，处处怜芳草"，每每看到包先生层出不穷的作品，我就十分钦佩他的勤奋精神。

波兰女诗人辛波斯卡在一首诗里说："清晨 4 点没有人感觉舒畅。"可是美国洛杉矶湖人队的"篮球天才"科比·布莱恩特，却在清晨 4 点起床，坚持到 6 点，上午继续练习，直到当天投中第 800 个球才罢休，天天如此。后来在同样时间，竟能命中 1 000 个球。天哪！这简直是神话！

没有闻鸡起舞的勤学苦写，怎能写出 2 300 余篇的奇迹？这比职业记者还牛！包学冠先生是新闻战线上的科比！

法国 19 世纪伟大的批判现实主义作家巴尔扎克，以顽强的毅力，一生写了 96 部作品，共创造了 2 472 个栩栩如生的人物。我想，包先生写了那么多新闻作品，报道的也不会少于千位有贡献的人物吧！

包先生，你给人们送上这份最可宝贵的精神大餐，我向你致敬！

五

包学冠先生是位成功人物。

我还是重复在《一本厚重的书》代序中写过的话："一个人想要活得有价值，自己必须为社会创造价值。"从 81 岁的包先生身上，我发现几个亮点：

包先生业余从事新闻写作，为社会主义建设鸣锣开道。自 1983年开始，至今 30 年，牺牲休息时间，发表诸多新闻作品，获多级媒体荣誉近 100 次。假若在我市县评选"范长江新闻奖"，非他莫属。

长期以来，包先生是珊溪街头村推行孝文化的带头人之一。从孝文化的理念，孝文化的内容，行孝的形式，孝文化的坚持和影响等元素，形成"街头孝文化现象"，他是"现象"的名副其实的"领衔主演"。

我之所以在此不厌其烦写上几点，旨在说明他不仅用"文字表

达"新闻，而且用"行动融入"新闻（他的事迹被多个媒体报道），
证明他是为正能量给力的新闻名人。

2014 年 4 月 16 日

注：包学冠著的散文集《满路芳华》，由九州出版社 2015 年 2 月
出版。本文为代序。

《中华翁氏历史名人选编》序

名人，是一束亮光，引导你走出深幽的隧道；

名人，是一架梯子，帮助你爬出黑暗的枯井；

名人，是一座航标，指示你登上理想的彼岸。

假如进一步解读，阅读名人选编，会让他们的精神化为自己的精髓，会让他们的形象焕发自己的光彩。从这个意义上说，翁仞袍先生整理翁氏"国故"，是一件承前启后的开山之作，值得庆贺。

翁先生原是学校的校长，退休后，书法又取得令人注目的成就。年近古稀的今天，索玄钩沉，端出《翁氏历代名人选编》这盘精神大餐，难能可贵也。

浏览全书，三千年来，尽管历史的天空风云变幻，但灿若群星的人物依然熠熠发光。家族虽小，却名人辈出，那"翁氏三虎"，那"六桂联芳"，那"一室三公"，那"状元门第，帝师世家"，那中国的"地球物理勘探之父""控烟之父""输油第一人"，那为数不少的"科技之家"等，馈赠给后人的是勤劳俭朴之德，耕读传家之风，淳笃友爱之行，忠心报国之功，这为传承翁氏宏业，为提升翁氏传统文化底蕴，为创建文化强国做出了贡献。尤其在社会道德价值取向多元的当下，出版此书有着重要的现实意义。百尺竿头更进一步，我殷切期望翁先生为挖掘地方文化，赓续不断地做出努力。

2014 年 8 月 1 日于水明楼

　　注：翁仂袍编的《中华翁氏历史名人选编》，由新民印刷公司 2015 年 4 月印刷。

《花都赤韵》序

    诗词是中国古典文学的瑰宝，为继承古诗词，笔者曾师从作家杨奔、诗人陈麟振，私淑著名词家吴军。说实话，我的习作并不多，而阅读量倒还算不少。今天，拜读民间艺术家吴祖元之公子的《吴瑾诗词选》，感慨系之。

    吴瑾具有执着的艺术追求。梦想是创造的坐标。著名画家凡·高这样解释他的创作冲动："我一看到空白的画布呆望着我，就迫不及待地要把内容投掷上去。"吴瑾似乎同样如此。我在散文集《绿色长廊》中的《夏游天顶湖》一文中，游西段山背的土地庙时写道——

    我们兴致勃勃地步上林木翳然的夹道，看到雕梁画栋。正堂横匾四个繁体银字，这是当地十源青年书法家吴瑾写的，太苍劲了。左右两壁飘逸的行书，写下长江波澜壮阔的气势，渔翁独钓江边的悠闲。慢天与宫壁，用工笔绘有五颜六色的游龙、飞凤，互逐的麒麟，这简直是一座民间艺术的殿堂。

    无论是书法还是绘画，青年时的吴瑾，已在刘基故里及瓯越一带崭露头角。原来在诗词、书法、绘画、雕塑俱佳的父亲熏陶下，吴瑾从小就从事丹青，三十余年来从不间断，尽管远涉重洋，在创业期间仍然坚持诗书画三管齐下，且卓有成效。最近收集的诗词中，就是吴瑾儒商人生的标志。他与众不同的，就是在追求物质成功的同时追求精神的胜利。

诗词具有强烈的爱国情怀。吴瑾在法国经商二十余年，他不裁红剪绿，不写酣歌逐舞，昼夜不忘的是生于斯长于斯的中国。其诗词就是他的"汉节"，就是他的信物。

在他的风景诗与多篇抒情诗中，眷恋的是祖国的人、景、物。《有感文成巨变》："离家赴法廿多秋，总是家国不系舟。"

《旅法感怀》中的"无限寂寥游子意，风华忆尽秋意浓"。《感怀》中的"岂料风水轮回转，故国已改貌翻新"，"神州盛世不归去，空负时光惆怅吟"，还有《回乡偶感》一诗的末尾"晋用楚材烦恼梦，知还倦鸟已沧桑"等等，真实写出自己的心路历程：当年赴欧淘金的动机，目前祖国变化的可喜，花都生活的厌倦，故乡田园生活的憧憬。即使在风景诗中，笔下也离不开文明古国的高山大川，名胜古迹。如"时人凭吊仰先哲"的武侯祠，"润之咏诗震九州"的黄鹤楼，"山峦素裹绝微尘"的黄山雪景，"留得声名千古在"的刘基墓，等等，这就进一步印证作者血浓于水的故国情结：月是故乡的明，人是故乡的亲。

作品具有绘画与音乐的美感。吴瑾本来就是位绘画能手，又是一位摄影爱好者，同时谙熟民族乐器。他匠心独运地将照片与诗歌并列一处，收到图文并茂的效果。在写景抒情的诗词中，也就自然而然呈现绘画、音乐的形象性。看《时光流逝年复年》："晨雾微风到堤前，树荫倒影水中天。山村古韵寒烟翠，流逝时光年复年。"《亲朋聚会话古今》："麒源五月故乡行，风暖熏人唤野莺。林隐深深苔掩绿，山峰迷迷傍径迎。溪流湍急深潭翠，岸涩幽香碧水清。偷得浮生闲一日，亲朋聚会踏春晴。"还有《曲径通幽》《人向学识不羁身》《百丈漈景区瀑布》等，都是绘声绘影的形象诗。诗歌将视觉、听觉、触觉、味觉有机交织在一起，将情、景、意熔于一炉，确有清人王夫之读谢灵运《登上戌石鼓山》诗所写的"情不虚情，情皆可景；景非滞景，景总含意"。一首首诗词犹如一幅幅有声有色的画面奉赠给读者。

苏轼对盛唐王维诗曾这样评价："味摩诘之诗，诗中有画；观摩诘的画，画中有诗。"诚然，我们不可将作者与王维相提并论，但作者对诗词有绘画美与音乐美的刻意追求，已是难能可贵。长此以往，一定会有丰硕的收获。

著名的漫画家、散文家、诗人丰子恺先生有一句名言："人生就是三层楼，第一层是物质生活，二层是精神生活，三层是灵魂生活。只有像弘一法师站在三层……"我们不可能都达到像弘一法师一样的境界，但完全可以登上两楼。吴瑾已经背起行囊出发了。今天，他出版第一本诗词集，很值得庆贺。在诗词创作的道路上，要达到完美，还需走很长很长的路，还要加强诗词理论的修养，还要加强语言的锤炼，还要不断地进行创作实践。如果这样，我想，"吴瑾"这块玉，一定会放出夺目的光彩。

2015 年 1 月于文成

注：吴瑾的诗集《花都赤韵》，由法国太平洋道通出版社 2016 年出版。

《栖息地》创刊寄语

夏者，生长之季也。值此六月，《文成公安·栖息地》经过多年孕育而光荣诞生，犹如文成古之枫、温州之榕、陕北之槐，撑起蔽天遮日之浓荫，让旰食宵衣的"金盾"们驻跸，栖息身心，为正能量给力，这是警营文化建设的一朵奇葩。

何谓正能量？《党员正能量》一书《前言》解释："正能量是一个物理学名词，运用社会学进行解释，那就是一切予人向上的希望，激发人们不断追求，让生活变得圆满幸福的动力和情感。"

请看新民主主义革命时期以降的报刊：1915 年创办的《新青年》，李大钊等树起了"五四"新文化运动的旗帜；1930 年"左联"成立后，陆续出版了《拓荒者》《萌芽》等刊物，为现代革命文学鸣锣开道；1941 年延安创办的《解放日报》，为伟大的抗日战争鼓与呼；数十年来，《人民日报·大地》副刊，成为宣传社会主义革命和建设的色彩纷呈的文学园地。她们是为正能量给力的最有力的诠释。

再看《栖息地》的创刊号。

警察是怎样的一种职业？"警察"英语译为"police"。我国古汉语解释，便是"警之于先，察之于后"。《人民警察法》规定："公安机关的基本任务是维护国家安全、维护社会治安秩序，保护公民的人身安全、人身自由和合法财产，保护公共财产，预防、制止和惩治违法犯罪活动。"正如《警察与酒》一文中说的："警察这个职业讲究的是团队，每个同事都可以说是出生入死的兄弟。"而《警服里有一颗赤子心》则用艺术的语言表达："你选择了公安，你的生活方式就属于形形色色没完没了的现场，就属于厚厚薄薄短短长长的案卷，就属于响彻山谷呼啸城镇的警笛，就属于身上的藏青色！"但是，为了造福百姓，为了共和国的大地春晖，公安战士没有后悔，警服里怀揣的是一颗赤子之心。

请看《南田派出所那些事儿》里，"胖子头儿"被犯罪嫌疑人拖行了近70米后，罪犯最终落网。为两瓶洗洁精之事，让作者"委屈得真是梨花一枝春带雨"，后来，所长批评竟然"吹面不寒杨柳风"。

《她，真的很美》写西坑是世外桃源，有着"悠然见南山"的生活意境，还有"煮酒论英雄"的气魄。她是一首诗，一幅画。

我觉得，"真的很美"的不是田园山水，从真正意义上说，而是有信仰、能坚持的所有冲锋在前、神兵天降的公安战士！

我觉得，每一位公安战士，都是一个音符，谱成了慷慨激昂的《人民警察之歌》！

当前，我们处于改革开放的攻坚期，经济体制的转型期，社会矛盾的凸显期，社会上不可避免地积淀了一些负能量。所以，每个人都需要正能量，每个团队都需要正能量，整个社会更需要正能量。只有这样，才能消除负能量的干扰，才能给国家、给民族、给集体、给家庭、给个人带来安全与幸福。

在此加强"除恶治乱"的当下，出版《栖息地》，为社会注入正能量具有很大的现实意义，《栖息地》为广大公安战士修身正己、净化灵魂的练场，从而争做人民满意的人，争做最好的自己——

站立该是一座山！

倒下应是一条河！

2015 年 6 月

注：《文成公安·栖息地》，2015 年 6 月出版。

同音者相和兮

35 年前的 8 月 29 日上午。

浙江省文成县西坑区小墙外的岔路口。

我与他同坐一辆小型拖拉机上路。

51 岁的他，怀揣任石垟林场学校副校长（主持工作）的调令，携着 4 位家眷，拎上大包小包。

41 岁的我，怀揣任石垟林场学校教师的调令，携着 2 位家眷，拎上小包大包。

嗒嗒嗒嗒嗒，嗒嗒嗒嗒嗒，颠簸在崇山峻岭之间，终于到达 30 里外的海拔 800 米的石垟林场学校。

这是一所十分简陋的学校，严格地说，这是一所残破的学校，不仅校貌残破，校风也残破。前一任领导之间矛盾激化，教师、学生之间鸿沟很深，这是众所周知的事实。

没有仪器室，更没有实验室。仅在原办公室墙上，孤零零地挂着一副大黄色的大三角板，一副大黄色的两脚圆规。图书室呢，本来就没有，仅在办公室一个旧柜里，找到几本老旧的教科书。

他与我，就在这样一个一无所有的学校里"从头越"。

他，就是富旭老师。他，远在 1953 年就是西坑区小副校长，后遭三起三落，在"文革"时期，又误写一个"无"字，而被打成"现行反革命分子"，回农村炼狱 8 年，直至 1978 年 8 月才重返教坛，1980 年 8 月才真正恢复元气。

我于 1959 年师范学校毕业，次年就任西坑区小教导主任。自1966 年至 1979 年，几度浮沉。我也是"文革"的一个受害者。1980年 8 月，我竟然被调往石垟林场学校任教初三语文兼班主任，原来缘于富旭校长的极力举荐。

我与他，仅是年龄相距 10 岁，但都是文成县教育战线上的"老运动员"，都是同时立过胜利纪念碑与失败耻辱柱的人。现在，居然在同一条命运之船起航，勠力同心，驶向改革开放的新岸！

贰

他着手整顿校风。

我着手整顿班风。

我决心搞好初三这个老大哥班为表率，这就是我的教育目标，这就是我对新任校长的最大支持。

当时，初中三个班，小学五个班，同住一个学校。公办教师仅是民办、代课的二分之一，因高、中等师范毕业生派不进穷山区的穷学校。学校存在歪风邪气：教室排座位，个子高的学生硬要坐前排听；个别学生在校外，暗地与有意见的"单挑"；个别学生有小偷小摸现象；寝室熄灯后，仍然讲粗话脏话……

根据班级实际，制定班规，定期进行自我检查，形成你追我赶的新局面。同时，我利用语文教学这块阵地转变学风：成立"绿叶"文学社、出班刊、评讲作文、讲故事比赛。此措施得到富旭校长的赞许，并在精神上与物质上予以支持。多名学生的文学兴趣保持至今。他们常常提起当年学习语文的深刻印象。初三班学生富晓春，将演讲的故事《诚实的诈骗犯》写成了作品，发表在当年全国发行量最大的上海《故事会》上，后聘为县文化馆创作干事，县文学刊物《山花》编辑，后又升任为《文成报》副总编辑，出版了30余万字的新闻专著《留守大山亦风流》。现任西坑中学副校长的胡加斋，曾在《温州文学》《广州文艺》发表作品，并出版短篇小说集《山里山外》。现任电大校长、社区学院主任、县文联党支部书记的周玉潭，其散文《夏游铜铃山》获常人难以企及的《中学语文教学》杂志征文一等奖，论文《关于教育，刘基告诉我们什么》，获温州市社科联、刘基文化研究会合办的征文一等奖。他们分别都加入了省市作家协会。

石林中学在1981届文学爱好者的领跑下，后来几届，在刘际高、周玉潭（大学毕业后又派回母校任教）、刘际玉等语文老师的接力下，学生急起直追，王永贞、周怀春、叶仕平、周莹莹、周光禹，还有职工朱赞全，纷纷秉笔写诗、写散文、写散文诗、写小说、写杂文，形成一个石垟林中的"文学星座"，活跃在我县、我市的文坛上。

有人笑称："石垟林中出才子。"

这，就是富旭老师长治校期间肇始直至后来逐步形成的石垟林中的"文学现象"。

叁

富旭老师任校长期间，改善了办学条件：

建起能坐500人的大礼堂；

筑起总长300米的两条石岭；

创办有价值20余万元仪器的省重点配备的农村实验中心；

新设有100余平方米的实验室。

校貌美了，校风正了，教学质量提高了。

他，在岗时，来不及写文章。退休后，现已值86岁高龄，仍戴上老花眼镜，在斗室追寒逐暑地笔耕，既打捞千年古村梧溪的历史，又写时评教育令人奋发创造未来。近年，越写越多，几乎每月都有一两篇在报刊发表，且越写越好：内容有深度，思想有高度，语言有力度。一年前，我在他家谈论写作时，建议写一写三村五地流传的"富梦春"。他写了，写得精彩，题为《三千租的叫化子富梦春》。梧溪富氏第29代的梦春，家有三千石租（每年可收租谷18万斤），可他嗜赌，一夜输掉"12个肉榨"，即240斤银元，后来讨饭，躺在灰铺角死去。文章告诉我们，吃、喝、嫖、赌是家道中落的根本原因，从而启发后人要做"文明人"。

我读了富老师的《梧溪散记》，他确实遵守散文写作的情真这条根本原则。常言道："家丑不可外扬。"揭人家的丑难，揭自家的丑更难。他却敢于叫板祖父，《聪明的"败家子"》这样令人眼睛一亮的文章，我是多年没有见到了。殊不知，写出如此贬刺自己上代的文章，需要多大的勇气！

祖父，名铺琅（1885—1949），字冠真。"祖父热心助人，从不贪别人便宜，深得乡人尊重。但成年后学会赌博、抽鸦片，曾祖父留下的180多石田租以及祖母在养源头的6石随嫁田，全部被他卖得一干二净，甚至连灰铺、菜园都不能幸存。"他继续写了多个细节，文末甩出振聋发聩的结语："祖父的一生，是吃、喝、烟、赌的一生，全家人都苦不堪言，唯有他不识'苦'字。"

瞧，对祖父的"劣迹"可谓一针见血！入木三分！

富老师富有高度的社会责任感，既喜写光明的一面，又敢于揭露阴暗的一面，体现了一个中国传统文人的正直品格。正反两面，但殊途同归，正如散文作家赵玫所说的："散文让尘世充——满——温——暖。"

肆

他与我是老同事。

我与他是老朋友。

数十年来，学习上互相切磋。

数十年来，工作上互相支持。

值此他八十诞辰，我赠联纪念。自撰联词，特邀书法家温州师院副院长毛政敏书：

富老勇踏刀山剑树

旭师欣迎燕舞莺歌

郑重先生在《作家文摘》中说："我觉得老年人都是宝贝！俞平伯的道德修养，哪里找去啊……夏承焘的词学研究，冯友兰那种学问，朱光潜那种与世无争，那种大度，都找不到了。"

我觉得，自己不是大家，并不像"宝贝"那样重要。但是，生命是可贵的，因为生命是一场善待自己的旅行。富老师，我俩都是七八十岁的老人，往日，配合默契，今后，正如伟大的诗人屈原在《七谏·谬谏》中写的"同音者相和兮"，必须继续携手，共同坚守自己"用口与笔给后辈留下知识"的信念。尤其像我俩是浴火重生的老者，在不长的余生中，以适度的劳作，逐渐弥补已逝的荒废，以内心的强大去战胜外表的衰老，未来的人生，要好好活着，要好好活着啊，像燕一样，好好舞蹈；像莺一样，好好歌唱。

2015 年 8 月 29 日

写于文成水明楼

注：富旭著的散文集《梧溪散记》，由现代出版社 2016 年 11 月出版。本文为代序。

《君自故乡来》序

近些年，陆陆续续有人找上门来索"序"，这让我很尴尬，才疏学浅，明知自己不能担当，每每谢绝。但是，可爱的人儿总是顶回：你是我的同乡，我的同事，我的老师，我的朋友，我信得过，等等，对方的至诚，往往很难推托，于是乎，贸然接受。今天的朱赞全同志，就属于"我的同乡"。

他出书了，这是喜事，首先表示庆贺。

一

我俩同住浙南文成的一个小山村，况且我俩的老屋仅一墙之隔，尽管我长期工作在外，回家还是时常往他家转转，他少年时我就认识。但认识他的文才，却还是八年前。散文《红枫古道》，居然在2007年8月10日《温州日报》发表，并获"瓯越山水"旅游散文大赛奖，这对有志于写作的青年作者来说，无疑是极大的鼓舞，对于素不见他创作的我来说，是有一些惊愕。

我惊愕他的文学灵性。文成的大会岭，即浙南最出名的红枫古道，又早又长又陡又红。可是我在上初中、读师范、教书时整整走了九年，也不知道去写一写，他仅行走一次，竟然灵犀一点通，文章可圈可点，而且社会效果可佳。

"这篇文章一发，游客增加不少。"县旅游局反映。

究其文，灵性点在结尾"红枫古道，是首亘古的绝唱"一句。然后用"运载着"四个排比句抒发。末了，如一首歌曲在高音区拔了出来："红枫古道，是具有向上力的岭，是有着传奇色彩的岭，是载着悠悠历史的岭。"他把自然与人文结合起来，把现实与历史结合起来，把你与我结合起来，这就是灵性的诠释。"到了文成，不能不看红枫古道。"余音戛然而止，高亢有力，富有号召性。

我惊愕文章结构的绵密。读此篇《红枫古道》，请注意段落的衔接。

"蝉联"（又叫"顶针"）修辞是纽带。第一段的开头，从遥远的北京香山的红叶起笔，在本段结尾道："最具代表性的还数大会岭。"第二段开头重复尾乎："大会岭离县城三公里外……"介绍了典故之后尾写："从此就再也流不出米了。"第三段开头："米是流不出了，但长岭还是留下了。"接着写人们造岭栽树，便在煞尾点出标题："红枫古道"。"红枫古道就像是一架天梯。"第四段开始详写红枫古道的春、夏、秋的迷人景色，便以"没有秋天的枫叶，那么，秋天就不成其为秋天了"收束。第五段开头不再像前面几段用"句"蝉联，而是用"季节"蝉联："肃杀的冬天，从来给予人的联想是凄凉，是荒林，是红叶……"这样语句一环扣一环，形成连锁的形式，有鲜明的音乐节奏感。然后，又用连串的比喻、排比、层递修辞交互运用，把红枫古道和盘托出。

二

我读了数不清的文章，很少有这样的激动：《北国之冬》读后，我恨不得明天就跟作者去东北过冬。

全文洋洋洒洒九千字，对于单篇散文来说，已经够长的了，可是我还是爱不释手。

首先，我赞赏其选材的独创性。德国民族文学最杰出的代表歌德曾写："独创性的一个最好的标志就在于选择题材之后，能把它加以充分的发挥，从而使得大家压根儿想不到会在这个题材里发现那么多的东西。"他写下雪，他写门窗，他写玩雪，他写东北女人，他写雪原，他写毛蛋，他写冰糖葫芦，他写冰冻，他写踩高跷，他写杀年猪，等等，近20件事，概而括之，就是以"雪"为线索，把"下雪""赶集""过年""冰城"四个部分串了起来，突现了北国的"冬"。当作者选取富有特征性的题材后，竟然有"那么多的东西"如数家珍，行云流水般告诉读者看的、听的、吃的、玩的、用的、男的、女的、热的、冷的、动的、静的、红的、绿的……谁不为他喝彩？

　　我赞赏他捕捉细节的能力。《散文选刊》主编蒋建伟在《被隐藏的细节》里说："一篇好文章读者往往记住的是一两个细节，一两个句子。"我体会此话很中肯。东北冬天赶集路上有两个场面：前个是五个"小"："一个年轻的小伙子，牵着一头小毛驴，小毛驴挂个小雪橇，小雪橇上坐个小媳妇，身着一件小红袄。火得就像是在茫茫的雪原上燃了一堆篝火；红的就像是在茫茫的雪地里插了一面旗帜；这种突兀的美，就像是在一望无际的沙漠里突然出现了一片绿洲。"后面有"四层"：老牛、板车、鞭子；孩子、妈妈、汉子；羊皮袄、狗皮帽；微眯了的眼睛，双手笼在袖子里。一看，就像在电视新闻里的两个特写镜头，富有生机活力。再看"玩雪"："特别是半大的孩子们专拣结了冰的河道玩，一只脚往后一蹬，双脚一并，就'刺溜'一声，像阵风一样从河的这头滑到河的那头。"写"媒婆"扭秧歌，我边读边笑出声来，其外貌与动作，把她的滑稽性格表现得淋漓尽致。

　　我还赞赏民间语言的运用。"关东城，三大怪，窗户纸，糊在外，姑娘叼个大烟袋，生个孩子吊起来"，一首民谣，形象地画出东北妇人的生活习性和工作习惯。"冰糖葫芦哎，冰糖葫芦啰！"一声声吆喝，衬出市场的喧闹。"三九四九冻死狗"，一句谚语，写出东北零下二三十度的寒冷。"窗外飞风雪，拥炉开酒缸"一句，形象地拎出东北人的

"猫冬"方式。在叙事过程中，穿插具有深厚地方色彩的语言，鲜活、简朴、生动，比之学院式的严肃，如一缕清风吹过，振作阅读精神，这给几近不用民间口语的80后作家送上一帖清醒剂。

三

我清楚，朱赞全同志有两个故乡：第一个是生于斯、长于斯的浙南文成；第二个是在军营工作八年的吉林柳河三源浦场站。正如作者在《火车开动前的那一刻》结尾写的"再见了，东北；再见了，我第二个故乡"。

《君自故乡来》这一标题，贴切。全书写了南北两个截然不同故乡的自然景观与人文景观。"君"，这是给对方的尊称。从读者看，君，是作者朱赞全，他从两个家乡姗姗走来，让我们慢慢咀嚼30余篇散文，身临浙南文成山水：古道的红枫、天下第一瀑的百丈漈、华夏一绝的铜铃山、风月无边的龙麒源、深山奇葩的仙人谷、波光灯影的泗溪、七夕多情的月老山……去感受北方风情：军营的月韵、战友别离的脉脉含情、哺育中华民族的黄河、白雪皑皑的东北平原、盛京沈阳的一门一楼一阁两殿的奥秘……从作者看，君，即是广大读者，请你去故乡，去游大江南北，享受祖国河山的壮美，享受祖国人民的真与善！如果你悉读此书，是否会产生作者"号召"我这个南方人一样的"恨不得明天就跟作者去东北"的律动？

会的，我想。

2015年9月10日

注：朱赞全著的散文集《君自故乡来》，由现代出版社2016年11月出版。

《永存坚与贞》序

王永贞的散文集《永存坚与贞》即将出版，我感到欣喜。

评论人家的散文很难，因为评论者需要站在民族高度、历史高度、哲学高度上。人贵有自知之明，我觉得自己不够资格，就只能从师生讨论的角度谈点印象而已。

王永贞的散文创作起点较高。20世纪八九十年代，散文诗创作井喷，在省内外报刊频频发表，作品受到广大读者的喜爱。可惜，他的百余篇文章前几年意外遗失殆尽。近些年任报刊记者、编辑，也许由于职业关系，也许年纪渐增，阅历日富，于是开始写散文、随笔小品，锱铢累成《永存坚与贞》。

小说与散文区别的根本标准是虚与实。小说虚构，散文真实。而在散文中，又可分为虚散文与实散文。像书中的"人生感悟""记者手记""创刊寄语"属于前者，"故乡情思""游山玩水"属于后者。

孟子说"言近而指远者，善言也"，意思是叙写身边事又意蕴深远，是善言。我很爱读"人生感悟"，其因就在此。《饮茶读书写作》一文，从人家与自己一边品茶，一边读书或写作，成为一种习惯的琐事，悟出"饮茶读书写作，相佐相融，其境清静，其味雅淡，其笔神驰，其乐无穷，真是壶中乾坤大，笔下岁月长"。《走着走着……》写一个人从婴儿至白发，每时都在行走，他写"每个人都是导演和编辑，在那生命赐予的场地，安排着主线，编辑着故事。更重要的是，在这个过程中，成长造就出的意义"。他又指出人生是一场博弈："从一出生每个人就注定是个赌徒，区分的只是愚蠢的赌徒和聪明的赌徒，如同有些人为了昨天而输掉了今天，如同有些人为了今天却赢得了明天。"《寂寞人生路》写自己在乡下工作，后到城里工作，把读书写作当作孤寂的两件事，却觉得非常幸福："这一份孤独，为破书所陪；这一份寂寞，为残墨所伴，淡泊而清闲，宁静且幽远。"再说由于现代交通工具日益发达，自行车、助动车、三轮车、汽车满街跑，步行的人自然日趋减少，但他却喜欢步行，为什么？作者在《步行的好处》结尾画龙点睛地道出人生哲理："最简单的，往往就是最幸福的；最浅显的，常常是最深刻的；最原始的，可能就是最科学的。我喜欢步行。"写到这儿，我记起 20 世纪 30 年代的老作家梁实秋的小品《散步》，他是从"怎样散步"切入的，如散步不一定到山明水秀之处，不需要伴侣，散步一定要在清晨，等等。王的抽象，梁的形象，但殊途同归，告诉大家要好好散步。总之，开首几篇，围绕"人生"主旨，由近及远，由形而下的世界向形而上的世界推进，这就是本书的特点之一。

文成，是作者王永贞的故乡，是生态旅游县，又是全国的长寿乡之一。当前文成的旅游业正迈向全国。由于生于斯、长于斯，他对故乡一往情深。"游山玩水"十七篇，有大半是写文成的。如重出江湖的全国第一高瀑百丈漈，"壶穴奇观，华夏一绝"的铜铃山，畲乡梦境龙麒源，桃源胜景猴王谷，心心相印的月老山，还有野趣迭出的石门岭红枫古道，等等。一幅幅山水画，都在作者的笔下呼之欲出，把"我"摆在自然中，将自然融入"我"的情怀里。

"故乡情思"主要写人，写魂牵梦萦的父亲，写坚强、慈爱、宽容、勤劳的母亲，写解不开情结的母校，写房前依然挺立的梨树，写凝结乡愁的邮票，其中都离不开作者"我"。根据现代新的说法，都是"在场主义散文"。2008 年，以周闻道、周伦佑为首的散文家与文艺批评家发表了《散文，在场主义宣言》一文，提出"在场主义散文"强调的就是散文作者主体的在场与作品客体的去蔽，"在场主义散文，就是无遮蔽的散文，就是敞亮的散文，就是本真的散文"。中国作家协会至今已举办六届"在场主义散文奖"征文活动，但不能说已经普及"在场主义"，但已发出信号：倡导作者要亲临社会，写出美感，写出感情，写出理性。

"故乡情思""游山玩水"两辑，从第一人称出发，写"我在场"所做所见所闻所感，但要敞开自己的心扉，无遮蔽地抒出情怀，写出气节，谈出思想，介入"文化人性"就不太容易了，这正是每一位散文作者，包括王永贞，也包括我自己，所要共同努力的。

著名作家贾平凹在《相信自己创作》中鼓励我们，既然把自己交给散文这个神，就要相信自己的力量，相信自己能把事情干好。王永贞将出第一个散文集《永存坚与贞》，从现在起步，相信自己的创作能够成功，请把文学的"坚与贞""永存"下去。

2015 年 10 月 12 日写于文成水明楼

注：王永贞著的散文集《永存坚与贞》，由现代出版社 2016 年 11 月出版。

他，踩在故乡的土地上

　　一看标题，本书就属"乡土文学"。所谓"乡土文学"，原是 20 世纪 20 年代特定背景下出现的一种文学现象。鲁迅在《中国新文学大系·小说二集导言》中写道："蹇先艾叙述过的贵州，裴文中关心着的榆关，凡在北京用笔写出他的胸臆来的人们，无论他自称为用主观或客观，其实往往是乡土文学。"显然，"乡土文学"是迅翁最早提出来的。鲁迅先生本人就是"乡土文学"的先行者，代表作品有小说《孔乙己》《故乡》《阿 Q 正传》，散文《从百草园到三味书屋》等。描写湘西世界的沈从文，其《湘西》《西行散记》，开启我国现当代"乡土文学"的先河。20 世纪末与 21 世纪初，就出现一大批"乡土文学"的拥趸。近百年来，我国许多作家一直踩在故乡的土地上，写最熟悉的人事，抒最诚挚的情感。80 后的女作家包芳芳，也是踩在生于斯、长于斯的文成故土，打开她的文学页码的。

　　作者毕业于丽水学院英语系，2008 年从事村官工作。在长达六年的不官不民的生涯中，写出她的根据地桂山鲜为人知的故事。2014 年考上公务员，又分配到她所热爱的刘基故里南田工作，更是如虎添翼，佳作迭出。最近，结集七年来写的近百篇散文出版，很值得庆贺。

　　作者在《跋》里言："我开始从自我的樊笼中找到了走出惆怅的路口，写作方向也转向乡土，原本就对山、对水、对古道、对村庄钟情的我，渐渐用心去看文成，看外面的世界。"这就道出她拥抱"乡土文学"的心声。

综观全书，篇幅简短，语言质朴，感情真挚。她记文成人，写文成事，绘文成景，以"大爱"为神贯串成一个整体。

一写女村官作者的爱。她写珊溪的毛崇夫、罗茂盛、坦岐的16位烈士，她写南田的大明军师刘基及子刘璟、后裔画家刘守群，她写建设鳌里祠堂的木匠程圣海、周光正等，旨在崇尚乡贤的优秀品质与高贵精神。她沉痛叙述自己关心过的孤寡老人毛圣考、毛振配、毛振凯等相继去世，表现作者的悲悯，同时向社会提出日益突出的空巢老人的安置难题。此外，《在那山花烂漫的地方》《武阳八景》等文章，以点带面地写出文成山川的美丽。她为什么要写这一切？回答得很响亮："原来一切因为爱着。"

二写乡村干部的爱。桂山的村支书毛定辰，因村民无自来水，便亲自爬上陡峭的岩壁去接饮用水，后来推为三垟、桂库等四村引水工程的负责人。当村民有水喝的时候，他却意外地患上鼻咽癌。在经过四十余次的化疗、放疗的炼狱，直到口腔溃疡的当儿，还从上海医院致电村官该交代征收医疗保险费之事。为平息毛某与黄某七只鸭子引起的火并，珊溪派出所民警火速赶到，及时调解了纠纷。南田镇领导干部在一次次的群体事件中，做耐心细致的思想工作，从而妥善予以解决。正如作者写的："一年下来，我觉得这里的干部，像灯塔一样，为一切夜里不能航行的人，用火光把道路照明。"

三写温州仁爱义工的爱。义工队与革命老区、贫困山区的桂山结对，每年均有两次扶持。他们带慰问金、生活用品发放给10多位孤寡老人，并整理房间，还帮助洗身体、理发。同时，给因病致贫的儿童家属发放可观的救助金，还有书包与手套。桂山因为温州仁爱义工队的慈善行动而美丽。

此外，散文还写母女、父子、夫妻间的天伦之爱，德邻睦里之爱。作者之所以浓墨重彩地叙写"爱"这一世间的永恒主题，写家乡骨子里的精神，目的是为和谐社会提供正能量。

文学理论早就告诉我们，细节描写就是塑造人物的方法之一。作者在多篇散文中运用细节描写，让读者感到文章的魅力。《加油，村书记》一文，写村书记毛定辰在上海肿瘤医院就医时，妻子陪着。"他不想吃饭，她陪着也不吃；后来，终于看着他吃完了，她才自己吃起来。开水呢，他时常觉得不是太烫，就是太冷，她没有嫌他唠叨，总是默默地吹着，吹着。有一次，他发现她的泪竟滴到了水杯里，而她呢，为了掩饰就瞬时转过头去，之后又回过头来说是自己眼睛最近不舒服，叫他赶快把水喝了。""当他出血的时候，孩子就会默不作声把地上沾满血的擦巾纸，一朵一朵地捡起来，好像捡的不是纸，而是爸爸的希望。"看，前者妻子对丈夫的爱怜之情，后者儿子对病父的孝敬之态，一并跃然纸上。此外，对陆乔芝的"缺席"门牙，搬运工将水泥背上货车等一系列的细节描写，既形象，又真实，都能让读者走心。《你的样子》用第二人称，回忆分娩宝贝的涅槃过程，似乎预备给她的女儿看，写自己在临盆前前后后的喜悦、恐惧、痛苦、希望相互交织的多个细节，与出生过程的节奏同步，让母子之爱荡气回肠，唤起天下人孝敬母亲的良知。

刘勰在《文心雕龙》中曰："文无采行而不远。"如《花骨挺立》，写刘基在高安任上秉公执法反而被朝廷误解，刘基哀叹"满腹荆棘无人锄"。在元末，为建议灭方国珍，反而自己被免职，羁管绍兴，刘基捶胸："天际草离离，鸿雁南归……清露自凋枫自落，没个人知。"洪武四年（1371）解职回乡，口不言功，过着"半亩荒园自看锄，懒闻世事往来疏"的生活等。行文中，引经据典，信手拈来，恰到好处，使散文增光生色。

文学是语言的艺术。《散文》主编汪惠仁指出："天赋应该建立在自己的语言系统，而和这一系统最为靠近的就是文学了。"包芳芳的文学语言开始发出个性的光亮，言简意赅的哲理性句子频频出现。如"漫古道，漫步在历史的云端""走进黄曲寮，走到了过去，发现了现在""对望同一月空，放飞同一感受"等。这是作者勤奋行走、真情体验、精心提炼的结果。

我相信，作者在今后创作实践中，遵照贾平凹提醒的，我们要以"夸父追日"精神追赶散文的脚步，既要阅读 20 世纪二三十年代兴盛时期一批大家的作品，又要阅读当下铁凝、王安忆、苏童、余华、鲍尔吉·原野等人的美文，吸收其营养，让自己慢慢长大，长出一个全新的自己。

2016 年 5 月 7 日写于文成水明楼

注：包芳芳著的散文集《我是文成多情客》，由现代出版社 2016 年 11 月出版。本文为代序。

《太阳下的拼搏》自序

　　有文友问：早年你写诗歌、散文、散文诗，后来怎么又写起报告文学啦？

　　我回答：报告文学最能体现时代精神。

　　这样说，似乎太正经。其实，正是报告文学非虚构的特质，让我爱上这种体裁。

　　1980年8月，我调进文成石垟林场中学任语文教师。学校坐落僻静山坳，周围被密密麻麻的树木包围着，学校与三户林工宿舍毗邻，每一天，我几乎与林工一同呼吸。他们给我讲了许许多多难以忘怀的故事：南京林学院进修回来的叶志谦，带领队员勘测，用脚丈量吴垟的山山水水，后为场长，一干就是三十余年。第一批老工人在与猴子争食的荒山秃岭植树造林。党委书记林炳齐用箩筐挑来两个儿子在林场扎根。王宝元彻夜守候偏僻林地的灌木丛，带火炮与破油箱吓唬野猪与虎豹。长住车木厂的苏孔夫，多年用的竟然是漏气的破锅盖。林炳齐给一位48岁的单身汉郑钦德，介绍配偶成家，等等。他们表现的是怎样的一种精神啊！不把他们写出，就是愧对披荆斩棘的建设者呀！

　　究竟如何表现？要迅速、全面、深刻反映职工艰苦奋斗、团结友爱、爱场如家的精神，最合适的就是"报告文学"这一体裁。于是，我重温曾经读过教过的《西瓜兄弟》《谁是最可爱的人》《为了六十一个阶级弟兄》《一九三六年春在太原》等课文，与高校的《文学概论》，进一步掌握报告文学具有新闻通讯的真实性，小说的文学性，政论文的议论性，在写作上做了精神准备。前后采访了 27 位职工，经过两个半月的业余琢磨，8 000 字的《绿的旋律》，1982 年，终于在温州地区的文学季刊《园柳》第二期，以首篇推出，打响文成县报告文学的第一炮，获得散文作家杨奔、温师院副教授侯百朋的点赞。

在省市作协领导的关怀下，后来又写出《他真的化作了山脉》《让山乡插上翅膀》《彩虹》《他在坐标上跋涉》等篇，相继在《温州日报》刊出。

我继续学习名家名作。徐迟的《哥德巴赫猜想》、理由的《扬眉剑出鞘》等，获益不少。后来采写的《永远的敬仰》《铁山风云》《他是最富有的》，分别在《湖南日报》《浙江联谊报》《中国民族》报刊发表，有的还获奖。

2000 年退休，阅读与写作时间相对充裕。研读白描、何建明、冯骥才、袁亚平等名家作品，揣摩其中素材的剪接、主题的提炼、结构的安排、语言的运用、人物的形象创造等艺术特色，使自己的创作水平有了长足的进步。

2006 年冬，我在夏衍的《生命之光》的《关于报告文学》中读到，他从泰兴路行走 10 多里，必须在凌晨 4 时 15 分工人起床前赶到杨树浦工厂观察，还要千方百计化装进厂"调研"，就这样整整坚持了 3 个月。他在《关于报告文学》结尾明确指出："说到底，还是那句老话，报告文学最可贵之处就在于真实，在于时代精神，而不在其他。"

我记住夏老这句"老话"。为写《净化地球的魔术师》，我自费从文成去上海两次，长住 8 天；为写《一面高高飘扬的旗帜》，与作者彼此登门 20 多次，查阅其总结、规章制度 3 本计 10 余万字；为写《农民藏书家陈志光》，我从温州瓯海梧田去永嘉瓯北镇他家 6 次。

内容查实，"猪肚"有了，还需要有个"凤头""豹尾"。如上述三文，根据温州与文成的地方特色，融入勾践、东瓯王驺摇、谢灵运、刘基、鲁迅等历代元素与霓虹灯、节能、反腐、"敢为天下先"的现代元素，遵循南北朝刘勰提倡的情采、声律、丽辞要求，推敲语言，使开头结尾做到"辞约而旨丰，事近而喻远"。

为增强文章的可读性，我首先注重小标题的设计。除了传统的以数字、揭示主旨的短语外，我积极探索既准确又醒目的小标题，自己归纳出下列十二法：一、音乐语言贯串法（如《他高唱〈从"富山"走向"冰洋"〉》《绿的旋律》）；二、时空递进法（如《净化地球的魔术师》《戎马序曲》）；三、回答法（如《他真的化作了山脉》）；四、引用俗语法（如《一面高高飘扬的旗帜》）；五、数字法（如《彩虹》）；六、短语排比法（如《绿叶对根的情意》）；七、因果法（如《他在坐标上跋涉》）；八、象喻排比法（如《夕阳托起朝阳》）；九、人物答语法（如《农民藏书家陈志光》）；十、文学语言分层法（如《谁持彩练当空舞》）；十一、引用诗句法（如《我心中的丰碑》）；十二、提示回答法（如《他是最富有的》）。这样，以花样翻新的小标题为纽带，艺术地处理叙述、切断、电影分镜头式的结构，避免冗长与呆滞。

其次，为绕过叙述的单调，于是采用人称变换法，如《他在坐标上跋涉》《他是最富有的》，让"你""我""他"三种人称交替使用，使视觉不会疲劳。

向"志足而言文，情信而辞巧"方向努力，功夫不负有心人，上述的《净化》《一面》《农民》等篇陆续在《中国报告文学》杂志发表，《绿叶》《他高唱》两文在《人民文学》征文获三等奖。同时有多篇报告文学被吉林、作家、中国文联、大众文艺等出版社收入出版。

《太阳下的拼搏》收录本人30余年写的24篇报告文学，按工业战线、军事纵横、综合建设、文化艺术、伟人名片、凡人小事分成6

个单元，不设单元标题。文中插入多帧照片，一是增强视觉冲击力，二是说明内容的真实性，三是立体地表现人物形象，四是有助升华主题。

世上的人都在讲故事。有的用口头讲故事，有的用笔头讲故事，而绝大多数用行动讲故事，其实每个人也都在听别人讲故事。首先，我听别人讲故事，然后以报告文学方式讲故事给别人听。

诺贝尔文学奖获得者莫言道："用文学的方式讲好中国人故事任重而道远。"事实正是如此。文学是人学，报告文学要表现人的命运、人的感情，写出"人的丰富性，以及人的丰富性所呈现出的人类灵性与终极的向善与美的力量"。我自知能力不逮，与要求相去甚远，今后必须继续深入生活，提高写作水平，愿广大文学工作者一道，肩负起讲好中国故事，传播好中国声音，展示好中国形象，让世界读懂中国的历史使命。

今天，本书得以出版，首先要感谢文中的主人公、报刊与出版社的编辑，向题写封面的书法家、温州教育院毛政敏院长，及一切为此书付出心血的同志，一并表示感谢！

2016 年 6 月 1 日写于文成水明楼

注：徐世槐著的报告文学集《太阳下的拼搏》，由现代出版社 2016 年 11 月出版。

吴岸的时代表情

一

美国作家的《怀特随笔集》里说："书可以是一个人床上的伙伴。"真的，我床的一半是书，有《史记》《鲁迅选集》《蛙》《战争与和平》《静静的顿河》，等等。近日，又多了一部书稿《山里山外》，很有生活气息，让我不忍释卷。

《山里山外》是一位镇校副校长、中学高级教师胡加斋的短篇小说集。他住在浙南最偏僻的山村吴岸，出生在一个贫困的农民家庭。

35 年前，我任他初三班主任兼教语文。他内向，不多言语，甚至有点羞怯，成绩倒很优秀。从心理学角度分析，他属介于黏液质与忧郁质型，此气质的人有一个很大的特点，就是一旦对某事发生兴趣，便坚持到底，心无旁骛。我曾讲评过他写一次活动的精彩片段，深受同学钦佩。后来，他从汉语言文学本科毕业，便边教书边写作，历时十余年，作品陆续在《延河》《江南》《广州文艺》等刊物发表，目前已成当地报刊的专栏作家，温州市浙江省作协会员，现正在出书。由此看出，他具有多数写作者所没有的文学定力。

何谓定力？定力是佛教语，是佛和菩萨的十种法力之一，谓坚信精进，专为坚定之心。当前，相当一部分作家心态浮躁，有"短篇小说不过夜，中篇小说不过周，长篇小说不过月"的急就，没有"十年磨一剑"的耐心。胡加斋却相反，长期以来，朝着小说的文学坐标竞走，终有建树。在他的带领下，家乡涌现一群文化人，这也正是原"一穷二白"吴岸在新时期的变脸。

二

当前，中国最出色的小说散文还是写农村题材的。鲁迅的绍兴水乡作品，沈从文的湘西小说，莫言山东高密的《红高粱》《四十一炮》，韩少功的《山南水北》，杨献平的《南太行乡村》等一批"乡土文学"，一直备受读者关注。《山里山外》，正如诗人高凯所写的"每一个方方正正的汉字姓氏后面，都跟着一大群有血有肉的人，演绎着一辈辈百姓的故事"（《百姓故事》）。

作者很会讲故事。首先讲述"弱势群体"生存的艰难。《山里人家》写六十多岁的独臂郎中，被毒蛇咬伤为保全性命而自残，因年老无后，便收留一名父母双亡而沿途乞讨的哑姑为孙女，两人相依为命。《独居的老人》中那位八十多岁的长烟公公，陪伴他的只是一条黄狗，一把自制的二胡，一根长长的竹子烟筒，一具当床的棺材，最后便在棺材里寂寞地死去。《向前，那里是太阳升起的地方》中的老倔林福坤，为挖草药而掉下深涧跌断左腿，咬紧牙关，忍着伤痛，熬着饥饿，排除恐惧，冒着风雨，逃过洪水，爬上山壁，经过两天两夜的挣扎，终于挨到老家，面对光芒四射的朝阳。这些底层人物在作者的笔下，表现了强烈的求生欲望与顽强的抗争精神。

其次，描写传统伦理道德与性欲冲撞而走了偏锋。《箍桶佬与打铜佬》的主人公克林与金茂，同住一屋，生产生活互相帮助。克林经常外出箍桶赚钱，家事委托金茂照顾。一次回家，发觉金茂与妻子同床，被克林打醒逃走。金茂痛悔不及，回来另建房屋分居。在以后的生活中，金茂以多次行为表示悔过、赎罪，而克林却铁石心肠、恨之入骨、老死不相往来。由于人物的性格、文化、修养的差异，在特定的环境下，感情逻辑超过理性逻辑，逆忤了传统伦理，从反面教训中警示后人必须恪守天伦走正道，"遵纪守法"创和谐，也表现了作者对这些人物的谅解、同情与怜悯。

再次，赞扬了我国传统的孝道。《山里人家》的哑姑娘被独臂郎中收留，殷勤服侍老人。当永昌住他俩家休养期间，由于哑姑的热情与永昌的温情，于是产生爱情。因为爷爷身体尚健，这时，哑姑的爱情天平倾斜了，便要跟着永昌回家，爷爷也默许。"结婚以后，永昌发现，哑姑整天呆呆的，没一个笑脸，有时还偷偷地哭。永昌明白，哑姑一定是想她爷爷了。"于是，生了孩子满月后，丈夫理解她，便又送她回爷爷家，一直服侍独臂郎中"落山"。她感到已经尽了自己的孝心，便又想念丈夫孩子，重回枫树坳。《梨花飘飞的季节》中的丽云，是甘肃泰安黄家坡人，生活贫困，嫁到温州梨树湾之后，丈夫李来福患白血病不幸去世。当民警询问丽云是回家还是留下来时，"丽云犹豫了一阵子以后，还是决定留了下来，在她看来，来福母子俩的心灵就像院子里的梨花一般纯洁"。一次，婆婆踩空摔下瘫痪在床，丽云百般服侍。一夜泥石流把她的房子压塌了，丽云一个人把婆婆背到三里路外的土地庙，前后四次将米、用具、菜等运到此庙。过后，丽云自己在老屋基用石垒成小房子。最后，把婆婆服侍"归山"而回甘肃老家。这表现了我国妇女"孝"的传统美德。

最后，揭露现实官场的不正之风。少数党员干部，前期表现优秀，取得群众与领导的信赖，一旦当上单位主要干部，便用权柄役使下级或有关的人，丢掉党章，忘记"为人民服务"的宗旨，专读"自我"单元，开始演绎利益输送方程，推出"有权便变坏"的负数。当下媒体披露落马的大小官员，便是旁证。《梦幻人生》中晓玲要求调动，孙副局长与刘书记的双簧，揭露了其道地的流氓嘴脸。《调动》塑造的主人公静文，为照顾年迈的父亲与孩子读书，要调到坑口区小任教，整整15年，每一次研究，都以"石岭乡校离不开他"而搁置下来。而那些业务比他差的，因是领导的裙带关系，很快平步青云，急速安排舒适单位，其中的经济、政治贿赂昭然若揭。正直无私的王科长批准了调动，他却因积劳成疾，长期郁闷而亡故。当王科长亲赴墓地哀悼时，"王科长是静文的什么亲戚啊?"这一入木三分的讽刺，正戳痛了当下人事关系的暧昧，其结尾像重锤一样敲打着"权贵"业已昏厥的神经。小说用几个同类情节告诉我们："不受曰廉，不污曰清"的关于廉洁的定义。

综上所述，作者让人物本身走向前台，通过富于特征性的细节，通过鲜活生动的民间语言，自然地表演命运，写出了"乡愁"，这是此小说的可圈可点之处。如果从更高的要求看，个别短篇如《小柿子》，情节发展不够充分，离开小说的元素而靠近了散文，日后，应继续加强文学理论与创作实践的结合，逼着自己更加提高创作的横杆。

三

我两次读毕书稿，每一篇均给人震撼。之所以如此，源于作者生于吴岸，长于吴岸，有丰富的生活积淀，这正证实著名作家阎连科说的，只有真正找到了自己能够生根的文化土地，"你的故事才能飞扬起来"。

收束，我声明一句，今天率尔成文的所谓"序"，旨在文学需要一代代人加入。

2016 年中秋写于水明楼

注：胡加斋著的短篇小说集《山里山外》，由现代出版社 2016 年11 月出版。本文为代序。

他用生命去写作

——叶凤新新著《石门村志》序

　　2016 年春，作家朱先树在西安全国散文作家会议上，给我们作《如何写好散文》的讲座。他指出："你用生命去写作，你的作品才有生命。"

　　此语非常经典。

　　文成县财政地税局干部叶凤新，正是此名言的实践者。

　　他用生命去写作，去写《石门村志》。他曾积累三十余年的文章，终于在 2012 年 10 月出版——《凤鸣新韵——灯下絮语》丛书一套 6 册：《大爱情怀》《琐事杂谈》《求索足音》《信息集锦》《田野见闻》《易经成语》。之后，又全身心投入《石门村志》的写作。

　　请看下面几例。

　　天气陡变，冒着风雨查迁徙。2015 年仲春的一天下午，他徒步去石垟林场的上斜调查叶族迁徙情况。中途忽然下起大雨，因没带伞，待跑到孙山自然村时，已淋得像个落汤鸡。幸好碰上叶氏宗亲，马上拿出干净衣服给他换上，然后用吹风机吹干衣裳，才避免出访的尴尬。

　　皮开肉绽，忍受疼痛访徐祖。同年夏末，作者去富岙漈头山查访徐姓根源。因坡陡岭峻，不小心摔了个大跟斗，致使脚踝、脚趾、手肘皮开肉绽，鲜血淋漓，只好咬紧牙关，一拐一拐地走过银周村、富岙桥、牌坊底、黄岙，最后到达吴岙，才找到《徐氏宗谱》，查清徐姓贤达到石门入赘的原始出处。

翻山越岭，勒破衣裤溯郑源。同年秋初，作者与郑世忠、郑文忠、叶旭东、刘国标四人，同往景宁畲族自治县澄照乡芦茜岭村追溯郑氏祖先。此前正逢强台风，公路多处被泥石流阻断，只得徒步上山。因一路无人问津，仅凭电线杆判断方向，后来才知多走五六里冤枉路。在这荆棘丛生的山窝里穿梭，把新购来的衣裤勒破好几个洞。好不容易找到保管《郑氏宗谱》的老人住处，说已搬迁居住县城鹤溪镇，后又下山返回白鹤村，乘车赶往景宁县城，才如愿以偿。

家庭琐事，放权卸担让妻挑。从 2013 年春确定写村志起，作者将大大小小的家务全撂在妻子叶凤茶肩上，自己专心调查研究，撰写书稿。一年 365 天，几乎未休息过，有时妻子唠叨几声，他婉转地安慰几句后，又骑着"飞鸽"老牛车"飞"往办公室。

由于他用生命写作，所以，《石门村志》才有强大的生命。

生命在于记录石门村整整 1200 年的历史。从主姓叶族来说，你们的始祖是谁？是春秋时期属楚国的著名的政治家、军事家、思想家叶公诸梁。石门的始祖是谁？一支是唐宪宗（李纯）元和九年（814），叶嘉举家从丽水松阳向温州西南徙迁，寻找安身之所。当时长幼始住东岸（后更名叶岸）。后于唐元和十五年（820），叶嘉携妻带其第四子永藏从今之叶岸迁居石门，属南楚郡。从此，青田八都南楚郡人数虽然不是很多，但这是叶姓聚居此地最早的一支。另一支是清光绪二十年（1894），从青田县汤垟乡西天村迁来的叶泰美，属南阳郡。自石门始祖至今已传 42 代，子孙分迁依仁、让川、赤水垟、花甲岭、十六界、枫树亭、杨山底、上斜、上垟、都铺、西里等地，农业人口 3 800 余人。其他郑、黄、刘、王、包、朱、金、徐、梁等姓氏的源流都有详述。如果没有村史，正如古人所述的，则"百里之地若蒙若昧，江淮名胜几同草莽矣"。

生命力在于总结石门历史政治的经验与教训。明清地方官员清楚地认识到"史以鉴古今，志以资治理"。清乾隆二十一年（1756）因大饥荒，一斗米价2 000文，民不聊生，饿殍遍野。何故？朝政被大臣和珅操纵，他富可敌国，不管百姓死活。中华民国二十九年（1940），青田群众性闹饥荒斗争展开，石门农民自发地反对国民党政府派粮，同自卫队发生冲突，缴了10多支枪。官逼民反啊！新中国成立后，2005年9月1日的第十三号"泰利"台风袭击石门，狂风夹带瓢泼大雨导致泥石流，县级文保单位叶氏宗祠被淹没，压死5人，压伤5人，坍塌民房3座11间，受损民房43间。在各级政府关怀下，终于让76户285人，安置在仰天湖新村，建起新房80间。自改革开放30余年来，水电路等基础设施大干快上，群众生活水平迅速提高。两个社会两重天，封建、半封建半殖民地社会，统治阶级为极少数人谋利益，所以绝大多数劳动人民口诛笔伐，奋起反抗。社会主义社会政府遵照"以人为本"的原则，为广大人民谋福祉，因而百姓感恩戴德。这就是石门历史足以资政的表现。

生命力在于石门村志发挥教化作用。"志以往，鉴来兹，将以观民风，定民志，存乾坤之正气，通宇宙之大观，扶世翼教，与国史相为表里。"这就是古人对地方志教化作用的诠释。北宋庆历八年（1048），石门叶姓太公惟简、居玉兄弟俩，与高僧心空和尚一起，将倾颓的在八角亭边的小古刹移建梭源，即现在的安福寺，为今日要建成"东方佛国"打下基础。南宋建炎四年（1130），寓处州南明山裔孙叶梦得，敬述识志先谱系序《南楚叶氏世谱古谱序》。明正统五年（1440），诚意伯裔孙刘貊，为《叶氏宗谱》撰写《赠南楚叶氏谱序》。叶氏宗祠始建明万历年间（1573—1620），清嘉庆十九年（1814）扩建。清至民国，石门炼铁的文明盛举，闻名文景青泰四县。村志又记历代职官叶永春、叶武成、叶武顺等22人。当今，在村党支部书记黄耀平、村主任王永平的组织发动下，叶郑黄刘王包朱金徐梁等姓不分你我，勠力同心，爱祠如家。集资70万重建叶氏宗祠。2012年冬，作者叶凤新出版丛书6册，计110万字，为石门村的开山之作。2015年又建公路、文化礼堂，郑世忠倡建鹤影湖。2015 年，王铭君以 686 的高分，成为文成县理科状元，录取武汉大学攻读。2016 年 10 月，王永贞的散文集《永存坚与贞》在时代出版社出版，石门村的文学又上新的台阶。如此之例，不一而足。上述说明石门祖辈与今人重视文化建设的远见卓识，团结的精神，和谐的气氛，足资后人效法。

生命力在于具有石门村文化特色。《石门村志》注意突出地方特色、时代特色、村志特色。该志是著述石门综合历史与保存文献典籍的主要载体之一，也是地域祖先优良的文化传统，自成体系。洋洋 70 万字，其著述集思想性、科学性与资料性统一特点而引人注目。该志的撰述理论与叙事方法，深化了"三新"在改革开放内容记述方面的优势和特点。以"新的观点、新的方法、新的材料"（胡乔木《对地方志工作的指示、批示》）打破门户之见，不墨守成规，积极与相关专家和研究机构研讨，以深化内容记述，这是《石门村志》在学术上的创新和突破。编者就村志攸关民众吃、穿、住、行、教育以及"以事系人""以人系事"等缺乏鲜活资料的实际状况，展开系统调查和口述访谈，并从调查样本和口述资料中整理出相关内容，以弥补村志所缺的最新资料，充实了官方文献所缺的社会舆情资料，较为圆满地解决了社会内容资料短缺的问题。通过增加这些内容的记述，使村志内容与各种机构部门的"官谱"色彩相比有所淡化，与"衙门"机构以"文牍档册"汇编成志的成分对比亦有所弱化，而增加了具体内容，记述有骨有肉、经络分明、纵横交织，赋予村志贴近大众、贴近社会的综合著述形象。

生命力在于《石门村志》的体裁创新。村志坚持"无根之语不得入志"的原则，将注释列为志书的体裁之一，这是《石门村志》的创新和突破。该志以注释为体裁，在衔接志稿相关历史背景和珍贵资料、注明资料出处等方面被广泛使用，起到了与正文主题呼应和延伸的作用。其叙事方法灵活多样，主要采用了边注的叙事形式。全志页边注将近 20 条，一些注释内容甚至超过正文分量，如第十一章

《文化艺术》第三节《谱牒文化》之五"辈分行第——当代叶氏总字辈歌诀",第十四章《民风习俗》第二节《生产习俗》之二"劳作俗成"(青柴好烧)典故中的罗文秀等,其形式和内容兼具解释性、说明性、追记性、评议性、延伸性等功能,并且克服了方志"一般不注明出处"的志弊,秉承"多闻阙疑、无征不信"的著述原则,既增强了村志的规范性、学术性和科学性,又从叙事方法上打破了"千志一面"的呆板形式,赋予"述而不论"新的内涵。

生命力在于《石门村志》永远不会过时。编撰者告诉读者,村志立身延续的法宝是:村志能否提供有价值的综合资料,关键在于所依据的文献资料是否拒绝平庸、浅薄和"一时之言",应该是有深度、有个性、有历史视野、自成理论体系的、具有丰富内涵和过程感的文献资料著述。该志是集思广益、体现村坊百姓众人智慧,对一个村庄历史与现状全描式的集体回忆的总结和提炼,呈现的是农村民众共同参与和创造、地域和时代发展特点鲜明的真情实景,这样的村志是社会变迁过程的客观系统反映,是昨天历史的再现,具有永久的生命力,永远不会过时。

记录幸福日子,弘扬田园文化。叶凤新殚精竭虑,经过1 400多个日日夜夜的笔耕,近70万字巨著面世。其纲目设计科学,数据考证翔实,文字表达流畅,并且独具创意,针对特殊的读者群体,补充大量有关的知识,便于参考。内容写得如此详细透彻的志书,这是我所见到的全省村志中的首部。值此落月停云、即将付梓之际,我表示祝贺。同时,对他以自己的生命换取作品生命的奉献态度,致以深深的敬意。

是为序。

2016年11月5日写于文成水明楼

注:叶凤新著的《石门村志》,由吉林文史出版社2018年2月出版。本文为代序。

记住乡愁
就是记住生命的方向

　　诗人席慕容写："故乡的歌是一支清远的笛，总在有月亮的晚上响起。故乡的面貌却是一种模糊的怅惘，仿佛雾里的挥手别离。离别后，乡愁是一棵没有年轮的树，永不老去。"

　　近年来，习近平总书记在很多场合提到："要记住乡愁。"

　　何谓乡愁？乡愁就是对故乡的热爱与留恋。《散文选刊》主编葛一敏诠释："乡愁实际上就是我们的日常。""文学的乡愁还是要通过这些日常的东西表现出来。"如东晋陶渊明的"采菊东篱下，悠然见南山"，唐诗人李白的"举头望明月，低头思故乡"，就是乡愁的种子。此后，文学乡愁之树枝繁叶茂，成为一道难忘的风景。现当代的鲁迅、周作人、冰心、朱自清、莫言等就是写乡愁的典范。台湾余光中的《乡愁》，说乡愁"是一枚小小的邮票""一张窄窄的船票""一方矮矮的坟墓""一湾浅浅的海峡"，形象地解读了乡愁的深刻内涵。

　　近日，笔者两次读完青年女作家王美伟的散文集《兰野芳踪》，似乎把我引到乡间的百姓之中，与他们同呼吸，共命运，从日常生活中体验了百味人生。

　　作者歌颂伟大的母爱。她说母亲是"最美的女人"，因为"母亲年轻时很漂亮""对我们学习很严格""一生很俭省，很朴素"。《人生寻梦路》里又写，一日三餐吃着番薯丝和咸菜，还是夜以继日种香菇，维持一家人的生计。《寻亲》一文的题记："慈母是天下最美的女人，无论何时，她都会保护好自己的爱子，哪怕付出最珍贵的生命。"事实正是这样，请看，文中的小敏是秀珍的私生子，因信息泄露，小敏被以小兵为头头的群孩奚落，秀珍为保护小敏的尊严，便假装让她上网发布告寻找亲生父母。口渴喝盐卤，几周之后，便冒昧地被一对中年夫妇骗去。后来，这个"新妈妈"的儿子小威抢小敏的钱去打赌，最后推她、骂她。她又无奈地回到原来的家，再到原来的学校上学，错认父母一事又被传遍全校，小兵们又继续欺负小敏。于是，她又到处寻找亲生父母，寻到一个知识分子家里，父母很有修养。半年之后，照新父母的话说，让她回"养母"秀珍家看看。这时，原来的那个判刑十年的流氓刑满释放，打上门要带走女儿，小敏又逃到"新妈妈"的家。第二天，秀珍推着水果叫卖，途经校门口，却意外地发现那个流氓蹲在校门口的台阶上，秀珍连忙过去要那个男人离开，两人推搡之时，秀珍恰被一辆大卡车撞倒，倒在血泊中，流氓立即逃去。母亲因抢救无效死亡。这母爱是何等震撼！《点亮心灯》中的老金，出于怜悯，将弃婴收养。金伯母多病卧床，老金既当父又当母，洗尿布，泡奶粉，喂米糊，与这个银花一起玩玩具。金伯母去世之后，老金更加疼爱银花，培养她读高中，抚养成人。这是怎样的一种父爱啊！

父母之爱深沉，孝感动天。《兰质蕙心》写 1999 年春晚，陈红和蔡国庆唱的一首《常回家看看》，唱得留守职工满座唏嘘。次年正月，厂领导准许工人们回乡探亲。阿兰进家看到父母都值风烛残年，决心回家照料。因积劳成疾，不久父亲生癌去世。阿兰与丈夫将母亲接往北京照顾。千方百计节约自家开支，先治母亲的中风症。以牺牲自我利益奉养母亲，这就是我们中华孝道的表现之一。

最近，著名文学评论家红孩提出散文要陌生化。什么是陌生化？即题材、思想、艺术的创新，让读者有新鲜感。我觉得，作者是女人，却已冲破所谓的"女子散文"的藩篱，远离空洞的审美幻境，勇敢地介入社会，赞美现实中的真善美，揭露假丑恶。

关于城市化中的乡愁书写。《深深竹缘巧巧手》中的姐夫，在改革开放以前，他深知专就能强的道理，于是一门心思做好竹器，如竹席、竹床、竹筷、箩筐、篮子、鱼篓等十分抢手。随着时代的变迁，生活的需要，又给小孩编放蛐蛐的小竹笼，编小孩睡的摇篮。20世纪90年代初，随着塑料、金属制品的大量使用，手工的竹制产品受到冲击。面对市场的激烈挑战，他也与时俱进，近年采用电剖竹机，提高了效率。"小小篾匠，一生平淡无奇，却幸福着庆幸着，幸福的是有姐姐的一生陪伴，庆幸的是深深竹缘中让他拥有一双巧巧手。"结语画龙点睛。《包子店的老板》中的大山，身壮如牛，整日干活，凭着一手做包子的绝活养了一家人。巨屿镇的居民称赞他勤奋、节俭。为给后代造房，大山"没日没夜地干，上半天做包子，下半天炊包子，大清早去市场买肉买菜做馅"。由于过度劳累，仅仅生活了50个年头。通过大山过劳死的实例，给社会提出十分及时且又严肃的话题：在快节奏的时代，体力千万不能透支，一定要劳逸结合。

《凡人自有非凡处》中的凡人何峰、珍珠、校长夫人，都有着高尚的品德：何峰助人为乐，"有情人终成眷属"，终与被救者秀珍结为夫妻。尽管乡长"亲近"她，秀珍始终"出污泥而不染"。乡长怀恨在心，故意派破的拖拉机，算计何峰致死。秀珍这位寡妇，仍然拒绝乡长的占有，他又散播流言蜚语中伤她。

秀珍含辛茹苦抚养女儿玲玲，女儿师范毕业后，当上镇小的语文老师，她工作积极，后提为教导主任。由于工作关系，来往多多，"金玉其外，败絮其中"的校长便使玲玲失身。校长夫人发现他俩的暧昧关系后，"为了不拆散这个家庭……百般疼爱，让丈夫更难启齿跟她离婚"。校长夫人以情感人，保护自己的丈夫，保护自己的家庭，而玲玲因多次流产导致子宫癌而一命呜呼。

乡长与校长同属社会败类：同样握有权杖，同样是色狼，同样婚外恋，同样害死人！

这篇不同于传统的散文，大胆地鞭挞党内一小撮权贵无耻、阴险、毒辣的丑恶本质，其表现手法新颖，像是两篇微型小说的连缀，以秀珍与玲玲两代人的血缘为纽带，把两个不同性格的色魔暴露在大庭广众之中，遗臭万年。

《最后的行李》又以带血的笔尖，揭露因母心不正造成兄弟阋墙的结局。散文叙述母亲刘氏的老二富贵与妻子芬芳，琴瑟友之，日子快乐。老三金流卖水产，生意热门，想与青柳结婚，但无新房。母亲与老二商量，富贵出于手足之情，便决定让给老三，自家搬往卫生所的一个旧仓库暂住。后又添一个孩子，老二岳母慷慨地献出溪边的自留地，建成一座三层的新房。老三有了积蓄，也打算盖屋，甜言蜜语的春柳整日价地在向母亲献殷勤，青柳与母亲商量地基，母亲便随口答应自己的自留地送给老三。老三没与老二商量，便选了日子，带领工程队进入自留地挖沟打地基，富贵正好不在家，芬芳上前阻拦，便被老三与青柳摁倒在地，造成脑震荡。老二回来，看到老三无礼，便告上法庭。走到县城，恰巧被姐姐碰上。为了保三弟，在县法院工作的姐夫就在本单位"活动"拒收诉状。次日老二从高等法院返程时，火车突然出轨，老二沉江而死。这个真实的事件告诉我们，家庭跟社会必须实行法治。母亲不懂法，以感情代替原则，兄弟共同继承的财产，不能任意许给任何一方。三弟不懂法，肢体冲突，致人重伤。身为法官的姐夫，却知法犯法，他疏通法院关系，压制公民的申诉权。他完全依从岳母错误的决定，这种非原则的孝顺是应该摒弃的，作为法官的身份，召开一个家庭会议，站在公正的立场，屋基矛盾就会迎刃而解。这从一个侧面说明，正如中央纪委指出的，上访这样多的原因主要是基层干部不作为。

我们还要提倡德治。兄友弟恭，如果三弟想到当初房间是二哥让出的恩德，如果想到在困难关头帮助自己的人的恩德，也许就不会拳脚相向，就会化干戈为玉帛，这就是《左传》中说的"大德灭小怨，道也"。

前述两篇，运用强烈的对比手法，大胆地揭露家庭、社会中的阴暗面，实际上是从负面中吸取教训，提供了正能量：公正、友爱、真诚、和谐。

时光远去，记忆留下。《兰野芳踪》一书，留下的是故乡的人、故乡的事、故乡的情。你向故乡致敬，你向乡愁致敬。你回望乡愁，你坚守乡愁。不是吗？记住乡愁，其实就是记住生活的方向。

最后，我以作家张翎给周吉敏获得首届"琦君散文奖"特别奖的作品《斜阳外》的评价："一个像水一样的女人，写了一本像木刻的书。"赠予作者共勉。你的作品已有《斜阳外》的影子，我有理由期望，日后你能够写出像木刻一样的书。

2016 年 12 月 28 日子时

注：王美伟著的短篇小说集《兰野芳踪》，由团结出版社 2017 年 7 月出版。本文为代序。

请珍藏记忆

当你打开喷着油墨清香的杂志时，你的嘴角也许还留有粽子的余香。

公元前278年的端午（俗称"重五"，农历五月初五），楚国伟大诗人屈原，得知郢都被秦军攻破，这位三闾大夫便徘徊在汨罗江畔，吟诵"举世皆浊我独清，众人皆醉我独醒""亦余心之所善兮，虽九死其犹未悔"的诗句，将自己与清澈的江水合二为一。以后每年这一天，百姓虔诚地投下粽子，赠给屈子品尝。

我们南田一带，是五月初四过端午节的。缘由是明建文四年（1402），燕王朱棣强诏先贤刘基之子刘璟为官，他拒而不去，被捕入京，夫人与乡亲送粽子给他上路，在华盖山与天耳山的山坳依依惜别。刘璟到京见永乐（朱棣）不跪，不呼"万岁"，还称"殿下"，并斥将来逃不脱一个"篡"字，即被押入狱。他带着"隐以竹名取其节"的信念，用发辫自缢。刘璟与乡亲诀别正是端午节的前一天，为纪念忠魂，将原初五改为初四过节。民国宿儒刘耀东为弘扬忠节公的高风亮节，倡建"辞岭亭"给后人敬仰。

端午节，我们分享槐花、灰煎、糯米、箬叶，或精肉、或红枣、或蚕豆融成的香甜，分享节日的快乐，更应是对传统节日文化的追溯，对伟人的缅怀，对其精神的崇尚。

端午节，我们后人就不仅仅是吃粽子了，我大喊一声：请——珍——藏——记——忆。

2018 年 5 月 20 日

注：原载二源学校的文学社刊物《晨耕》2018 年第九期。本文为代序。

以古闻名 以新出彩

北溪，七山一水二田。青山绿水，勾勒出金山银山的轮廓，人文荟萃孕育出璀璨的文化。

北溪，这是一方神秘的土地。一千年前的南宋，名不见经传的小山村出现第六代汤氏真人与第七代汤思退宰相，撑起了景宁古文明的经典。

北溪，这是一方革命的热土。汤坑红军洞，梅岐碉堡，朝鲜上甘岭，大张坑一家三代接力棒，绘就了革命先辈前仆后继的光辉形象。

北溪，这是一方畲乡的典型。"三月三"的舞姿，婚丧的山歌，二月十五与八月十五的祭祀，表现了畲族同胞特有的生活风情。

北溪，这是一方改革开放的范儿。草鱼塘的电站、地面卫星接收站、家庭农场、香榧基地、钼矿开采等，带来了获得感与幸福感。

北溪，这是一方旅游的胜地，汤氏真人庙、红军洞、银坑洞、神仙洞、三重漈、古木群、葛蒲湖、碗窑遗址、革命纪念馆、廊桥、古民居、烈士墓、文化长廊、文化礼堂、洵美山舍，等等，吸引了中外人士悠闲的脚步与钦羡的眼球。

啊！以古闻名，以新出彩，正是北溪的特色。

2019 年 10 月

注：本文为浙江省景宁畲族自治县东坑镇北溪村文化礼堂代序，刊于 2019 年 10 月。

《刘祝群日记》
点校本跋

先是在 2008 年，供职于浙江工贸职业技术学院刘基文化研究所的张宏敏先生因研究元明之际思想家刘基（伯温）的哲学思想，而对刘伯温二十世孙刘祝群编撰的《刘文成公年谱》《南田山志》与校刊的《括苍丛书》有过关注。而我当时正在编《刘基故里楹联评注》（人民出版社 2011 年版）一书，遂与正在撰写《刘基思想研究》（浙江人民出版社 2011 年版）的宏敏先生结识，进而成为忘年交。

2009 年，我告诉宏敏：已经从温州图书馆复印了一整套的《疚顾日记》，如果要深入研究刘基，《疚顾日记》是必读文献；我向温州市社科联专职副主席洪振宁先生提出过编校整理《刘耀东文集》的想法，振宁先生口头表示支持。据宏敏说，他也留意到《疚顾日记》，并向振宁先生谈了整理《刘祝群集》的打算，也得到了振宁先生的认可，振宁先生乐意提携后学，遂介绍宏敏结识了温州市图书馆的卢礼阳先生，而礼阳先生对编校整理《刘祝群集》的设想也表示赞同，还特意提到，温州市图书馆馆藏的《疚顾日记》稿本，应作为《刘祝群集》的主体。

为深入挖掘浙南地区的乡邦文献资源，2010 年温州市图书馆启动了系统整理出版馆藏日记稿本的计划。受温州市图书馆委托，主要是卢礼阳先生的提议，由张宏敏与我共同承担《疚顾日记》（后改为

《刘祝群日记》）的点校工作。2012年5月6日，当时在上海师范大学哲学系读博士研究生的张宏敏不在温州，我作为代表与市图书馆签订了《疢瘝日记》的约稿协议。在此，首先向给予我们信任与支持的温州市图书馆，表示崇高的敬意。由于宏敏的工作调动以及自身琐务缠身，致使《刘祝群日记》的点校工作一度停滞，这一点，我们应当向温州市图书馆检讨，并向读者朋友表示歉意。

刘祝群先生是我堂叔徐岩联的亲舅父。我与堂叔，年龄不相上下，少年时多次听他提起舅父留学日本的往事，还说自己的舅父擅长诗词、书法。在我太公徐达邦老人八秩寿诞时，祝群先生书赠寿幛："学秉尼山，陶成十哲；年高渭水，董治一乡。"祝群先生之名，于我可谓如雷贯耳。后来，我在主编《文成县教育志》时，对他参与新式教育事业的业绩更加熟稔，愈加钦佩。再后来，我任文成县刘基文化研究会副会长时，进一步了解了他对晚清浙南社会事业的卓越贡献。

缘此，我对祝群先生心仪已久。2005年，我出资协助其哲嗣刘天健先生从温州市图书馆复印出这部《疢瘝日记》，当时复印了两套，一套送给天健先生保存，一套留着自己研究。2005年8月21日的《温州晚报》刊发新闻稿《〈疢瘝日记〉记录日寇在温犯下的滔天罪行》，其中有"本月18日，文成县老人刘天健满怀欣喜地接过市图书馆为其复印的《疢瘝日记》"云云，而《温州晚报》新闻稿配发的图片，则是我在温州图书馆古籍部翻阅《疢瘝日记》稿本的场景。随后，我曾撰写《刘耀东与刘基文化》一文，与刘天健共同署名，提交2011年7月在文成、青田两地召开的"纪念刘基诞辰700周年学术研讨会"，后在《明史研究》上发表。2011年，温州市图书馆启动馆藏日记稿钞本整理工作，鉴于我与宏敏兄均有编校出版《刘祝群文集》的设想，温州市图书馆便把《刘祝群日记》的标点任务，交给我们。我已是古稀之年，冒昧接受这项工作，旨在了却夙愿。我与宏敏之间的合作是愉快的，2012年9月18日，我们两人做客温州电视台都市频道，以刘祝群日记为文本依据，揭露侵华日军在温州犯下的惨无人道的滔天罪行，痛斥日本军国主义的卑劣行径，这期电视节目播放 12 分钟，曾引起一定的社会反响。

我以为：要想走得快，一个人走；要想走得远，必须大家一起走。整理出版《刘祝群日记》稿本，这是一项复杂艰巨的工程，识字、句读、录字、校对，多道工序，必须合力完成。《刘祝群日记》的点校过程，分三个阶段：第一阶段是初校。协议签订不久，宏敏调赴浙江省社会科学院哲学研究所工作，因此，23 册日记总计 66 万字，全由笔者一手点校完毕。而祝群先生学识渊博，加之手稿多处文字难以辨认，纸损字漏处颇多，断句确实力不从心，每每"反复数四，乃识其所谓"（苏东坡《书黄子思诗集后》），个别疑难，只能请教于工具书与身边同人。尽管再三斟酌，难免有鲁鱼亥豕之嫌。第二阶段是复校。由于笔者年事已高，不会使用电脑，加之社会兼职众多，于是邀请文成县刘基文化研究会秘书长雷克丑与温州医科大学朱赞全两位同志协助完成。第三阶段是送审，请温州市图书馆研究员卢礼阳先生把关。礼阳先生在审读时，发现了不少问题，遂返回朱赞全同志再做调整修改。最后，我们委托礼阳先生撰写了《刘祝群日记》标点本前言，由宏敏编制主要人名索引。

值此落月停云之际，摩挲文稿，对前述诸位同人，与协助初校的徐松茂老师，悉心敲打文稿多年的文成县新世纪打字店职工及苏民同志，一并表示诚挚的感谢。书稿标点、文字录入中的不足之处，衷心期待读者朋友的批评与匡正。

2018 年 7 月 13 日

注：徐世槐等校注的《刘祝群日记》，由中华书局 2023 年出版。

服务，是他书画的宗旨

你想了解林弼老师吗？

你想了解林弼老师的书画吗？

说具体点，你想了解林弼老师书画的内容、艺术、作用与影响吗？

那么——

请看《林弼书画选》。

一

笔者不擅长书法，更不善绘画，然而喜欢观赏书画。

由于教学与文学创作的机缘，曾经涉猎有关书画历史、书画技艺、书画批评理论书刊，但收获甚微。作为本书的第一个读者，也只能谈点粗浅的感想而已。

二

1953 年，我考入文成中学，林老师先在总务处工作，后调到教导处，还任教音乐、体育、美术，正如彭正同志写的是"琴棋书画能手"。但真正了解林老的书画，还是从观赏此书开始。全书共 87

页，寓意林老师87岁，可谓匠心独具。作者选用的书法与绘画两大类内容，版面融合一起。书法包括篆、隶、楷、行、草诸体，尤其是楷书的《正气歌》《长寿歌》《三字经》，笔力遒劲，为人们提供正能量。行书的《李白诗》，可谓炉火纯青，人们看了赞不绝口。画艺上巧用国画、油画、漫画等手法，在《虾趣》《大鸡与小鸡》《马到成功》《熊猫觅食》中，可以找到国画大家齐白石、徐悲鸿等的影子。其工笔画《寿星》、油画《伟大领袖毛泽东》，栩栩如生，形神兼备。

林老师书画的技能，是大家共同关注的话题。

其一，师出名门。他告诉我，在南田小学读书时，龙川的赵叟仙先生，是遐迩闻名的好老师。蒲州的华秀先生满腹经纶，还写一手漂亮的书法，深受学生爱戴。华先生认真辅导临摹柳公权字帖，直至悬腕写大字。尔后中学遇上夏福彬先生的培育，受到多次表扬，从而激发美术兴趣，这是他如今取得成就的前提之一。

其二，家庭熏陶。其父是米塑寿桃、五碗的能手，还是画佛像、床额、木箱、帽额、肚裰、画花的老艺人，曾留下《芥子园全集》。受家父的影响，画技渐臻。

其三，社会实践。走出校门之后，他持续不断地进行书法与绘画的实践，博采众长，时常补足自己的短板，走向成熟。时间老人终于馈赠这本书画选集。

<h2 style="text-align:center">三</h2>

在40个寒暑中和退休后，他以书画为主业，服务社会。

一是服务学校教育。在文成中学、南田中学，任教音乐、体育、美术，学校的节日标语、专栏插图、会场布置，都是林老亲手题书绘画。从教40年，也就是他书画的40年。

二是服务中心工作。20世纪60年代末期，我县举办大型农业展览，林老与文化馆的潜修等同志筹办四个月，受到领导赞赏、群众好评。90 年代末，全市开展以"交通安全"为主题的宣传，应县交警队之邀，他在县交通学校，自行设计 14 幅画，赴各区镇巡回展览，这是文成首创的，获得县市领导表彰。近年，林老不辞年迈，又在石钟开辟文化礼堂和美籍华人林多梁展示厅，撰文绘图，装饰文化长廊。

三是服务民间习俗。十几年连续写春联。20 世纪 90 年代，上街用金字写春联，林老师是文成第一个。每年数以千对。除撰写道路、牌楼、寺院功德碑多处文字，还曾给岩庵风景区、梧溪文昌阁等多地写木制楹联，服务民间记忆。习近平总书记曾在报告中强调"要记住乡愁"。近年来，林老参透丰子恺先生的漫画，如《晚归》《点烟》《童趣》，以"乡村记忆"为主题，绘了二十多幅民俗画，《匠心》《大年笋》《中暑挑痧》《小贩叫卖》《弹棉》《编草帽》《秋收》《筑坝抬槌》《鸬鹚捉鱼》，等等，图像逼真，形态生动、有趣。随着时间的推移，这些民间记忆逐渐远去，日后林老的作品，将有承前启后的作用。

习近平总书记在党的十九大报告中指出："文化兴国运兴，文化强民族强。"林弼老师正是遵循习近平总书记的指示，以手中的笔杆为武器，弘扬中华优秀传统文化，歌颂革命文化和社会主义先进文化，更好地为人民服务，为时代服务，为社会主义事业服务。所以，服务，就是林老书画的宗旨。

耄耋之年，能出书画选集，这正是林老文化自信的表现，可嘉可贺！末了，以文成籍的书画名家刘显佑的诗句与林老共勉："为人师表耄年寿，老骥奋蹄仍骋驰。"

2019 年 1 月 30 日

注：林弼著的《林弼书画选》，由温州万信公司 2019 年 5 月印刷。本文为代序。

《文成民俗》序

最近，中共文成县委党史研究室、文成县地方志研究室出版《文成民俗画册》，是献给中华人民共和国成立 70 周年的一份文化厚礼，可喜可贺！

何谓民俗？民俗，即民间风俗，是指一个国家或民族中广大民众所创造、享用和传承的文化。上下五千年，中华民族积淀了极其丰富的民俗文化。就文成县境来说，民俗文化历史悠久，种类繁多。有案可稽的，自唐朝就有宗教习俗。"十里不同风，百里不同俗"，有节庆、生活、生产、礼仪等，达数百种。文成的民间风俗，是山区文化的重要组成部分，具有浓厚的地域特色。民俗是一个地方的镜子，透过它可以深刻反映山区的历史风貌，从中了解文成百姓的物质生活与精神面貌。县境祖辈，来自邻省福建、江西、安徽、江苏，远的有河南、广东等地，文成的民俗也在一定程度上反映我国部分地区的民俗文化，这是值得自豪的。

但是，随着时代的发展，其中有很多民俗已经消逝于历史的洪流之中，而流传下来的民俗文化已成精华。随着人口的迁徙，生活节奏的加快，外国文化的引入和流传，青年一代已有意无意地疏远一些民俗，如农民进城后，过年捣馍糍、烧年猪（俗称"烩年羹"）、做羹饭、尝新、关灯等风俗，还有农业生产原有的风俗，几乎完全丧失，而舶来品的圣诞节、生日派对、酒席 AA 制，却如火如荼地升温热闹起来。为了抢救正在消失的文化记忆，为了发扬传统民俗文化，为了让更多的人了解民俗背后的故事，为了我们的生活能够增加更多的乐趣，县党史研究室、县地方志研究室特地编著《文成民俗》。在编绘过程中，尽量让客观性、科学性、实用性、可读性熔于一炉。画册以语言文字与线条符号结合的连环画形式呈现，更直接地解答读者心中的民俗疑惑，让读者更轻松地学习民俗，让广大民众迅速地传承民俗文化。

法国作家雨果说："历史是什么？是过去传到将来的回声，是将来对过去的反映。"民俗文化，是从远古流向未来的文化之河，是一眼永不枯竭的生命之泉，也是一棵永世长青的生命树。让我们遵照党中央关于"坚定文化自信，弘扬民族优秀传统文化"的指示，继续搞好文化研究工程与文化保护工程，推动文化兴盛，为美丽经济、美好家园、美好生活的"三美"文成建设贡献力量。

2019 年 9 月 5 日

注：中共文成县委党史研究室、文成县地方志研究室编的《文成民俗》，于 2019 年 9 月印刷。

一部"乡土哲学"的教科书

我先给大家讲一个故事。20世纪90年代最后一位散文家刘亮程写的故事，《一个人的村庄》中的《狗这一辈子》等的故事。

作者叙述狗一生的遭遇。狗趴在家门口，看到陌生人便跳起汪汪汪直扑过来；见到主人来了，便摇着尾巴，嗯嗯嗯围着团团转，主人出门，常常尾随不离。"人养了狗，狗就必须把所有的爱和忠诚奉献给人。"但是，又"随时都必须准备承受一切"。有时，它的遭遇可惨："狗本是看家守院的，更多时候却连自己都守不住。"狗守住了主人，可主人却守不住狗。再请看《逃跑的马》。作者写："马和人常常为了同一事情活一辈子，在长年累月人马共操劳的活计中，马和人同时衰老了""人只知道马帮自己干了一辈子活，却不知道人也帮马操劳了一辈子。"

多么深邃的哲理！多么悲悯的情怀！

作者一个人在黄沙梁生活，对他来说，孤独，可谓是对自己的一个美丽的拥抱。他写的一条狗、一匹马、一头驴、一片云、一株草、一扇门，都含有生命的意义。刘亮程回望旧景、旧物、旧人、旧事，都能寄予人的喜怒哀乐，都能体现天人合一的自然法则，表达对物我一体的生命思考。因此，人们称《一个人的村庄》，便是作者的"乡土哲学"。

文成县财政局干部叶凤新，继70万字的《石门村志》出版后，又将出版 65 万字的《石门契约》。他悉心收藏并整理其父亲叶法图和同乡叶景俄、叶化敏、叶时玉、郑世林、郑炳聪、黄桂华等人多代积累的 1 017 份契约文书，涉及范围主要是石门村及邻村，还有邻县青田、景宁的部分村庄，其内容涵盖田园山林买卖、承佃耕种、售销房屋、借用钱物、实物典当、钱谷生票、代收货物、缴纳田租，等等。叶凤新走的路跟刘亮程的不同，但殊途同归，其书中处处有乡土，篇篇有哲学。

我读过的书不算少，而像《石门契约》这样一类书，还是第一次遇见。首先，发现编者是"收藏文明"的继承者。契约是机关团体及个人在政治、经济活动及社会生活中经常使用的文体，它以文字形式将双方（多方）交往中商定的有关事项记载下来，作为检查信用的凭证，具有法律效能。尤其当一方违约时，另一方在诉讼过程中，契约文书便是明证。因为法院判定的原则就是"以事实为依据，以法律为准绳"。数百年来，农家就是把它作为护身符。担任村官（村长、社长、大队长、村党支部书记）17 年的父亲，更清楚这些"墨宝"有着他物不可替代的作用。长住县城 30 年的儿子叶凤新，对故土尘封的契约视如至宝。因为一份份发黄甚至蛀损的契约文书，竟然联结着一家人的命运。诚然，时过境迁，许多契约文书已失去现实作用，但作为民间诚信的标志物，对后人仍然有教育意义。现当代，不少"老赖"狼心狗肺，有据不依，视契约如废纸，肆意捞刮家人、亲戚、朋友、熟人一生的血汗钱。叶凤新编纂的契约文书集，正是故土情结深厚的表现，正是对一小撮丧失良知之人的控诉；反之，也正是对《新民晚报》所表扬的用 40 年栽树还旧账的邻村叶岸富伯森，用 20 年看厕所还债的"浙江好人"邻村梧溪的富林愚等一批诚信人的歌颂。

我还认为，从内容看，这是一部哀辑乡愁的历史。何谓乡愁？乡愁就是对家乡牵挂的感情。那一份份发黄的契约，似乎是一个个面黄肌瘦的难民；那一行行毛笔字，犹如一行行伤心泪；那一个个指印，简直是一滴滴鲜红的心血。契约文书中，超 2/3 是属于买卖的，这正是封建社会、半封建半殖民地社会下层劳动人民备受剥削与压迫的见证。劳动大众积累的一点财物，好像芋叶上的水珠，微微一动就会倒光。"今因缺用""今需用钱"，于是乎，天灾人祸逼得他们出卖仅仅赖以生存的田地山林、房屋家具，甚至是生死相依的儿女妻子，这正是《悯农诗》中所吟的"医得眼前疮，剜却心头肉"的注释。迅翁《故乡》所写的"多子、饥荒、苛税、兵、匪、官、绅，都苦得他像一个木偶人了"。这一针见血地揭示了贫穷的原因。再对标当下的新社会，遇到水、旱、虫灾及地震等，一方有难，八方支援，如政府的关怀，社会团体的支持，群众的救助。2005 年，石门遇上特大泥石流，死伤 9 人，倒塌民房 11 间，受损 43 间，90 亩水田、105 亩旱地农作物、220 亩山林严重损坏。面对重灾，党恩比天大，国家领导人以及市、县干部前来察看灾情，慰问灾民，并拨款在仰天湖开发 85 间地基，安置老村灾民。干群发扬"泰山压顶不弯腰"的精神，经过两年多时间的抗灾救灾，终于乔迁新居，群众深感幸福。

黑格尔说："一切存在的就是合理的。"从辩证唯物主义的观点看，这句话只能说对一半。契约文书，自古以来，就是广大百姓在实践中共同形成的应遵守的道德准则。所以说，制定契约文书是合理的。这印证了马克思的教导："你能否对你的朋友守信不渝，永远做一个无愧于他的人，这就是你的灵魂、性格、心理以至于道德的最好的考验。"

可是，再深层分析一下，数百年来，在封建社会、半封建半殖民地与资本主义社会，正如马克思的剩余价值学说中指出的，没有生产资料就无法获得消费资料，一无所有的工人为了生存，不得不拿自己的劳动，与资本家换取生活资料。农民也一样，一旦失去生产资料，也只得当长工，打短工，去换取有产阶级的生活资料。房屋家具等生活资料一旦失去，就无异于会说话的流浪动物。劳动者常出现这种情况，田地林木守住了主人，主人却守不住田地林木，遮风挡雨的房子守住了主人，主人却常常守不住房子；有的亲生子女被出卖，相濡以沫的妻子每每因有了多种"守不住"，所以才有买卖契约，成为人家的新妇，等等。难道存在的这些现象是合理的吗？连《狂人日记》中的主人公也懂得"从来如此，应该吃的"这是十分荒谬的。同时也看出光明："要晓得将来容不得吃人的人活在世上。"最近，剑桥大学社会人类学教授艾伦·麦克法感叹中国对疫情防控如此出色，源自中华民族具有家国情怀。中华人民共和国成立后，国家领导始终采取生命至上、人民至上的治国方略，所以，中华儿女万众一心跨过一道道关，迈过一道道坎。叶凤新编著的这部书的字里行间，渗透着哲学原理，其意义远远超出仅纪念父亲、继承遗志之道德范畴，更是对不合理社会制度的另一种样式的抨击。同时，也是从另一视角，对平等和谐社会主义新时代的褒奖。这部乡土文献，跟《一个人的村庄》一样，同是"乡土哲学"的教科书。编者书写的八年，是孤独的，但也是快乐的；今天我们读它，是寂寞的，但也是充实的。

2020 年国庆节写于文成水明楼

注：本文为叶凤新编的《石门契约》一书的代序。

《铜铃山镇村志》序

值此中国成为世界第二大经济体，在中国共产党领导下的两个百年交接之际，《铜铃山镇村志》出版，是领导的英明之举。清李兆济在《凤台县志·序》中言："夫志者，心之所志也。志民生之休戚也，志天下之命脉也，志前世之盛衰以为法戒也，志异日之因荣以为呼吁也。"用现在的话说，修志具有"存史、资政、教化"之作用，《铜铃山镇村志》就是大家朝这个目标努力的结晶。

铜铃山镇地偏、人稀、山高、林密、水丰，就在这样的自然环境中，广大人民在此肇基、发展，因而形成四个特点。一是红色老区。都铺的李达其迎接并参加红十三军革命，刘英、粟裕率红军挺进师打土豪劣绅，分青苗，发展地下党组织。龙跃、郑嘉顺、张金发、刘日亮、吴高谈等同志在青景丽一带开展革命活动。二是林业重镇。中华人民共和国成立之后，在发展农业的同时，着重发展林业。叶胜林场、石垟林场、绵羊场、县苗圃和石垟的"枞树头"、下垟的"知青"等9个小林场相继成立，从而带动了原来三乡15个村的林业发展。三是水电之乡。由于落差大，水头高，又属亚热带季风气候区，雨水丰沛，便适宜造水电站。高岭头、半坑、桂竹等16个中小水电站，为生产与生活提供了动力。四是旅游景区多。铜铃山、猴王谷、月老山等自然景区及雅庄浙闽省委常驻地、联欢田，三合的倒崩洞、都铺的红军屋、下垟的浙南民俗博物馆等人文景点之多，是其他镇所不及的。在内容上，村志都有贯串，详细记述，这是许多乡镇村志不能望其项背的。

自古以来，志书都是以省、府、县、乡镇或部门记名的，但从行政村来看，每个都要单独出一册（个别村除外），无论从人力物力来看，都是不现实的。这样要求，反而流于芜滥。以乡镇为单位，把所辖的行政村单独叙述，从实际出发，字数可多可少，最后合成一本，这个办法是可取的。《铜铃山镇村志》同《西坑畲族镇村志》一样，双双开了"志"的编写先例。做第一个吃螃蟹的人，领导者与编撰者确实需要胆识。

《铜铃山镇村志》的编者们，在主编叶凤新先生的带领下，副主编周玉潭、刘碎钊及其他几位编辑，同心协力，以"打火队"的精神，把原参编者因病因事致半途而废的稿件，运用"集中打歼灭战"的方略，各个击破，最后完成这项艰巨的文化工程。这个经验，"岂不可为后起者劝耶"？

《铜铃山镇村志》即将付梓，我表示祝贺！此志既记全面，又记重点；既记历史，又记现实；既记自然，又记人文；既能继承，又能创新，是一本难得的地方志。它的出版，将更进一步促进社会主义的精神文明与物质文明。作为此志的第一个读者，谈几点不成熟的看法，就正于大家。

是为序。

2021 年 5 月 10 日

注：叶凤新主编的《铜铃山镇村志》，即将由方志出版社 2024 年 6 月出版。

跋

　　笔者曾不止一次袒露的心迹：我要用口与笔给后辈留下知识。散文集《绿色长廊》、报告文学集《太阳下的拼搏》出版六年后的今天，我又不自量力端上《最后的握手》这道菜，与大家分享。

　　散文集可谓锱铢累成，收入 2004 至 2021 年录下的 78 篇散文，其中的人、事、景、物，都让我感动。因为爱，所以写。

　　值此稿子落月停云、付诸梨枣之际，首先要感谢县委宣传部、县文联、县作家协会，和慕白、吕人俊、马叙、富晓春、周玉潭及世纪图文印务社的关心与支持。

　　笔者年已耆耇，然文章并不老辣。周作人曾在《谈天》一文开头说："人是合群的动物，他最怕的是孤独……谁都不能安于寂寞，总喜欢和人往来，谈不关紧要的天。"这本集子，权当笔者与读者"谈不关紧要的天"吧"！

2022 年 8 月 1 日

写于西坑水明楼

图书在版编目（CIP）数据

最后的握手／徐世槐著 . — 上海：文汇出版社，
2023. 3
ISBN 978－7－5496－3991－5

Ⅰ. ①最… Ⅱ. ①徐… Ⅲ. ①散文集－中国－当代
Ⅳ. ①I267

中国国家版本馆 CIP 数据核字（2023）第 031143 号

最后的握手

著　　　者／徐世槐
责 任 编 辑／吴　华
封 面 装 帧／王　峥

出 版 发 行／**文匯**出版社
　　　　　　　上海市威海路 755 号
　　　　　　　（邮政编码 200041）
经　　　销／全国新华书店
排　　　版／南京展望文化发展有限公司
印 刷 装 订／上海颙辉印刷厂有限公司
发行部电话／021－22899352
版　　　次／2023 年 3 月第 1 版
印　　　次／2023 年 3 月第 1 次印刷
开　　　本／720×1000　1/16
字　　　数／252 千字
印　　　张／18.75

ISBN 978－7－5496－3991－5
定　　　价／68.00 元